Die große „Drachenhöhe“-Trilogie:

Teil 1 Plötzlich Drachentöter!
Teil 2 Aufbruch der Helden
Teil 3 Der letzte Drachentöter (in Vorbereitung)

Frank Schmeißer

Die Legende von Drachenhöhe

Aufbruch der Helden

Mit Bildern von Helge Vogt

CARLSEN

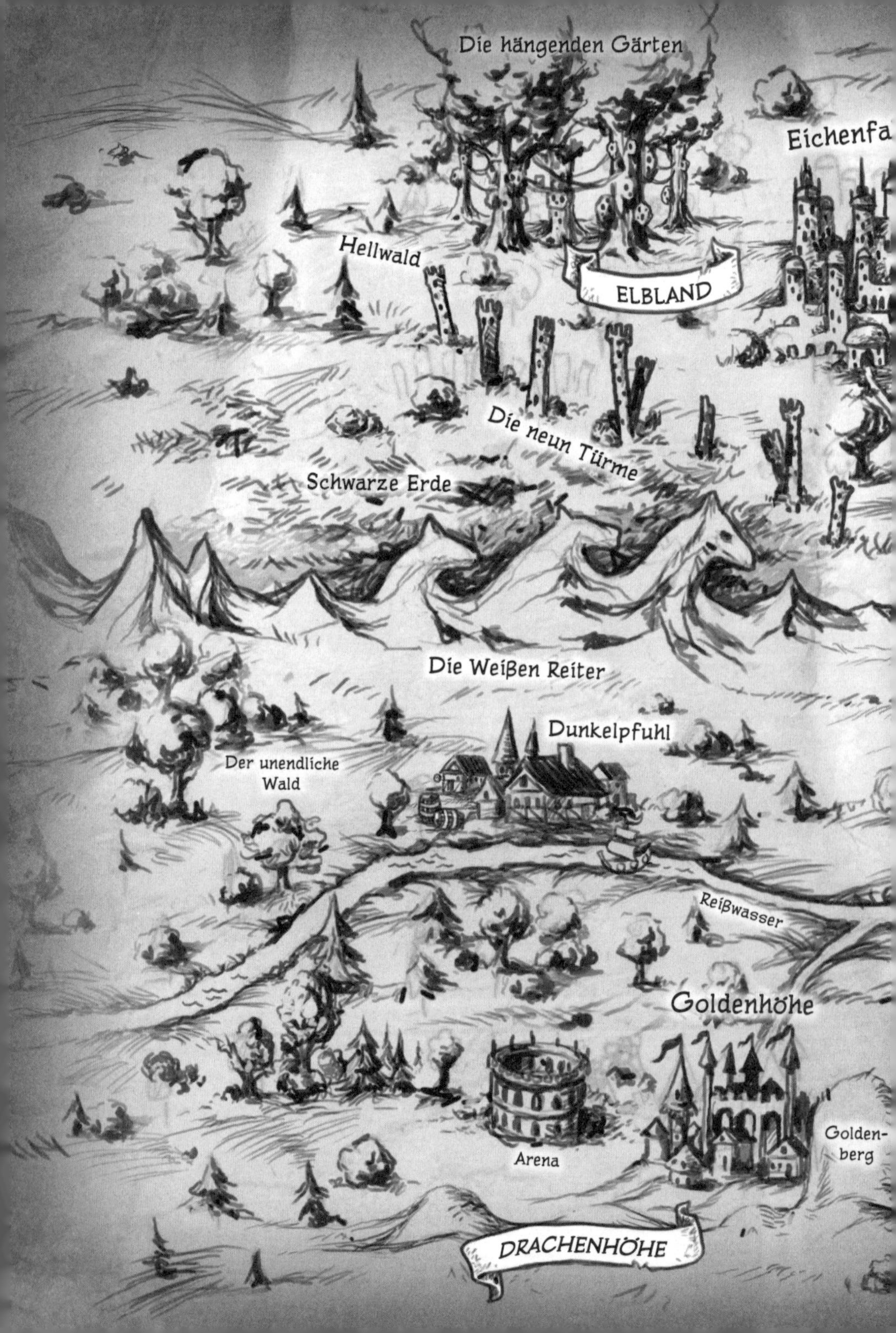
Die hängenden Gärten
Eichenfa
Hellwald
ELBLAND
Die neun Türme
Schwarze Erde
Die Weißen Reiter
Dunkelpfuhl
Der unendliche Wald
Reißwasser
Goldenhöhe
Arena
Goldenberg
DRACHENHÖHE

Aus: „Atlas der Welt“, © Gertrude E. Fisselstick

Inhaltsverzeichnis

Flucht aus Goldenhöhe 9

Freund oder Feind? 23

Riesenchaos 37

Biberfuß und Krötenarsch 49

Getrennte Wege 63

Norden? Wo ist Norden? 73

Das Rätsel der Brücke 87

Dunkelpfuhl und der Markt der Sklaven 97

Zum torkelnden Ritter 111

Der Pfad der Drachenei-Sammler 127

Drei Helden 137

Breitstinkmaul 145

Die Weißen Reiter 159

Mucksmäuschenlaut 169

Kampf gegen die sieben Zwerge 177

Das Gegenteil von schön 185

Palasthotel im Nirgendwo 193

Das Geheimnis der Kugel 201

Eine unruhige Nacht 215

Tahl Avandanda vom Blütensee,
König des Elblands, Sohn des großen
Horo Malach Mirithien von den Schlagfelsen 223

Ein Zimmer ohne Decke 239

Eichenfall 249

Beunruhigende Klogespräche
und unheimliche Gedichte 263

Eine falsche Entscheidung 275

Überfall 283

Drachen! 299

Ein paar faustdicke Überraschungen 311

Epilog 323

Flucht aus Goldenhöhe

In Gertrude Eleonore Fisselsticks berühmtem „Handbuch zur Bestimmung aller magischen und nichtmagischen Arten“ steht über Drachen Folgendes:

Drachen sind hinterhältige, gefährliche Biester. Wem es aber gelingt, einen Drachen zu bezwingen und auf seinem Rücken zu fliegen, kann sich glücklich schätzen. Es gibt nichts Erhabeneres, als auf dem Rücken eines Feuerspeiers über die herrliche Landschaft Drachenhöhes zu gleiten.

Und:

Drachen schmecken schweflig. Nicht zu empfehlen. Nicht mal mit grünen Bohnen.

Wer jemals Drachenhöhe vom Rücken eines Drachen aus sah, wird der berühmten Hexe und Gourmetköchin Gertrude Eleonore Fisselstick zustimmen. Es gibt nichts Tolleres. Nicht mal Videospiele können da mithalten.

Oskar Schafkeller, der gerade zum ersten Mal einen Drachen ritt, bekam von der Erhabenheit eines Drachenflugs und der wilden Schönheit der unter ihm ausgebreiteten Landschaft allerdings nichts mit. Er hatte kein Auge für den unendlichen Wald oder die drei schneebedeckten Gipfel, die sich weit entfernt am Horizont abzeichneten und die alle Einheimischen nur ehrfürchtig „Die Weißen Reiter“ nannten. Oskar hatte andere Bilder im Kopf. Traurige Bilder, die ihn nicht losließen. Immerzu sah er Horand vor sich, den alten, tapferen Drachentöter, der sich allein in den Kampf gestürzt hatte.

Vor allem ein Bild tauchte immer wieder vor Oskars Augen auf: Er sah, wie Horand im Sand der Arena lag. Auf dem Bauch. Regungslos alle viere von sich gestreckt. Das Schwert zerbrochen. Erschlagen von den Soldaten der Königin.

Horand hatte sein Leben gegeben, damit er, Florian und Lisbeth auf dem Rücken des Drachen Fluppe aus der Arena von Goldenhöhe fliehen konnten.

Und – so viel war klar – damit hatte er Oskar und Florian das Leben gerettet. Denn sie beide hätten gegen ihre Drachen im Kampf keine Chance gehabt. Schließlich waren sie nur ganz normale Kinder, die, wie unzählige Kinder vor ihnen, mit falschen Versprechungen nach Drachenhöhe gelockt worden waren, um als chancenlose, mickrige Drachentöter gegen kolossale, zähnefletschende Drachen anzutreten. Oskar und Florian sollten ihr Leben als gegrilltes Drachenfutter in der Arena von Goldenhöhe beenden – unter dem begeisterten Applaus der Königin Elder Sarina und ihrer Untertanen …

Oskar musste daran denken, wie alles begonnen hatte: wie er damals traurig im Garten seiner Großeltern herumhing und an seine verschollenen Eltern dachte. Und wie dann plötzlich dieser Zauberer auftauchte und ihn nach Strich und Faden belog – von wegen, er wäre der Retter des Reichs, „der Auserwählte“. Ha! Hätte Oskar sich nicht nach Drachenhöhe gewünscht, säße er jetzt in Ruhe und Sicherheit am Küchentisch seiner Großeltern. Und würde die langweiligste und längste Partie Canasta spielen, die ein Junge von zwölf Jahren je ertragen musste …

Gerade, als Oskar noch trübsinniger zu werden drohte, brachte ihn Fluppe auf andere Gedanken.

Leider keine schönen Gedanken.

„Ich kann nicht mehr!“, rief der Drache zwischen zwei Flügelschlägen.

Oskar streckte den Hals und brüllte gegen den Wind an, der ihm um die Ohren pfiff. Für ihre massigen Körper fliegen Drachen überraschend schnell.

„Was hast du gesagt?“, rief er.

„Kann nicht mehr. Kaputt. Ihr feid fu pfwer und der Gegenwind ift fu ftark!“, ächzte Fluppe.

„Was sagt er?“ Florian, der hinter Oskar saß, wurde unruhig. Er hielt Lissy gut fest, die ohnmächtig vor ihm auf dem Drachenrücken lag, und beugte sich ein wenig nach vorn. „Oskar, was sagt er?“

„Er sagt … äh … wir sind gar nicht schwer“, schwindelte Oskar, um Florian nicht zu beunruhigen. „Und … wie sehr er uns mag.“

„Dann ist ja gut.“ Florian war beruhigt.

In dem Moment sackte Fluppe ab.

Florian kiekste.

Fluppes grüner Drachenkopf lief rot an, während er gegen den Absturz ankämpfte. Seine Flügelschläge wurden zusehends langsamer. Die Baumkronen des unendlichen Walds näherten sich bedrohlich. Fluppe begann zu trudeln, hinauf und hinunter. Oskar schien es, als säße er auf einer dieser vermaledeiten Schiffschaukeln, auf denen ihm als kleines Kind immer speiübel geworden war.

„Ich hab Angst!“, hörte Oskar Florians Stimme.

Oskar sah sich hektisch um.

Überall dichter Wald. Keine Lichtung weit und breit, auf der sie hätten landen können.

„Du musst weiterfliegen!“, schrie Oskar.

Fluppe schüttelte den Kopf, keuchte: „Kannnichmehr. Erfter Flug überhaupt. Fefthalten!“, und richtete sich in der Luft auf.

Oskar rutschte nach hinten. Florian, der jetzt weniger hinter Oskar als vielmehr unter ihm saß, stemmte sich mit aller Kraft gegen Oskars Rücken, damit sie nicht alle drei den Drachen hinabsausten. Oskar streckte sich. Er bekam den Hals des Drachen zu packen und zog sich wieder hoch.

Fluppe glitt durch die Luft wie ein Segelflugzeug und steuerte dabei viel zu schnell auf einen großen Baum zu. Im letzten Moment, bevor sie gegen den Stamm krachten, zog Fluppe ein Stück nach oben. „Aufpaffen!"

Mit seinem rechten Fuß trat er auf die Spitze des Baums, federte ab, machte einen kleinen Hopser durch die Luft und landete auf dem nächsten Baum. So sprangen sie ein gutes Stück von Wipfel zu Wipfel.

Hoch und runter.

Hoch und runter.

Dann trat Fluppe ins Leere. „Mift!"

Ein Windstoß packte ihn und sie schmierten nach links ab. Wild schlug Fluppe mit den Flügeln. Sein Schwanz peitschte auf der Suche nach Gleichgewicht hin und her. Dann donnerten sie frontal gegen eine Eiche. So wie Fluppe den mächtigen Baumstamm mit seinen kurzen Armen und langen Beinen umklammert hielt, schlang Oskar seine Arme und Beine um den Hals des Drachen. Wie die zwei hässlichsten Koalabären aller Zeiten klebten sie an Baumstamm und Drachenhals. Hinter ihm war Florian zwischen einem Ast und dem Drachenflügel eingequetscht. Er hatte sich Lissy vor den Bauch geklemmt und wimmerte leise vor sich hin.

Oskar blickte sorgenvoll nach unten. Durch das dichte Blätterdach war der Boden nicht auszumachen. Sie waren locker 20 Meter in der Luft, vielleicht 30 …

„Hey! Was macht ihr an meinem Baum?“ Das Stimmchen, das Oskar hörte, war so zart, dass er sich nicht sicher war, ob es nicht vielleicht doch nur das Säuseln eines Lufthauchs gewesen war.

Oskar sah nach oben. Ein kleines Wesen mit silbrig schimmernden Insektenflügeln surrte über seinem Kopf herum. Es hatte schlohweiße Haare und trug einen Schlafanzug mit Schlafmütze. In den Händen hielt es einen weißen Zauberstab. Es war eine Elfe. Eine Blattelfe, um genau zu sein.

Gertrude Eleonore Fisselstick schenkt den Blattelfen in ihrem weltberühmten „Handbuch zur Bestimmung aller magischen und nichtmagischen Arten“ nur einen kurzen Eintrag.

Blattelfen leben, wie es ihr Name schon verrät, im Blattwerk von Bäumen. Sie ernähren sich von Tautropfen, Blütenpollen und Vogelhäufchen.

Im Gegensatz zu all ihren Verwandten können Blattelfen nicht zaubern. Warum sie trotzdem ständig einen Zauberstab mit sich herumschleppen, verstehen wohl nur sie selbst. Essen kann man Blattelfen nicht. Sie sind einfach zu knochig.

„Haut ab! Das ist mein Baum!“, meckerte die Blattelfe.

„Daf würden wir gerne. Wir wiffen nur nicht, wie“, erklärte Fluppe ihre missliche Lage.

„Das ist mir egal. Ihr müsst weg. Das ist mein Baum“, sirrte die Elfe böse.

„Wenn du uns hier runterhelfen könntest, wäre das super“, sagte Oskar.

„Ich soll euch helfen?“, fragte die Blattelfe.

„Ja. Das wäre nett.“

„Nein. Das wäre sehr nett!“, antwortete die Elfe.

„Ja“, antwortete Oskar. „Wäre es.“

„Sag es!“, pampte die Elfe ihn an.

„Was?“, fragte Oskar irritiert.

„Dass es *sehr* nett wäre, wenn ich euch helfen würde“, antwortete die Elfe lauernd.

„Es wäre *sehr* nett, wenn du uns helfen würdest!“, wiederholte Oskar schnell, während der Baum nachgab und sie alle ein Stück absackten.

„Na gut, dann will ich mal nicht so sein“, trillerte die Blattelfe. Sie schwirrte wie ein Kolibri zu Fluppe und begann den Drachen mit ihrem Zauberstab unter den Achseln zu kitzeln.

„Hihihi! Hey! Hihihi! Laff daf! Hihihi!“, quiekte Fluppe, während er versuchte, die lästige Elfe von sich wegzupusten. Vergeblich. Elfen sind zwar winzig, aber einfach nicht wegzupusten. Außerdem mögen sie es gar nicht, wenn sie von einem Drachen mit feuchter Aussprache angespuckt werden.

„Hey! Ich habe heute schon geduscht!“, beschwerte sich die Elfe und keifte ein böses „Na warte, Bursche!“ hinterher.

Sie schwirrte so schnell um Fluppe herum, dass dem Drachen schwindelig wurde. Immer wieder pikste und kitzelte sie ihn dabei mit ihrem Zauberstab.

Fluppe gab auf.

„Fefthalten! Ef geht abwärtf! Ich laffe jetf lof!“

Fluppe ließ los. Mit dem Hintern voran und den drei Drachentötern im Huckepack rutschte er schreiend den Baumstamm hinunter wie ein Feuerwehrmann an der Stange. Äste und Zweige krachten gegen den Drachen, brachen, splitterten entzwei und stürzten mit ihnen zu Boden. Oskar krallte sich an Fluppe fest, hielt die Luft an und schloss seine Augen.

Der Lärm war ohrenbetäubend. Das Krachen zerberstender Äste, die Schreie von Florian und das laute, schmerzerfüllte Stöhnen Fluppes, dem von den peitschenden Ästen der Hintern versohlt wurde, klingelten in Oskars Ohren.

Ein Ast streifte seinen Rücken, Oskar verlor den Halt und rutschte nach unten. Panisch wollte er Florian warnen – doch der war weg. Genau wie Lisbeth.

Blätter klatschten ihm ins Gesicht. Nur noch mit einer Hand hing Oskar an Fluppes Hals.

Dann ließ er los.

Er flog.

Rauschte an Fluppe vorbei.

Das war's, dachte Oskar. Aus und vorbei.

Und er schlug dumpf und viel weicher auf, als er es erwartet hatte. Er öffnete seine Augen und sah einen riesigen grünen Hintern auf sich zufliegen. Blitzschnell und keine Millisekunde zu früh rollte er sich auf die Seite. Mit einem dumpfen Knall krachte Fluppe neben ihn auf den Boden.

„Seht, was ihr mit meinem Baum angestellt habt, ihre Baumzerstörer!“, piepste die Fee außer sich und versuchte, Oskar mit ihrem Zauberstab in die Augen zu piksen. Der hielt sich zum Schutz schnell seine Hände vors Gesicht und rollte nach links und rechts, bis die Elfe schimpfend verschwand.

Oskar sah nach oben. Die Eiche sah wirklich arg mitgenommen aus. Mit seinen starken Armen und dem dicken

Hintern hatte Fluppe den Baum nahezu komplett entlaubt. Nur ein schmaler, exakt senkrechter Streifen von Ästen und Blättern hatte ihre Rutschpartie überstanden – wie eine saubere Irokesenfrisur.

Oskar blieb flach auf dem feuchten Grund liegen. Eine dicke Schicht aus verfaultem Laub hatte seinen Aufprall gedämpft. War er verletzt? Oskar konzentrierte sich. Seine Arme und Finger waren noch dran. Sie ließen sich schmerzfrei bewegen. Er tastete seine Beine ab. Der rechte Oberschenkel war warm. Blutete er? Vorsichtig fühlte Oskar, ob er eine Wunde hatte. Nein. Nichts. Nur die kleine Kugel in seiner Tasche hatte sich erwärmt. War jemand Fremdes in der Nähe? Natürlich. Er war in einem tiefen Wald. Hier gab es sicherlich jede Menge fremder Wesen, ganz zu schweigen von gemeinen Blattelfen.

„Wie geht es euch?"

„Flo!", seufzte Oskar erleichtert. Der junge Drachentöter kam völlig verdreckt aus einem Gebüsch geklettert. Offensichtlich hatte auch er den Sturz halbwegs unbeschadet überstanden. Nur ein paar blutige Kratzer zogen sich wie Schnurrhaare durch sein Gesicht und ließen ihn ein kleines bisschen wie eine Katze aussehen.

Florian reichte Oskar seine Hand und zog ihn hoch.

„Danke." Oskar reckte und streckte sich. Alles gut. Keine Schmerzen.

„Mein Flügel ift verletft!“, jammerte Fluppe.

„Ach du Scheiße!“ Oskar zog Luft durch die Zähne ein. Der linke Drachenflügel hing geknickt nach unten. „Ich glaub, der ist gebrochen …“

„Tut es sehr weh?“, fragte Flo.

„Nein, gar nicht“, sagte Fluppe. „Nur fliegen kann ich damit nicht.“

Das war keine gute Nachricht. Zwar wussten sie eh nicht, wohin, aber Oskar fand es besser, fliegend durch die Gegend zu irren als laufend. Zumal die Soldaten der Königin garantiert längst hinter ihnen her waren.

Florians panische Stimme ertönte aus dem Unterholz.

„Lisbeth? Lissy! Lissy, wach auf!“

Oskar stürzte zu Florian. Die Drachentöterin lag reglos auf dem Boden. Blut lief ihr über das Gesicht. Oskars Herz setzte für einen Moment aus.

„Lissy!“ Florian schüttelte sie vorsichtig.

„Lass das! Nicht schütteln.“ Oskar hockte sich neben Lisbeth und griff behutsam nach ihrem Handgelenk. Er fühlte ihren Puls. Er war schwach. Aber immerhin, sie lebte.

Oskar atmete tief durch.

„Was sollen wir tun?“ Florians Augen röteten sich.

„Ich weiß es nicht. Keine Ahnung. Ich weiß es wirklich nicht.“

„Fluppe?“ Florian sah sehnsüchtig zu Fluppe. Aber der Drache schüttelte nur traurig den Kopf.

Oskar nahm ein großes Blatt vom Boden auf. Er schaufelte das modrige Laub beiseite und drückte das Blatt ins Moos, bis sich Wasser darauf gesammelt hatte.

Dann nahm Oskar das Blatt vorsichtig hoch und tröpfelte Lisbeth ein paar Tropfen auf die Lippen.

Oskar wusste nicht, was er erwartet hatte. Vielleicht, dass das Wasser wie durch Zauberhand ihre Lebensgeister wachrief, sie sich verschluckte und sich hustend und verärgert aufrichtete. Irgend so etwas.

Aber es geschah nichts.

Die Wassertropfen perlten von Lisbeths Lippen, rannen über ihr Kinn und ihren Hals und versickerten im Boden. Lissy rührte sich nicht.

„Ist sie tot?“, fragte Florian.

Da erklang eine tiefe Männerstimme hinter ihnen: „Nein. Aber bald.“

Freund oder Feind?

Oskar und Florian sprangen auf und zogen ihre Schwerter.

Aus dem Dickicht trat ein Mann. Er trug einen knielangen, dunkelgrünen Mantel. Seine Füße steckten in schweren braunen Stiefeln. Seine hellblauen Augen leuchteten wach aus seinem vom Wetter gegerbten Gesicht. Er trug einen Bart, wenn auch keinen so langen wie der Zauberer, der Oskar nach Drachenhöhe getrickst hatte. Oskar erkannte ihn sofort. Es war der Mann, den er in Goldenhöhe im Gasthaus „Drachenloch" getroffen hatte. Der zu ihm „Nutz den Drachen!" gesagt und Oskar damit geholfen hatte.

„Was wollt Ihr? Verschwindet! Lasst uns in Ruhe!" Florian fuchtelte drohend mit seinem Schwert.

Der Fremde trat auf sie zu. „Steckt eure Schwerter weg. Ich bin kein Feind. Ich bin hier, um zu helfen." Er schob Florians Schwert beiseite und hockte sich neben Lisbeth.

Florian wollte sich auf ihn stürzen, aber Oskar hielt ihn

zurück. Der Mann legte sein Ohr auf Lisbeths Brust. Dann griff er in seine Manteltasche und holte ein kleines Säckchen aus Leder hervor. Er öffnete es und streute getrocknete Blätter in seine Hand. Während er merkwürdig klingende Wörter vor sich hin murmelte, verrieb er die Blätter und ließ den Pflanzenstaub auf Lisbeths Körper rieseln.

„Was … was macht er da?“, flüsterte Florian.

„Ich weif ef auch nicht“, nuschelte Fluppe.

Der Mann öffnete seinen Mantel und fasste in seine Innentasche. Für einen kurzen Moment sah Oskar zwei Klingen aufblitzen. Es waren nicht die Klingen von Schwertern, mit denen man in den Kampf zieht. Es waren die von Messern, mit denen man hinterrücks und lautlos tötet.

Nun zog der Fremde einen kleinen Glasballon heraus, gefüllt mit einer pink schimmernden Flüssigkeit. Er entkorkte den Ballon und tröpfelte genau drei Tropfen der merkwürdigen Flüssigkeit auf Lisbeths Lippen. Ein kleines bisschen Rauch stieg auf, als die Tropfen in Lisbeths Mund rannen.

Und zu Oskars größter Überraschung schien die Medizin tatsächlich zu wirken! Lisbeth regte sich. Erst nur die Finger, dann die Arme und Beine, schließlich öffnete sie die Augen. Und im nächsten Augenblick war sie mit einem Satz auf den Beinen, hatte den Fremden mit vor Zorn glitzernden Augen an einen Baum gedrückt und hielt ihm ihr Schwert an die Kehle.

„Was willst du hier, Hinnerdir? Du dreckige Elster!“, fauchte sie.

„Elster?“, fragte Oskar verwirrt.

„Der Typ hier ist eine miese kleine Elster, ein Drachenei-Sammler“, erklärte Lissy mit gefletschten Zähnen, ohne den Blick von dem Mann zu nehmen. „Er stiehlt Dracheneier aus den Nestern und verkauft sie für viel Gold an die Königin für Drachenkämpfe.“

„Daf ift aber nicht nett!“ Fluppe sah Hinnerdir böse an.

„Überhaupt nicht nett!“ Florian hob wütend sein Schwert.

„Drachenei-Sammler sind alles andere als nett“, zischte Lisbeth und drückte die Klinge fester an Hinnerdirs Hals.

„Hey. Hey!“, rief der mit gepresster Stimme und hielt abwehrend seine Hände in die Höhe. „Ich habe dir gerade das Leben gerettet.“

„Ich wäre nicht gestorben.“

„Nicht an den Verletzungen. Aber der heraufziehende Winter hätte dich erledigt.“

Oskar sah nach oben. Der Mann hatte Recht. In Drachenhöhe wechselte das Wetter innerhalb eines Tages durch alle vier Jahreszeiten. Nun war schon wieder Herbst. Rot gefärbte Blätter segelten zu Boden.

Lisbeth sah sich um. Sie ließ ihr Schwert sinken.

„Wo zum Teufel sind wir?“, fragte sie. „Wir waren doch gerade noch in der Arena von Goldenhöhe!“

„Wir sind im unendlichen Wald."

„Was? Das kann doch nicht sein! Oder doch? Aber … wie?" Lisbeth war in etwa so verwirrt, wie Oskar es gewesen war, als er auf einmal in Drachenhöhe statt in seinem Zimmer in Waldende erwacht war.

„Wir sind auf Fluppes Rücken aus der Arena geflohen!", brabbelte Florian aufgeregt.

Fluppe nickte und sagte voller Stolz: „Ich kann fliegen!"

Lisbeth knuffte ihn freundschaftlich in die Seite. „Ich habe immer gewusst, dass du ein Spitzendrache bist!" Lächelnd sah sie sich um. „Wo ist Horand?"

Niemand antwortete.

Stattdessen ertönte ein aufgeregtes heiseres Kreischen, das sich rasch näherte. Ein riesiger Schwarm Krähen erschien wie aus dem Nichts und kreiste krächzend in einer schwarzen Wolke dicht über ihnen.

Hinnerdir sah hinauf. Er nickte und die Krähen verschwanden so schnell, wie sie gekommen waren.

„Wir müssen weiter. Die Soldaten der Königin durchkämmen den Wald", sagte er.

Oskar und Florian steckten ihre Schwerter ein.

„Wo? Ist? Horand?", wiederholte Lissy. Ihre Stimme überschlug sich.

Oskar sah hilfesuchend zu Flo.

Der zuckte mit den Schultern.

Und dann berichteten sie stockend, was in der Arena vorgefallen war. Wie der alte Drachentöter sich geopfert und ihnen allen das Leben gerettet hatte.

Oskar hatte erwartet, dass Lissy durchdrehen würde. Dass sie schreien und heulen würde. Dass sie wütend würde und lautstark nach Gerechtigkeit und Vergeltung verlangte. Aber nichts von alledem geschah.

Lisbeth lauschte ihnen regungslos. Als sie am Ende ihrer Geschichte angekommen waren und Hinnerdir sie zum Aufbruch antrieb, stand Lisbeth auf und sagte: „Horand lebt."

Sonst sagte sie nichts.

Die populärste Hexe Drachenhöhes, Gertrude Eleonore Fisselstick, hat über Drachenei-Sammler nur wenig Nettes zu sagen:

Drachenei-Sammler entstammen nahezu vollzählig dem Volk der Nordfiesen. Eine Menschenart, deren verbrecherische Fähigkeiten sie zu perfekten Drachenei-Sammlern machen. Oder Mördern.

So bewegen sich sogar die Dicksten unter ihnen absolut lautlos. Sie sind enorm geschickt, haben einen sechsten Sinn für lauernde Gefahren und kommen mehrere Wochen ohne Nahrung aus.

Und was das Wichtigste ist: Sie besitzen keinerlei Skrupel. Jeder Drachenei-Sammler würde, ohne mit der Wimper zu zucken, für einen kleinen Profit seine eigene Mutter verkaufen. Was natürlich nicht geht, weil die Mütter der Nordfiesen ihren Nachwuchs aus Angst, später von ihren Kindern verhökert zu werden, unmittelbar nach der Geburt vorbeireisenden Vagabunden verkaufen.

Oskar jedenfalls war ziemlich froh, dass Hinnerdir aufgetaucht war. Zwar reichten dessen Heilkräfte nicht aus, um einen Drachenflügel zu heilen. Aber zumindest schien er sich im Wald auszukennen.

Der Winter war fast da. Nur noch vereinzelte vergilbte Blätter klammerten sich an ihre Äste. Der Rest war längst zu Boden gefallen und zum Spielzeug für den immer eisiger werdenden Wind geworden.

Oskar fror, wie er noch nie gefroren hatte. Seine Drachentöterkleidung war für den Kampf ausgelegt und nicht für den Marsch durch einen bitterkalten Spätherbst. Seine Finger und Zehen spürte er längst nicht mehr.

Flo lief dicht hinter ihm und dahinter brach sich Fluppe geräuschvoll eine Schneise durch die eng stehenden Bäume. Lisbeth aber hatte sich weit zurückfallen lassen. Seit sie losmarschiert waren, hatte sie kein Wort gesagt. Und niemand wagte es, sie anzusprechen.

„'schuldige." Schon wieder stolperte Florian vor Erschöpfung in Oskar hinein. Oskar wusste, sie würden ihn bald stützen müssen.

Sie waren frei – aber zu welchem Preis? Lissy war verstummt. Fluppe war verletzt. Und Horand war tot. In der Drachentöter-Akademie hatten sie zumindest jeden Abend ein wärmendes Feuer gehabt. Und nun stapften sie durch einen dunklen, eisigen Wald, einem völlig Fremden ausgeliefert …

Irgendwann dachte Oskar gar nichts mehr. Sein Kopf war tiefgekühlt. Wie ein Roboter setzte er einen steifen Fuß vor den anderen, während Hinnerdir ihnen mit Florians Schwert einen Weg durch das Unterholz schlug.

Bis der Drachenei-Sammler auf einmal stehen blieb und in den grauen Himmel sah. Dann kniete er sich auf den Boden und roch am Laub.

„Wir sind gleich da", sagte er und stand wieder auf. „Hier geht's lang!" Und wieder setzte er sich in Bewegung.

Oskar hatte genug. „Wo laufen wir eigentlich hin, Hinnerdir?", rief er nach vorne.

„Zu den Riesen", antwortete der Drachenei-Sammler und Oskar blieb so abrupt stehen, dass Florian gegen ihn prallte.

„Riesen?", fragte Oskar.

„Ja."

Oskar schloss schnell zu Hinnerdir auf.

„Riesen?", fragte Oskar noch mal in der Hoffnung, sich verhört zu haben.

„Ja. Zwei Riesen, um genau zu sein. Hadfi und Wei. Sie sind ein Pärchen."

„Hadfi und Wei?"

„Richtig. Hadfi ist der Mann und Wei die Frau. Bei Riesen kann man Frauen und Männer kaum unterscheiden."

„Aha. Und woran erkennen Riesen, wer ein Mann und wer …?"

„Am Duft. Sie riechen unterschiedlich."

Oskar stellte sich Riesen vor, die einander beschnupperten wie Hunde.

Hinnerdir genoss Oskars Verwirrung sichtlich. Er lachte. „Und vielleicht können sie sogar Fluppe helfen."

„Riesen? Helfen? Sind die nicht böse und unglaublich dumm?", fragte Oskar. Alles, was er über Riesen wusste, stammte aus seinen alten Kinderbüchern. Und in denen wurden Riesen immer als unbeschreiblich dämlich dargestellt. Als Riesenschädel mit winzigen Gehirnen.

„Nein", antwortete Hinnerdir lächelnd. „Riesen sind kein bisschen gemein und außerdem superschlau! Allerdings …"

„Allerdings?", hakte Oskar nach. Das Wort gefiel ihm gar nicht. Mit „allerdings" fangen keine guten Sätze an: „Allerdings hassen sie Menschen! Allerdings fressen sie unglaublich gern Kinder!“ Allerdings ist ein schreckliches Wort.

„Allerdings“, fuhr Hinnerdir fort, „sind sie sehr ungeschickt.“

„Ach!“ Oskar konnte kaum glauben, was für ein Gespräch er gerade führte. Und er spürte auf einmal mit jeder Faser seines Körpers, wie weit weg er von seinem Zuhause und seiner Familie war.

„Ja, unglaublich ungeschickt! Absolute Tollpatsche. Gerade Hadfi, der männliche Riese, der ist ein Tollpatsch, wie er im Buche steht. Passt also auf, dass euch die Riesen nicht versehentlich verletzen. Euch umrennen, mit kochend heißen Getränken überschütten oder auf euch drauftreten.“

Oskar stellte sich vor, wie er platt getreten unter dem Schuh eines Riesen klebte und der ihn mit einem Stock angewidert wie einen stinkenden Hundehaufen von seinen Schuhsohlen pulte. Eine Vorstellung, die Oskar ein ziemlich flaues Gefühl bescherte.

„Ah, da ist er ja!“, rief Hinnerdir und lächelte. Vor ihnen gurgelte ein kleiner Bach durch den unendlichen Wald. „So, dann wollen wir mal ein paar Fische fangen!“

„Ernsthaft? Muss das jetzt sein?“, fragte Florian bibbernd.

„Wir können nicht ohne Geschenk bei den Riesen auftauchen“, sagte der Drachenei-Sammler. „Das wäre unhöflich. Und Unhöflichkeiten mögen Riesen nicht.“

„Ach so."

„Wir wollen die Riesen doch nicht verärgern, oder?"

„Oh nein! Auf gar keinen Fall", sagte Oskar heftig und meinte es auch so. Das war wie auf dem Schulhof, die Großen brachte man besser nicht gegen sich auf. Sonst steckte der Kopf die ganze große Pause in der Kloschüssel.

„Wir sollten ihnen so viele Fische fangen wie möglich!", beschloss Oskar.

„Ganz genau", sagte Hinnerdir. Er stieg mit einem vorsichtigen Schritt in den Bach und beobachtete regungslos das Wasser. „Wusste ich es doch!", freute sich der Drachenei-Sammler. „Der Bach ist voller Quasserellen!"

„Quasserellen?"

„Ja. Eine Forellenart."

„Komischer Name", wunderte sich Oskar.

„Gleich weißt du, warum die so heißen ...", sagte Hinnerdir, griff schnell wie ein Blitz ins Wasser und zog einen zappelnden Fisch heraus. Er warf Oskar den Fisch zu, der sich ganz offensichtlich ein Loch in den Bauch freute, gefangen worden zu sein.

„Aaah, endlich! Ich danke euch! Ich danke, danke, danke euch!", jubelte die Quasserelle und quasselte weiter. „Ehrlich, das Wasser ist heute so arschkalt! Gibt es gar nicht. Gut, dass ich da raus bin! Ich habe eine richtig mörderische Gänsehaut. Da, schaut mal!"

Nicht ohne Stolz präsentierte die Quasserelle eine ihrer Flossen. Es war rein gar nichts darauf zu sehen.

„Der kann ja sprechen!“ Oskar staunte so sehr, dass er sogar seine eiskalten Finger vergaß. Und der Fisch legte nach.

„Natürlich kann ich sprechen. Und wie! Wer ist denn noch so da?“, fragte die Quasserelle. Sie hüpfte in Oskars Hand auf und ab und verschaffte sich so einen Überblick.

„Na, Leute? Wie geht's, wie steht's? Alles im Lot? Schon Gedanken gemacht, wie ihr mich zubereiten wollt? Ich schlage vor: gebraten mit ein paar grünen Böhnchen. So schmecke ich am besten, finde ich. Habt ihr überhaupt Böhnchen da? Nein? Na, ist auch nicht schlimm. Mit einem feinen Sößchen oder ein paar Spritzerchen Zitrone würde ich mich auch verputzen. Aber wem erzähle ich das! Apropos erzählen: Kennt einer einen guten Witz? Hab schon lange keinen mehr gehört."

Der Fisch sah aufgeregt in die Runde. „Nein? Niemand? Gut, dann erzähle ich einen. Geht ein Fisch zum Hautarzt und fragt: *Haben Sie was gegen Schuppen?*"

Die Quasserelle sah sich erwartungsvoll um. Als niemand lachte, rief sie: „Hallooo? Hautarzt. Schuppen. Fisch. Fische haben Schuppen?" Niemand lachte. „Na gut. Ich kenne noch einen. Ihr werdet euch kringelig lachen! Ein Frosch beschwert sich im Restaurant: *Herr Ober, in meiner Suppe ist keine Fliege!*" Die Quasserelle lachte sich erst scheckig und dann wieder einfarbig. Da war sie allerdings die Einzige. „Was seid ihr fünf bloß für ein trauriger Haufen!" Der Fisch schüttelte seinen Kopf. „Der Witz ist doch spitze!"

„Ich fand den nur so mittel", sagte Oskar.

Die Quasserelle sah Oskar traurig in die Augen. „Du hast keinen Humor, mein armer Junge", sagte sie und wurde wieder geschäftsmäßig. „So, jetzt haben wir uns genug amüsiert. Nimm dir mal den dicken Stock da drüben und hau mir damit ordentlich auf die Rübe. Und dann ab in die heiße Pfanne mit mir und denk dran: Fisch immer auf der Hautseite braten! Immer! Aber nicht zu lange! Mein Fleisch muss noch schön glasig sein, sonst werde ich zu trocken und schmecke nach einem Pappkarton, der generationenlang in einem feuchten Keller vor sich hin gemodert hat."

Die Quasserelle in Oskars Hand schloss erst das Maul, dann die Augen und dann zeigte sie mit ihrer Flosse auf die Stelle ihres Kopfes, auf die Oskar einhämmern sollte. Der war aber immer noch viel zu erstaunt, um auch nur einen Finger zu heben.

Hinnerdir übernahm.

Insgesamt neun geschwätzige Fische zogen Hinnerdir und die weiter schweigende Lisbeth aus dem Wasser. Am Ufer nahmen Oskar und Florian die Quasserellen entgegen, kloppten ihnen auf den Kopf und fädelten sie auf eine dünne Schnur. Die Schnur wiederum knotete Hinnerdir an einen Stock und reichte ihn Florian.

„So kannst du sie tragen." Der Drachenei-Sammler rieb sich die frostigen Hände. „Jetzt aber los! Bevor wir hier festfrieren."

Als Hinnerdir ihren Marsch nach einer weiteren Stunde stoppte und flink wie ein Eichhörnchen einen Baum hinaufkletterte, war die Sonne bereits völlig verschwunden. Es war tiefer Winter. Der Mond schien von einem wolkenlosen Himmel und tauchte den Wald in ein graues, eisiges Licht.

Oskars Atem gefror an der frostigen Luft sofort. Kleine Eiszapfen hingen an seinen Wimpern und Nasenhaaren. Jedwede Energie und Wärme hatten seinen Körper verlassen.

Florian wurde von Lisbeth gestützt. Sein Gesicht war völlig blau, seine Augen nur halb geöffnet. Lange würde er sich nicht mehr auf den Beinen halten können. Nur Fluppe schien die Kälte nichts auszumachen. Er sog die frostige Luft gierig ein und war, trotz hängenden Flügels, bester Laune.

„Waf für eine Wohltat! Die Luft hier ift viel beffer alf in den Minen. Fo fauber und erfriffend!"

Als Hinnerdir wieder vom Baum stieg und glücklich verkündete, dass sie es nun bald geschafft hätten, konnte Oskar noch nicht einmal lächeln. Er war so müde und abgekämpft, dass er selbst für ein Lächeln keine Kraft mehr aufbringen konnte.

Riesenchaos

Lang bevor Oskar die Riesen sah, hörte er sie bereits. Und wie.

„Aua!", brüllte eine Stimme, so laut und durchdringend, dass sie nicht nur Oskar durch Mark und Bein ging. Vögel stoben kreischend auf und ergriffen die Flucht; Rehe, Wildschweine und Baumelfen suchten panisch das Weite.

Florian klammerte sich an Lisbeths Arm.

„Hoppla. Entschuldigung!", dröhnte eine zweite, deutlich tiefere Stimme. „Habe dich nicht gesehen."

Das musste Hadfi sein, dachte Oskar. Der männliche Riese.

„Natürlich nicht! Ich bin ja geradezu winzig!", schrie die andere Stimme schlecht gelaunt. War Oskars Vorfreude, endlich mal leibhaftigen Riesen zu begegnen, von Anfang an eher schwach gewesen, war sie nun gänzlich verschwunden. Ängstlich beobachtete er Hinnerdir. Auch der war kurz stehen geblieben, schien ansonsten aber unbekümmert.

„War ja keine Absicht!", brummte die tiefe Stimme.

Hinnerdir zwinkerte Oskar zu und zog ein kleines goldenes Instrument aus seinem Mantel. Es war merkwürdig gebogen wie eine Brezel und erinnerte Oskar an eine falsch verknotete kleine Trompete. Der Drachenei-Sammler führte das Instrument an seine Lippen und blies hinein. Ein klarer, überraschend tiefer Ton entwich der Trompete und die Riesen verstummten.

„Hinnerdir?", rief Hadfi schließlich fragend in den Wald.

„Ja! Stören wir?", schrie Hinnerdir, so laut er konnte, und flüsterte Oskar zu: „Will man Riesen besuchen, muss man sich vorher ankündigen. Sie sind sehr schreckhaft."

„Wir? Was heißt ›wir‹?", brummte die tiefe Stimme fragend.

„Ich und meine vier Freunde."

Lisbeth verzog bei dem Wort „Freunde" angewidert ihr Gesicht.

„Nein! Ihr stört nicht!", rief Hadfi. „Kommt, nehmt an unserem Feuerchen Platz! Ihr müsst ja völlig durchgefroren sein."

„Wir kommen!", schrie Hinnerdir, steckte die komische Trompete weg und schob Oskar vor sich her. Obwohl sie bereits in Hörweite der Riesen waren, brauchten sie noch fast eine ganze Stunde, bis sie durch das dichte Geäst des Waldes endlich den Schein eines kolossalen Feuers erblickten. Hoch wie der Sprungturm im Freibad von Waldende züngelten die Flammen gen Himmel.

Oskar blieb die Spucke weg. Das, was die Riesen ein kleines Feuerchen nannten, würde man in Oskars Heimatstadt einen Flächenbrand nennen und panisch alle Einwohner zur Flucht aufrufen. Inklusive der Feuerwehr.

Als sie dann endlich aus dem Dickicht auf die Lichtung traten, hätte Oskar beinahe auf dem Absatz kehrtgemacht. Das Feuer war gewaltig, aber der Anblick der beiden Riesen raubte Oskar den Atem. Denn die waren noch viel gewaltiger. Vom Kopf bis zu den nackten Füßen maßen sie locker zehn Meter. Beide sahen tatsächlich absolut identisch aus. Sie waren exakt gleich groß, muskelbepackt und trugen außer grünen Shorts keinerlei Kleidung. Dichtes, strubbeliges braunes Haar wuchs ihnen vom Kopf bis zu den nackten Füßen. Nur ihr rundes, freundliches Gesicht mit der dicken Knollennase war komplett haarlos. Beide beobachten aus hellblauen Augen neugierig die Ankunft ihrer Gäste. Oskar spürte, wie die Riesen erst ihn interessiert musterten, dann Lissy, dann Florian. Und dann – deutlich misstrauischer – beäugten sie Fluppe.

„Der ist schwer in Ordnung“, beeilte sich Hinnerdir zu sagen, der die beiden Riesen genau beobachtete.

„Du bist Fluppe, nicht wahr?“, fragte einer der beiden. „Der Trainingsdrache aus Goldenhöhe.“

Fluppe freute sich, dass die Riesen ihn kannten. „Daf ftimmt. Ich bin Fluppe.“

„Und mein Name ist Hadfi“, sagte Hadfi freundlich.

„Gefundheit“, sagte Fluppe.

Der Riese grinste. „Das ist mein Name“, sagte er.

„Waf ift dein Name?“, fragte Fluppe.

„Hadfi!“, sagte Hadfi.

„Gefundheit“, sagte Fluppe.

„Nein, ich niese nicht. Ich heiße Hadfi.“

„Gefundheit“, sagte Fluppe und zog sich ein gutes Stück zurück, weil er sich von Hadfi keinen Schnupfen einfangen wollte.

„Ich heiße Hadfi. Das ist mein Name: Hadfi“, versuchte Hadfi es hartnäckig.

Allerdings vergeblich. Der Riese erntete von Fluppe nur Mitleid.

„Du bift aber flimm erkältet“, sagte Fluppe mitfühlend. „Brauchft du ein Taffentuch?“

„Nein. Ich … das ist mein … ach, ist ja auch egal …“

„Entschuldigt bitte“, schaltete sich Hinnerdir ein. „Wie unhöflich von mir, euch nicht vorzustellen. Unseren Drachen Fluppe habt ihr ja bereits erkannt. Und dies sind die Drachentöter Oskar, Florian und Lisbeth. Darf ich vorstellen: die Riesen Hadfi …“

„Gefundheit!“, sagte Fluppe und dachte: Herrje, der Schnupfen ist übel schnell ansteckend.

„… und Wei.“

„Hallo!“, sagte Oskar und winkte zögerlich.

Flo hob ebenfalls die Hand, in der er den Stock mit den Fischen hielt. Er stand dicht hinter Oskar und zitterte wie ein Wackelpudding in der Achterbahn – ob vor Angst oder Kälte, da war sich Oskar nicht sicher.

„Hallo und herzlich willkommen! Sind die Quasserellen für uns?“, fragte Wei und leckte sich ihre Lippen, wobei unzählige überraschend kleine und spitze Zähne aufblitzten.

„Natürlich!“ Hinnerdir nahm Flo den Stock ab.

„Ein Spießchen! Bisschen wenig für eine Vorspeise, aber trotzdem sehr nett. Danke schön!“, bedankte sich Hadfi und machte einen Satz nach vorne.

Dabei stolperte er über den Baumstamm, der ihm als Hocker gedient hatte, geriet ins Trudeln und knallte ungebremst gegen Wei. Die kippte nach vorne, ruderte mit ihren haarigen Armen und latschte volles Rohr ins Feuer.

„Aua! Heiß! Heiß! Heiß!“, kreischte sie und hopste mit schmerzverzerrtem Gesicht auf einem Fuß auf und ab. Jedes Mal, wenn die Riesin landete, bebte die Erde und Oskar hüpfte ein gutes Stück nach oben. Glühende Funken stoben durch die Luft und brennende Holzscheite flogen wie Geschosse durch die Gegend.

„Moment, mein kleines Täubchen!“, schrie Hadfi panisch. „Ich rette dich! Ich hab Wasser zum Kühlen!“

Hadfi schnappte sich einen randvoll mit Wasser gefüllten

Eimer, groß wie ein Swimmingpool, und schüttete das Wasser aus. Leider verfehlte er Weis Fuß und goss es stattdessen in Oskars und Florians Richtung.

Mit offenem Mund sah Oskar die Flutwelle auf sich zurauschen. Er wollte wegspringen, aber dafür blieb ihm keine Zeit. Das Wasser traf ihn mit voller Wucht.

Florian und er wurde beide von den Beinen gerissen und weggespült. Die Drachentöter wirbelten wie Brummkreisel im Strudel.

Mit einem Krachen knallte Oskar gegen einen Baum. Er rappelte sich auf, besser gesagt, er versuchte es. Aber es ging einfach nicht. Nicht einmal blinzeln konnte er, nicht einen Finger konnte er krümmen. Ein feiner, aber stabiler Eispanzer hielt ihn fest umklammert. Oskar war zu einem Eiswürfel gefroren.

Verschwommen sah er durch die Eisschicht, wie einer der beiden Riesen sich durch den Wald kämpfte. Es war Hadfi. Und er sah peinlich berührt aus.

„Hoppla“, sagte er, als er die beiden steif gefrorenen Drachentöter fand, die wie zwei umgekippte Eisskulpturen regungslos im Wald lagen.

Er klemmte sie sich unter den Arm und marschierte zur Lichtung zurück.

„Es tut mir wirklich sehr leid“, sagte der Riese, als er sie nahe vor dem großen Feuer absetzte. Oskar spürte, wie die

Hitze das Eis schmelzen ließ. Wenige Sekunden später waren sie frei.

„Stecken wir sie in die heiße Quelle“, schlug Wei vor.

„Ich zeig ihnen den Weg“, sagte Hinnerdir schnell, um Hadfi zuvorzukommen, und zog die beiden am Kragen hinter sich her.

Kurz hinter der Lichtung befand sich eine gewaltige Höhle, die den Riesen als Behausung diente. Und links davon blubberte eine Quelle. Dampf stieg auf und bildete einen feinen Nebel über dem kleinen See.

„Klamotten runter und rein da“, sagte Hinnerdir.

„Das kannst du knicken!“, rief Oskar, der sich noch nie gern vor anderen ausgezogen hatte.

„Was soll ich knicken?“, fragte Hinnerdir verwirrt.

„Dass wir uns hier nackig machen!“, sagte Oskar empört.

„Und unseren Po… Popo präsentieren!“, ergänzte Florian bibbernd.

Hinnerdir verdrehte die Augen. „Stellt euch nicht so an! Ich dachte, ihr seid Drachentöter und keine verklemmten Elben! Runter mit den Klamotten und rein ins Becken zu den Putzerfischen, sonst holt ihr euch den Tod!“

„Putzerfische?“, fragte Oskar. Das hörte sich gar nicht gut an.

„Ja, der See ist voll davon. Die knabbern den Dreck von euch runter.“

„Aber tut das nicht weh?“, fragte Florian besorgt.

Hinnerdir lachte. „Kein bisschen.“ Er drehte ihnen den Rücken zu. „Und jetzt los!“

Augen zu und durch. Oskar schlüpfte aus seinen Klamotten, sprang ganz schnell in die heiße Quelle, weil er fand, dass sein Hintern seine Privatsache war und … fühlte sich sofort großartig. Das Wasser war wunderbar warm. Oskar spürte, wie die Kälte aus seinem Körper entwich. Wie sich seine verkrampften Muskeln lockerten. Wie seine Lebensgeister erwachten und seine Laune stieg.

Es war einfach nur herrlich. Herrlich warm und entspannend. Oskar fühlte sich seit Ewigkeiten mal wieder rundum wohl. Vor allem, als er die Putzerfische spürte, die ihm wohlig kitzelnd den Schmutz von seiner Haut knabberten.

„Aaah!“, hörte er Florian aufstöhnen. „Wie großartig ist das denn?“

Oskar schwamm zu ihm und lehnte sich neben Flo an einen kleinen Felsen am Rand des Beckens. Sie streckten ihre Beine aus, legten die Köpfe auf das weiche Ufer und ließen sich Schneeflocken auf die Nase schweben.

„Ich schwöre dir“, schwor Florian, „wenn ich wieder zu Hause bin, lege ich mir auch solche Putzerfische zu. Stell dir mal vor: Nie mehr selber waschen! Wie super wäre das denn? Einfach nur in die Wanne legen und die Fische putzen lassen!“

„Ja. Das wäre super."

„Ob es wohl auch Zähneputzerfische gibt?", fragte Florian.

„Ich hoffe nicht!", antwortete Oskar entschieden, der sich keinesfalls von lebenden Fischen in den Mund kacken lassen wollte.

Als ihre Haut so schrumpelig war, dass sie aussahen wie ihre eigenen Opas, legte ihnen Hinnerdir ein riesiges Handtuch neben das Becken, aus dem man spielend ein Sechs-Mann-Zelt hätte nähen können.

„Und hier sind frische Sachen zum Anziehen", sagte er noch und ließ neben ihnen zwei Bündel fallen.

„Cool! Wo hast du die denn her?", fragte Florian und entfaltete eine schwarze Stoffhose, ein wolliges Unterhemd, einen dicken Pullover und kuschelige Wollsocken.

„Von den Riesen."

„Und woher haben die Riesen die Sachen?", fragte Florian arglos.

„Sind mal, nun ja … übrig geblieben."

Oskar stutzte. Hinnerdir verheimlichte irgendetwas.

„Was ist mit den Leuten passiert, denen die Sachen vorher gehört haben?", hakte Oskar nach.

Hinnerdir tapste etwas unbeholfen auf der Stelle und druckste: „Äh … Sie wurden gefressen."

Florian ließ die Socken fallen, als hätte er sich daran verbrannt.

„Von … den … Riesen?“, fragte er.

„Ja. Früher waren sie Allesfresser. Aber das ist vorbei. Menschen machen dick, wisst ihr? Wir landen gleich auf den Hüften und deshalb haben sie ihre Ernährung umgestellt. Macht euch also keine Sorgen, dazu gibt es keinen Grund.“

Oskar fand, dass zwei menschenfressende Riesen zwei sehr gute Gründe waren, sich Sorgen zu machen. Ob sie nun ihre Ernährung umgestellt hatten oder nicht. Schokolade macht schließlich auch dick. Das weiß jeder. Und trotzdem können wir alle nicht anders, als ab und an ein paar Tafeln davon zu verdrücken.

Also machte er sich Sorgen.

Und Florian auch. Er war etwas blass geworden.

„Vorbei? Sicher? Ich meine, bist du dir da ganz sicher?“, fragte Florian.

„Ja. Bin ich. Und jetzt trocknet euch ab und kommt! Das Essen ist gleich fertig.“

Die berühmte Hexe und Feinschmeckerin Gertrude Eleonore Fisselstick weiß eher wenig über Riesen zu berichten.

Riesen leben im unendlichen Wald, den sie nie verlassen. Und das ist auch gut so. Zum Verzehr eignen sich Riesen nämlich nicht. Ersten passen sie in keinen Backofen und zweitens ist es noch niemandem gelungen, einen Riesen zu erlegen. Die Letzten, die es versucht haben, waren die beiden Spitzenköche Miese Petersen und Flop Henkel. Die abgenagten Skelette der beiden gastronomischen Draufgänger wurden auf einer Lichtung neben einem Topf mit grünen Bohnen und einer benutzten Pfanne gefunden. Wahrscheinlich wurden zu den Köchen neben grünen Bohnen auch noch Bratkartoffeln gereicht.

Biberfuß und Krötenarsch

Als Oskar und Florian, aufgewärmt und in kuschelige Kleidung verpackt, wieder auf die Lichtung traten, war das gigantische Feuer auf die Größe eines Lagerfeuers heruntergebrannt. Ihre Freunde hatten auf Baumstämmen rund herum Platz genommen und wärmten sich die Füße.

„Ha, da sind sie ja!", rief Wei, als die beiden Drachentöter wieder zu ihnen stießen. Sie rührte gerade in einem schweren Kochtopf herum, der über den Flammen dampfte.

„Wieder warm, hoffe ich?", fragte Hadfi und lächelte.

„Und wie!", sagte Florian grinsend.

„Das war toll! Ich fühle mich wie neugeboren!", schwärmte Oskar. Sie setzten sich auf zwei freie Baumstämme. Oskar liebte es, vor Lagerfeuern zu sitzen, in die Flammen zu starren, die Wärme auf der Haut zu spüren, dem Knistern und Knacken zu lauschen und kleine Ästchen und Zweige hineinzuwerfen. Lagerfeuer waren super.

„Es gibt Eintopf. Hunger jemand?", fragte Hadfi.

Oskar und Florian nickten heftig. Unbedingt. Oskar wusste gar nicht mehr, wann er das letzte Mal etwas gegessen hatte.

Als Wei zur Schöpfkelle griff und einen Blechnapf füllen wollte, sprang Hinnerdir auf, sagte: „Lass mich das machen, du hast doch schon gekocht", und nahm Wei die Kelle ab.

Oskar atmete auf, als sich die Riesin folgsam hinsetzte.

Hinnerdir füllte für sich und die drei Drachentöter Blechnäpfe und zwei Blecheimer für die Riesen.

Alle wünschten sich „Guten Appetit!" und begannen gierig, die blubbernden Näpfe auszulöffeln.

Oskar konnte außer den unzähligen Haaren, die Wei in dem Eintopf verloren hatte, nicht erkennen, was in der grünen, klebrigen Brühe noch so schwamm. Und er wagte auch nicht zu fragen. Zu sehr fürchtete er sich vor der Antwort.

Der Eintopf schmeckte nicht schlecht, war aber ziemlich schleimig. Jeden Bissen, den Oskar in den Mund schob, stürzte er mit einem Schluck Wasser schnell wie eine bittere Medizin hinunter.

„Schmeckt's?", fragte Wei laut schmatzend.

„Nach Biberfüßen und Krötenarsch!", sagte Hinnerdir und Wei klatschte freudig ihre Hände zusammen.

„Ist auch beides drin", sagte sie. „Du hast wirklich einen feinen Gaumen, Hinnerdir. Errätst du auch die anderen Zutaten?"

„Bitte nicht“, ächzte Oskar und blickte flehentlich zu Hinnerdir rüber. In seinem Magen war jetzt schon Kirmes und er fürchtete sehr, dass weitere Zutaten wie Riesenpopel, Tausendfüßler-Fußpilz oder Kellerspinne ihm den Rest geben würden.

„Brokkoli?“, fragte Hinnerdir und wieder applaudierte Wei.

Biberfüße? Okay.

Krötenarsch? Auch gut.

Aber Brokkoli? Das war selbst einem hungrigen Drachentöter zu viel. Oskar stellte den Napf ab und schob ihn mit den Füßen weit von sich weg.

Nachdem alle gesättigt waren, zündeten Hinnerdir und die Riesen sich ihre Pfeifen an. Der Geruch von verbrannten Kräutern zog in Oskars Nase.

„Wir haben noch gar nicht richtig gesprochen. Was macht ihr hier im Wald?“, fragte Wei.

„Tja“, sagte Hinnerdir. „Ist nicht so einfach zu erklären.“

„Wir sind aus der Arena abgehauen, bevor uns die Drachen töten konnten“, erzählte Florian und versuchte, cool zu wirken.

„Von eurer Flucht haben wir schon gehört“, sagte Hadfi. „Die Krähen haben es uns berichtet.“

„Auf meinem Rücken!“, ergänzte Fluppe stolz. „Ich kann nämlich fliegen. Alfo, ich konnte fliegen. Nun nicht mehr.“ Fluppe zeigte seinen gebrochenen Flügel.

„Könnt ihr ihm vielleicht helfen?“, fragte Oskar hoffnungsvoll.

„Nein. Leider nicht.“ Wei schüttelte den Kopf. „Ein gebrochener Drachenflügel ist ziemlich schwierig zu heilen.“

„Mist“, sagte Oskar.

„Mift“, sagte Fluppe.

„Aber was habt ihr jetzt vor? Wo wollt ihr hin? Was ist euer Plan?“, fragte Hadfi.

„Nun …“, sagte Oskar und dann nichts mehr.

Was war ihr Plan? Sie hatten keinen. Er wusste, wo er hinwollte: zurück nach Waldende. Zurück zu seinen Großeltern und seiner verrückten Tante.

Aber wie zum Teufel sollte das gehen?

„Ich will nach Hause“, sagte Florian schließlich leise.

Die anderen schwiegen und sahen betreten ins Feuer.

„Na ja, ihr könntet euch zurückwünschen“, schlug Hadfi vor.

Oskar schüttelte den Kopf. „Das funktioniert nicht. Ich hab es hunderttausendmal probiert.“

„Nein, von hier aus funktioniert es nicht. Aber …“ Hadfi stockte und kratzte sich am Kinn.

„Aber?“, fragten Florian und Oskar gleichzeitig.

„Im Brodelnden See könnte das schon klappen“, beendete Wei den Satz ihres Mannes.

„Brodelnder See? Was ist der Brodelnde See?“, fragte Oskar,

der vor Aufregung zu zittern begann. Er merkte, wie Lissy ruckartig aufschaute. Sie hatte noch immer kein Wort gesagt, aber er konnte ihre Anspannung spüren.

„Der Brodelnde See wird von den Wasserfällen von Salzen gespeist und durch unterirdische Lavaströme erhitzt. Er liegt im Land des Südwinds, weit im Nordosten", erklärte Hinnerdir.

„Und von dort aus können wir uns zurück nach Hause wünschen?", fragte Oskar.

„Vielleicht. Der Legende nach verstärkt der Lavasee deine Gedanken und Gefühle. Alles, was du dort erlebst, kommt dir tausendmal intensiver vor als irgendwo anders auf der Welt. Es ist ein magischer Ort."

„Da müssen wir hin! Sofort!", rief Florian und Oskar gab ihm recht.

„Ohne einen fliegenden Drachen wird das nichts." Hinnerdir schüttelte den Kopf. „Das Land des Südwinds ist voller tückischer Sümpfe, in denen es von Beinbeißern nur so wimmelt. Und im Gebirge von Salzen tummeln sich Giftschlangen und Blutkäfer. Zu Fuß ist der See nicht zu erreichen."

„Zumindest nicht lebend", lachte Hadfi und fing sich einen Schlag von Wei ein. „Hey!" Der Riese rieb sich seinen Arm. „Das stimmt ja wohl! Die Viecher killen euch schneller als ein Drache in der Arena!", protestierte er. Als er Florian und Oskars hängende Köpfe sah, hielt er die Klappe.

Eine Weile schauten sie alle stumm in die tanzenden Flammen. Man hörte nichts als das Knacken der Äste.

„Ihr müsst zu den Waldelben“, sagte auf einmal Lisbeth in die Stille hinein. „Sie können Fluppe helfen, die haben die besten Heiler überhaupt. Und dann fliegt er euch beide zum Brodelnden See. Hinnerdir, führ sie zu den Waldelben!“

„Ja, fuper!“, rief Fluppe mit leuchtenden Augen.

„Klingt nach einem Plan!“, freute sich Oskar und strahlte Lissy an, überglücklich, dass sie ihr Schweigen endlich gebrochen hatte.

„Leider ist das kein guter Plan“, sagte Hinnerdir. „Ich ... nun ja ... kann mich da nicht so einfach sehen lassen. Waldelben mögen keine Drachenei-Sammler.“

„Warum denn nicht?“, fragte Oskar.

„Weil sie kluge Leute sind“, zischte Lisbeth abfällig.

Oskar zuckte zusammen. Lissy war wirklich ungerecht! Er fand Hinnerdir ganz nett – bisher war er ihnen jedenfalls immer eine echte Hilfe gewesen. Ohne ihn säßen sie jetzt nicht mit Bäuchen voller Brokkoli und Biberfüßen an einem warmen Feuer. Ohne ihn lägen sie erfroren im Wald rum.

Hinnerdir ignorierte Lisbeths Stichelei einfach. „Wie ihr euch denken könnt, sind wir Drachenei-Sammler bei den Drachen ganz und gar nicht beliebt. Und ... na ja, deshalb dulden auch die Waldelben keinen Drachenei-Sammler in ihrem Reich. Das könnte die Drachen gegen sie aufbringen.“

„Dann müssen wir die Waldelben halt alleine finden. Mit Lissy an unserer Seite wird das schon klappen, oder?“, sagte Oskar und schaute fragend zu Florian und Fluppe rüber.

„Absolut. Das kriegen wir hin.“

„Daf ift doch eine Kleinigkeit für unf!“, rief Fluppe und spuckte vor Begeisterung fast das Feuer aus.

Lisbeth schüttelte den Kopf. „Das könnt ihr vergessen. Ich muss zurück nach Goldenhöhe und Horand retten.“

Als der Name Horand fiel, breitete sich erneut betretenes Schweigen aus. Oskar wusste gar nicht, wo er hinschauen sollte. Also starrte er seine Stiefel an.

Bis er die Stille nicht mehr aushielt. „Aber Horand ist …“

„… nicht tot!“, fuhr ihn Lisbeth mit vor Zorn gerötetem Gesicht an.

Oskar wich zurück. So hatte er Lissy noch nie erlebt.

„Ich … aber …“ Oskar begann zu stammeln, aber Lisbeth hörte ihm nicht mehr zu. Sie sprang auf und rannte schluchzend in den Wald.

Oskar wollte ihr nachlaufen. Sie trösten und beruhigen. Doch Hinnerdir hielt ihn zurück.

„Lass. Das hilft ihr nicht.“

„Aber Horand ist … ich habe ihn gesehen.“

„Du hast ihn am Boden liegen sehen. Mehr nicht. Das wird Lisbeth nicht überzeugen.“

„Aber die Soldaten. Es waren Hunderte!“

„Lisbeth wird es erst glauben, wenn sie Horands Leichnam mit eigenen Augen sieht."

„Aber wie soll das gehen?", fragte Florian. „Das ist doch viel zu gefährlich für sie, nach Goldenhöhe zurückzukehren! Und wie überhaupt? Fluppe kann sie nicht hinfliegen und einfach durch das Tor der Stadtmauer zu latschen geht auch nicht. Ich meine, man erkennt sie doch!"

Hinnerdir gab Florian Recht. „Allerdings. Durch das Tor kann sie nicht."

„Durch die Minen könnte sie. Über die alten Katakomben", sagte Wei.

„Katakomben?", fragte Oskar.

„Die führen direkt zu den Minen."

Das hatte Oskar verstanden, aber …

„Was sind Katakomben?"

„Alte unterirdische Grabanlagen. Ein Friedhof unter der Erde", erklärte Wei.

Oskar schauderte. Er fand schon Friedhöfe, die sich unter freiem Himmel befanden, gruselig. Die Vorstellung, durch einen unterirdischen zu laufen, ließ das Blut in seinen Adern gefrieren.

„Wie soll sie ganz allein den Weg durch die Katakomben finden?" Hadfi schüttelte den Kopf. „Das ist ein Labyrinth dort unten!"

Ein Labyrinth aus Gräbern. Oskar war heilfroh, Lisbeth

nicht begleiten zu müssen. Oder sollte er doch? Lissy war seine Freundin. Und ohne Lissy hätte er die Zeit in der Arena nicht überlebt. Sie hatte ihm beigestanden. Immer. Selbst wenn er sich wie ein Idiot aufgeführt hatte.

Oskar holte Luft. „Wenn wir sie begleiten, dann schaffen wir es vielleicht."

Hinnerdir schüttelte seinen Kopf. „Ich bewundere eure Loyalität und Tapferkeit. Aber nein! Ich werde mit ihr gehen. Je weniger wir sind, desto besser. Der Weg durch die Katakomben ist alles andere als ungefährlich."

Florian sprang auf. „Na und?", rief er aus. „Wir sind Drachentöter. Wir kennen keine Angst und mit dem Schwert umgehen, das können wir auch!" Florian fummelte umständlich sein Schwert aus dem Gürtel und fuchtelte wild damit herum. „Nimm das, du ekliger Zombie!"

Amüsiert beobachteten Hinnerdir und die Riesen, wie Florian durch die Gegend hopste und ein imaginäres Friedhofsmonster nach dem anderen erst beleidigte: „Deine letzte Stunde hat geschlagen, du fette Brotspinne!", und dann lässig erschlug.

Es war Hadfi, der Florian wieder auf den Boden der Tatsachen zurückholte. „Dein Schwert ist in den Katakomben leider nutzlos wie ein Sack voller Einhornäpfel. Die Geschöpfe dort wurden schon vor Jahrhunderten erschlagen. Sie sind bereits tot."

Florian stoppte das Rumgefuchtel, ließ sein Schwert sinken und setzte sich. Oskar hatte einen Kloß, groß wie ein Fußball, im Hals.

„Stimmt das?", fragte er den Drachenei-Sammler zitternd.

„Ja. Wir können nicht gegen sie kämpfen. Wir müssen uns an ihnen vorbeischleichen. Und ihr zwei seid sehr, sehr laut. Eure Schritte hört man kilometerweit", sagte Hinnerdir.

Es stimmte, dass Lisbeth und Hinnerdir sich geräuschlos bewegten. Es war, als würden die beiden über den Erdboden schweben. Aber so zu tun, als wären er und Florian Trampeltiere, fand Oskar dann doch übertrieben.

„Nicht, wenn wir schleichen", motzte er.

„Auch dann. Es tut mir leid, wenn euch meine Ehrlichkeit beleidigt. Aber jetzt ist nicht die Zeit für Höflichkeiten", sagte Hinnerdir und sah Oskar tief in die Augen. Oskar konnte den Blick nicht abwenden. Er spürte förmlich, wie der Drachenei-Sammler in seine Gedanken kroch. Hinnerdir bewegte seine Lippen nicht, trotzdem hörte Oskar seine Stimme laut und deutlich: „Du musst vernünftig sein, Oskar Drachentöter. Deine Bestimmung ist es, deine Freunde nach Norden zu führen. Wehre dich nicht. Es ist beschlossen."

Oskars Blick war starr, er hatte aufgehört zu blinzeln. Blut schoss rauschend durch seinen Kopf, als er Hinnerdirs Stimme erneut hörte: „Der morgige Tag wird anstrengend. Und du bist sehr müde, du solltest dich ausruhen."

Als der Drachenei-Sammler seinen Blick von ihm abwandte, wollte Oskar nur noch ins Bett und am nächsten Tag seine Freunde nach Norden führen. Erst zu den Waldelben und dann weiter bis zum Brodelnden See.

Oskar verabschiedete sich und zog sich in die Höhle der Riesen zurück. Hadfi und Wei hatten den drei Drachentötern ein behagliches Nachtlager bereitet. Einen Moment später folgte Florian, der nur mit Mühe die Augen offen hielt. Anscheinend war Hinnerdir auch ihm in die Gedanken gekrochen.

Beide legten sich wortlos auf die gemütliche, mit Fichtennadeln gefüllte Matratze und kuschelten sich in die Lammfelldecken. Aber während Florian lächelnd einschlief, war für Oskar an Schlaf nicht zu denken. Obwohl er todmüde war, konnte er sein Ohr nicht von dem Streit lösen, der lautstark auf der Lichtung ausgebrochen war.

Lisbeth war zurückgekehrt. Doch ihre Laune hatte sich nicht gebessert – ganz im Gegenteil: Sie war völlig außer sich. Sie schrie und schimpfte auf Hinnerdir ein. Die Riesen versuchten, Lisbeth zu beruhigen und zwischen den beiden Streithähnen zu vermitteln.

Vergeblich – Lisbeth blieb stur. Wütend verweigerte sie Hinnerdirs Angebot, sie durch die Katakomben und Minen nach Goldenhöhe zu begleiten. Lieber wollte sie von einem Gnur gefressen, von der Zahnfee verprügelt oder von den

Soldaten der Königin am Goldenhöher Stadttor erschossen werden, als mit einer dreckigen Elster gemeinsame Sache zu machen.

„Die Katakomben sind der einzig sichere Weg nach Goldenhöhe! Und nur ich kann dich dort hindurchführen."

„Sieh lieber zu, dass du die Kleinen sicher zu den Waldelben bringst!"

Die Kleinen.

Oskar ärgerte sich, als Lisbeth Florian und ihn „die Kleinen" nannte. Gut, Flo war gerade mal neun Jahre alt, aber er war zwölf, verdammt!

„Du weißt, dass das nicht geht!", hörte Oskar Hinnerdir aufbrausen.

„Ift auch nicht nötig", schaltete sich nun Fluppe ein. „Auf die Kleinen paffe ich auf. Die bringe ich ficher fu den Waldelben. Wie fehen die auf und wo leben die noch mal?"

Die Kleinen.

Wieder ärgerte sich Oskar.

„Na also! Damit wäre alles geklärt! Ich gehe allein nach Goldenhöhe. Fluppe führt die Kleinen. Und damit bist du nutzlos. Also verschwinde. Hau ab!", keifte Lisbeth.

„Jetzt aber mal Schluss mit dem Geschrei!", schrie Wei so laut, dass Oskars Matratze vibrierte. Draußen wurde es schlagartig still. Selbst die Rufe der Käuze und Eulen verstummten. Der ganze Wald hielt die Klappe.

„Gut“, sprach Wei in normaler Tonlage weiter. „Es ist nicht zu übersehen, dass ihr zwei keine dicken Freunde seid. Aber, Lisbeth, du hast keine andere Wahl: Du musst seine Hilfe annehmen. Er ist deine einzige Chance, Horand zu finden“, Wei senkte die Stimme, „sofern er denn noch lebt. Lehnst du seine Hilfe ab, ist Horand verloren.“

Es folgten mehrere Schleifen von Diskussionen, Beleidigungen, Geschrei und noch mehr Beleidigungen, bis Lisbeth schließlich nachgab.

„Aber ich werde kein Wort mit dem reden!“, fauchte sie.

„Das will ich doch hoffen“, zischte Hinnerdir.

„Dann ist beschlossen, was vernünftig und richtig ist“, ging Hadfi schnell dazwischen, ehe der Streit wieder ausbrach. „Hinnerdir bringt Lisbeth sicher nach Goldenhöhe und Fluppe geht mit den Kleinen erst zu den Waldelben und bringt sie dann zum Brodelnden See.“ Er gähnte. „Nun wird es aber Zeit zu schlafen. Der morgige Tag wird mühsam.“

Als sich die vier in die Höhle begaben, tat Oskar, als schliefe er tief und fest. Sie sollten nicht wissen, dass er gelauscht hatte. Auch wenn er die Sache mit „den Kleinen“ gern angesprochen hätte.

Getrennte Wege

Als Oskar am nächsten Morgen erwachte, war die Höhle bereits verwaist. Nur Fluppe schnarchte in einer Ecke leise vor sich hin. Der Drache hatte sich auf weichem Moos wie ein Hund zusammengerollt. Sein verletzter Flügel hing ihm schlapp und schief von der Schulter und zitterte bei jedem Atemzug.

Oskar warf die Decke zur Seite. Er fühlte sich gut. Richtig erholt und voller Tatendrang. Jetzt noch ein ordentliches Frühstück, möglichst ohne Krötenarsch oder Brokkoli, und dann nichts wie los!

Oskar wollte so schnell wie möglich bei den Waldelben sein und dann so schnell wie möglich zum Brodelnden See. Dann nach Hause wünschen und sein Albtraum würde ein Ende finden.

Endlich! Oskar grinste über beide Backen, als er an zu Hause dachte und daran, bald nicht mehr ständig in Lebensgefahr zu schweben.

Vor der Höhle erwartete ihn ein wunderbarer Frühlingsmorgen. Sonnenstrahlen brachen durch die Baumkronen und kitzelten seine Nase. Prächtig singende Vögel wurden von schimpfenden Elfen aus ihren Bäumen gejagt. Schillernde Schmetterlinge flatterten über die Lichtung, auf der bereits ein Feuer loderte.

Wei bereitete das Frühstück zu. „Ich hoffe, du hast Hunger!“, begrüßte ihn die Riesin und wedelte mit dem Löffel, mit dem sie gerade noch die Eier in der Pfanne rumgeschubst hatte. Heißes Fett regnete auf Oskars Gesicht.

„Autsch!“ Oskar hopste rückwärts und wischte sich schnell das brutzelnde Öl mit seinem Ärmel von der Haut.

„Oh, verzeih bitte!“, entschuldigte sich Wei.

Oskar winkte ab. „Macht nichts, Wei. Geht schon wieder.“ Von ein paar kleinen Brandblasen ließ sich Oskar heute garantiert nicht die Laune verderben.

Die Riesin schaufelte einen Napf mit Spiegeleiern voll und legte eine Scheibe Brot dazu. Dann beugte sie sich zu Oskar hinunter und überreichte ihm sein Frühstück.

„Danke schön.“ Oskar blickte sich um. „Aber wo sind denn die anderen? Ist Flo etwa schon aufgestanden?“

„Vor ein paar Minuten.“ Wei nickte. „Er ist in der warmen Quelle und will gucken, ob die Putzerfische ihm auch die Zähne putzen. Hadfi ist jagen und Lisbeth und Hinnerdir sind bereits aufgebrochen.“

„Sie sind weg?"

Oskar hatte ein Gefühl, als hätte man ihm einen Schlag in den Magen verpasst. Wie konnte Lissy einfach so gehen? Wenigstens verabschieden hätte sie sich können!

„Sie haben dir Nachrichten hinterlassen." Wei holte zwei zusammengefaltete Zettel aus ihrer Schürze.

Während Oskar sein Frühstück hinunterschlang, entfaltete er die Briefe und begann zu lesen.

Die erste Nachricht war von Hinnerdir.

Lieber Oskar,
um zu den Waldelben zu gelangen, müsst ihr die „Weißen Reiter" überwinden, ein schneebedecktes Gebirge. Dieses Gebirge trennt Drachenhöhe von Elbland, dem Reich der Waldelben. Es gibt einen Pass, der durch die Weißen Reiter führt. Er ist eng und gefährlich. Aber es ist der einzige Weg.
Bevor ihr ins Gebirge aufbrecht, folgt dem Fluss Reißwasser bis zur Stadt Dunkelpfuhl. Nehmt euch in Acht dort, vor allem nachts! In dem dreckigen Nest treiben sich mehr zwielichtige Gestalten herum als sonst wo auf der Welt ... Sucht die Gastwirtschaft „Zum torkelnden Ritter" und fragt nach dem Wirt, einem Mann namens Berghund. Er wird euch weiterhelfen.

Eins noch: Solange ihr die Grenzen von Drachenhöhe nicht hinter euch gelassen habt, seid auf der Hut vor den Häschern der Königin. Die Krähen berichten von Patrouillen und Spähern im unendlichen Wald und sogar in Dunkelpfuhl. Erst wenn ihr die Weißen Reiter überwunden habt, seid ihr vor ihnen sicher. Nach Elbland wird sich kein Soldat der Königin wagen.

Ich wünsche uns allen viel Glück. Wir werden es brauchen.

Dein Freund
Hinnerdir

Oskar hatte schon angenehmere Nachrichten erhalten. Bevor er den Zettel zusammenfaltete und in seine Hosentasche steckte, versuchte Oskar, auf Nummer sicher zu gehen und sich alle wichtigen Informationen einzuprägen.

Reißwasser. Dunkelpfuhl. „Zum torkelnden Ritter". Berghund und die Weißen Reiter.

Dann nahm er sich Lisbeths Nachricht vor.

Auf dem kleinen Zettel standen nur zwei Wörter:

MISSTRAUE HINNERDIR!

Oskar wendete den Zettel. Die andere Seite war unbeschrieben. Vielleicht hatte Lisbeth ihm eine geheime Botschaft hinterlassen? Sacht ins Papier gekratzt? Er hielt den Zettel hoch in die Frühlingssonne.

Nichts.

„Misstraue Hinnerdir“ – war das wirklich alles? Mehr hatte Lisbeth ihm nicht zu sagen? Nach all dem, was sie gemeinsam durchlitten hatten?

Misstraue Hinnerdir … Was sollte er damit anfangen? Als ob er eine Wahl hatte. Er musste Hinnerdir vertrauen, es war der einzige Plan, den es gab. Andererseits … Lissy war bestimmt nicht ohne Grund so auf Krawall gebürstet. Und bisher hatte sie eigentlich immer ziemlich kluge Sachen gesagt …

Oskar spürte, wie sich in ihm leises Misstrauen gegen den Drachenei-Sammler regte.

Und wischte es entschieden beiseite. Das konnte er jetzt nicht brauchen. Er musste fest an den Plan glauben. Sonst würden sie garantiert scheitern.

Als Florian frisch gewaschen und mit Lippenbluten zu ihm stieß, warf Oskar Lissys Nachricht gerade wütend ins Feuer.

„Das mit dem Zähneputzen haben die nicht drauf“, jammerte Florian.

Oskar sah zu, wie die Nachricht in Rauch aufstieg. „Mach dich fertig und weck Fluppe. Wir müssen los. Es ist Zeit.“

Oskar und Florian legten sich in der Höhle der Riesen wieder ihre Drachentöter-Kleidung an. Wei und Hadfi hatten ihnen zwei Säcke mit Lebensmitteln und warmer Kleidung für den Winter gepackt.

Als Oskar die Säcke an Fluppes Rücken befestigen wollte, protestierte der lautstark. „Ich bin ein Drache und kein Packefel!“, meckerte er. „Wenn daf meine Artgenoffen fehen, machen die fich luftig über mich!“

„Aber nur du kannst die schweren Säcke tragen. Wir sind zu schwach dazu!“, schmeichelte Oskar.

„Daf ftimmt allerdingf. Ihr feid ziemliche Hänflinge. Ich nicht. Ich bin fuperftark. Na gut. Mach die Dinger feft.“ Fluppe kauerte sich wie eine Katze flach auf den Boden und Oskar warf die verschnürten Säcke über seinen Rücken.

„Ich denke, wir können“, sagte Oskar zufrieden und schnappte sich sein Schwert.

„Und wo müssen wir hin?“, fragte Florian.

„Nach Norden.“

„Und wo ist Norden?“

„Da!“, sagte Oskar und zeigte nach Osten.

„Sicher? Nicht da?“, fragte Florian und zeigte nach Süden.

Hadfi verdrehte seine Augen wie Oskars Mathelehrerin Frau Krause, wenn er an der Tafel mal wieder an einer Pipifax-Aufgabe scheiterte.

„Ihr müsst da lang“, sagte Hadfi.

Die beiden Riesen standen neben ihnen und sahen besorgt aus.

„Genau, da lang. Wollte ich auch grade sagen“, behauptete Oskar.

„Ihr braucht unbedingt einen Kompass“, stellte Hadfi fest. Der Riese drehte sich um und stapfte zur Höhle.

Aber Fluppe hielt ihn auf. „Ein Kompaff ift nicht nötig. Ich bin ein Drache und Drachen haben einen eingebauten Kompaff.“ Er wedelte sich lässig etwas Staub von der Schulter. „Ich weif immer, wo Norden ift.“

„Wirklich?“, fragte Oskar, dem schon aufgefallen war, dass Fluppe gerne mal einen auf dicke Hose machte.

„Abfolut!“

Oskar hob sein Schwert. „Na dann! Auf zum Fluss Heißwasser!“

„Reißwasser. Der Fluss heißt Reißwasser, nicht Heißwasser“, korrigierte ihn Hadfi.

Wei beugte sich tief hinunter, bis sie Oskar direkt in die Augen sehen konnte. Um Oskar herum wurde es stockfinster wie bei einer Sonnenfinsternis.

„Hör mir gut zu!“, sagte sie. „Ihr müsst so schnell wie möglich zum Fluss. Macht keine Pause. Marschiert durch den unendlichen Wald, so rasch ihr könnt, bis ihr beim Fluss seid. An den Ufern gibt es verlassene Fischerhütten. Dort könnt ihr Schutz vor dem Winter suchen.“

„Keine Pause. Hütten am Fluss“, fasste Oskar die Anweisungen zusammen.

Wei rückte Oskar immer näher. Ihre Nasen berührten sich fast.

„Ihr könnt den Fluss nicht überqueren, die Strömung ist viel zu gefährlich. Folgt ihm stromabwärts bis zur Brücke, die hinüber nach Dunkelpfuhl führt. Kapiert?“

„Kapiert.“

„Und eines ist ganz besonders wichtig: Ihr dürft auf gar keinen Fall ein Feuer entzünden. Nicht im Wald und erst recht nicht in den Hütten!“ Die Stimme der Riesin klang ernst und eindringlich. „Verstanden?“

„Kein Feuer“, bestätigte Oskar, während Wei ihn streng und misstrauisch anstarrte. So einen Blick kannte Oskar zur Genüge. Seine Großeltern glotzten ihn quasi rund um die Uhr so an. Aber die hätten ihn sowieso am liebsten in Watte gepackt und in eine Gummizelle gesperrt, damit ihrem zerbrechlichen Prinzen bloß nichts Schlimmes passierte.

Wei fuchtelte mit ihrem haarigen Zeigefinger vor Oskars Nase rum.

„Kein Feuer! Egal wie kalt es ist. Egal wie sehr eure Zähne auch klappern!“

„Kein Feuer.“

„Kein Feuer! Außer ihr wollt unerfreulichen Besuch.“

„Wollen wir nicht!“, rief Oskar.

Absolut nicht.

Die Riesin lächelte. „Kluge Entscheidung!“ Sie gab Oskar einen freundschaftlichen Klaps auf die Schulter und Oskar wusste auf einmal, wie sich ein Nagel fühlt, der brutal in den Boden gekloppt wird.

„'schuldigung", nuschelte Wei.

„Macht nix", stöhnte Oskar, stand auf und rieb sich seine geprellte Schulter.

Nach einer herzlichen Verabschiedung mit jeder Menge „Macht's gut!", „Viel Glück!", „Ihr schafft das!" und noch mehr Beteuerungen, sich definitiv irgendwann mal wieder sehen zu wollen, brach die Reisegruppe mit Drache schließlich zum Fluss Reißwasser auf.

Norden? Wo ist Norden?

Oskar hatte seine Freunde schnell auf den neuesten Stand der Dinge gebracht und ihnen von Hinnerdirs Brief erzählt. Reißwasser. Dunkelpfuhl. Berghund. Die Weißen Reiter. Alles klar. Kein Problem. Kinderkram.

Selbstbewusst und aufgeregt kämpften sie sich mit gezücktem Schwert durch den Wald. Sie sprangen über Bäche, schlugen sich einen Pfad durch dorniges Gestrüpp, kletterten kleine Felsen hoch und rutschten auf ihren Hintern Abhänge hinunter.

Immer wieder stoppten sie kurz und warteten auf Fluppe, der mit geschlossenen Augen und hochgereckter Nase die Himmelsrichtungen zu erschnuppern schien. Mit einem knappen „Da lang!“ leitete Fluppe den Weitermarsch ein. So kamen sie zügig voran und waren bester Laune.

Und nach nicht einmal zwei Stunden hatten sie sich hoffnungslos im unendlichen Wald verlaufen.

Florian war es, der Oskars ungutes Gefühl in Worte fasste. „Hier waren wir doch schon!“, rief er, als sie an einem dicken, knorrigen Baum vorbeieilten.

„Daf kann gar nicht fein. Wir gehen die ganze Feit ftur nach Norden“, behauptete Fluppe.

„Wohl! Das ist der Baum, gegen den ich vorhin gepinkelt habe. Guck, er ist noch nass!“

„Ich will mir nicht dein Pipi angucken. Wenn ef überhaupt dein Pipi ift! Da kann auch jemand anderef hingepinkelt haben.“

„Wer denn?“, fragte Florian patzig.

„Irgendwer. Waf weif ich“, zickte Fluppe. „Eine Baumelfe. Oder ein Bär. Alle müffen flieflich mal.“

„Quatsch! Du hast einfach keinen Kompass in dir.“

„Jeder Drache hat einen Kompaff.“ Fluppes Augen funkelten böse.

„Du halt nicht!“

„Willft du damit fagen, daff ich kein richtiger Drache bin?“, zischte Fluppe lauernd. Dass er aufgrund seiner feuchten Aussprache kein Feuer spucken konnte, war für ihn deprimierend genug. Jetzt aber wurde er sauer.

Flo stöhnte. „Mann, nein, will ich nicht. Du bist ein super Drache! Aber einer, der nicht weiß, wo Norden ist.“

„Frechheit!“, schrie Fluppe.

Oskar, der die Umgebung in Augenschein genommen

hatte, mischte sich eilig ein: „Beruhigt euch! Streiten hilft uns nicht weiter."

„Ich ftreite nicht", schmollte Fluppe, kreuzte die Arme vor seiner Brust und sah demonstrativ zur Seite.

„Vielleicht ist Fluppes innerer Kompass bei unserem Sturz vom Baum kaputtgegangen. Ich meine, so was kann doch passieren, oder?", versuchte Oskar die Gemüter zu beruhigen. Fluppe war wirklich extrem empfindlich, wenn er sich als Drache nicht ernst genommen fühlte.

„Möglich ift daf." Fluppe nickte nachdenklich. „Drachen wie ich find tfwar fehr ftark, aber auch fehr fenfibel."

„Und nu?" Florian ließ sich frustriert auf seinen Hosenboden plumpsen. Als er bemerkte, wie nah er am Pinkel-Baum saß, stand er schnell wieder auf und setzte sich ein gutes Stück entfernt wieder hin.

„Haft dich in dein Pipi gefetzt, waf?"

Bevor Florian etwas erwidern konnte, winkte Oskar sie weiter. „Kommt, dort hinten geht es bergauf. Vielleicht haben wir von da eine bessere Aussicht."

Oskar lief vorneweg. Aber auch auf der Anhöhe drängelte sich ein Baum neben dem anderen, als gäbe es etwas umsonst. Weiter als wenige Meter gaben sie den Blick nicht frei.

Oskar dachte nach. Was konnten sie tun? Einfach auf ihr Glück vertrauen? In Mathe war diese Strategie noch nie aufgegangen.

Oskar war einfach kein Glückspilz. Nie gewesen. Wie oft schon hatte er an Losbuden gestanden und eine Niete nach der anderen entrollt!

Leider kein Gewinn. Leider kein Gewinn. Leider kein Gewinn.

Nieten für die Niete.

Oskar riss sich zusammen. Hier war kein Glück gefragt – sondern Tapferkeit. Er musste sich einen Überblick verschaffen. Und dafür würde er einen dieser Bäume erklettern.

„Hilf mir mal! Ich muss da hoch!", rief er Florian zu.

Und während sich Fluppe auf einen abgeknickten Baumstamm plumpsen ließ, machte Florian mit seinen Händen eine Räuberleiter.

Oskar schwang sich blitzschnell die ersten Äste hoch.

„Sei bloß vorsichtig!", rief Florian ihm hinterher.

„Bin ich."

Es dauerte eine Weile, bis Oskar die ersten Sonnenstrahlen auf der Haut spürte. Seine Arme zitterten und seine Finger bluteten. Aber er näherte sich ganz eindeutig dem Blätterdach des unendlichen Walds. Die Äste wurden dünner und dünner und Oskar kam nur noch langsam voran. Vor jedem Schritt testete er, ob der Ast ihn überhaupt tragen konnte, ehe er sich wieder ein Stück weiter nach oben wuchtete. Immer häufiger zerbrachen Äste unter Oskars Gewicht, seine Hände packten panisch den nächstbesten Ast und er baumelte mehrmals über dem Abgrund, als hätte man ihn zum Trocknen aufgehängt. Wie eine Fahne im böigen Wind schlackerten seine Beine hin und her auf der Suche nach Halt, bis es endlich weiterging, höher und höher.

Als schließlich sein Kopf oberhalb des Blätterdachs erschien, stand die Sonne bereits weit im Westen. Der Herbst hatte Einzug gehalten und mit ihm der Wind. Die Blätter rauschten wie eine aufgepeitschte Brandung und die dürren Äste, an die Oskar sich klammerte, wogten hin und her, als wollten sie ihn abschütteln.

Aber all das nahm Oskar kaum wahr. Denn er hatte die verschneiten, felsigen Weißen Reiter entdeckt, die sich weit entfernt am Horizont gen Himmel streckten.

Oskars Freude darüber hielt sich in Grenzen. Zwar wusste er nun, welchen Weg sie einschlagen mussten, aber gleichzeitig wurde ihm klar, was ihnen noch bevorstand. Sie mussten ein Gebirge bezwingen, so hoch und schroff, dass es über das ganze Land hinweg „Ich bin unbezwingbar!" zu schreien schien.

Mit flauem Gefühl im Magen begann Oskar mit dem Abstieg. Als er endlich wieder festen Boden unter den Füßen hatte, stürzte Florian erleichtert auf ihn zu. „Und? Warst du ganz oben?"

Fluppe saß noch immer etwas abseits und fischte mit seiner langen Zunge gelangweilt dicke Fliegen aus der Luft. Er

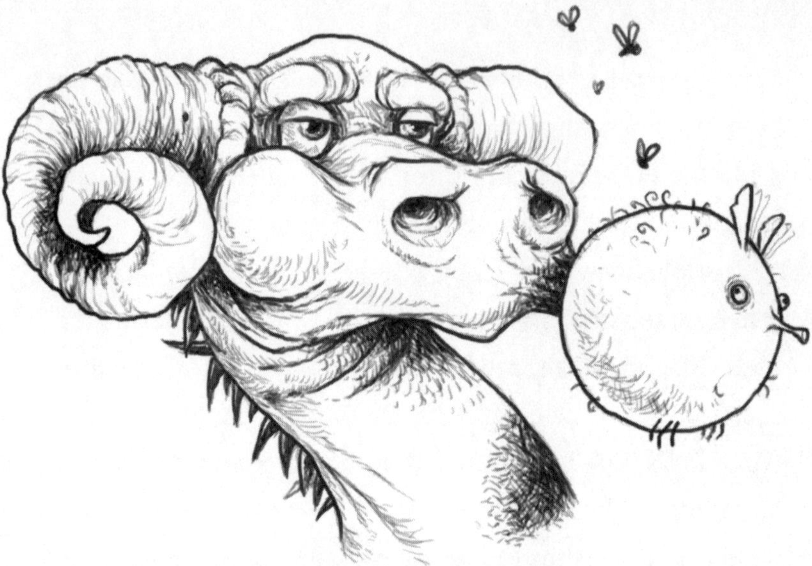

kaute auf ihnen herum, blies sie wie einen Ballon auf und ließ sie dann vor seiner Nase zerplatzen.

„Jetzt sag schon: Weißt du, wo wir hinmüssen?“, bestürmte ihn Florian.

„Ja. Und wir müssen uns beeilen. Der Herbst zieht auf.“

Schweigend schlugen sie sich weiter durch den Wald. Die Temperatur sank so schnell wie ihre Stimmung. Sie waren hungrig und erschöpft. Immer wenn Oskar sich einfach nur noch ausruhen wollte oder Florian und Fluppe um eine Pause bettelten, sah Oskar den Riesen vor sich. „Macht keine Pause! Ihr müsst den Fluss erreichen“, ermahnte Wei ihn streng und Oskar trieb sich und die anderen weiter an.

Zur Sicherheit kletterte Oskar unterwegs noch auf fünf weitere Bäume. Immer wieder mussten sie ihre Route korrigieren und manches Mal auch wieder ein Stück zurückgehen. Es war mühsam. So viel mühsamer, als Oskar es sich heute Morgen vorgestellt hatte.

Sie kämpften sich durch peitschende Blätterstürme und eisigen Regen. Stapften durch knietiefe Pfützen und Bäche. Erklommen glitschige Felsen und durchquerten neblige Täler, bis sie endlich, weit entfernt, ein leises Brausen wahrnahmen. Sie verharrten und lauschten.

Das Brausen war zart wie das Gewisper unzähliger Elfen. Aber es war ein Fluss. Es konnte nichts anderes sein.

„Reißwasser", flüsterte Oskar.

„Wir sind da!", rief Flo. „Das ist er! Das ist Reißwasser! Ganz bestimmt!"

Oskar stürmte los. Seine müden Beine liefen wie von allein.

Florian und Fluppe hatten Mühe, ihm zu folgen.

„Warte, Oskar! Warte!"

„Rafe nicht fo fnell! He, warte!"

Aber ihr Rufen war Oskar egal. Er hetzte wie ein Verrückter durch den Wald und stoppte erst, als der Fluss direkt vor ihm einen Felsen hinunterpeitschte.

Der Reißwasser war majestätisch. Breit und wild riss er auf seinem Weg gurgelnd und schäumend alles mit sich, was sich ihm den Weg zu stellen wagte.

Gischt benetzte Oskars Haut und zog feucht in seine Kleidung. Er wich zurück. Das Wasser stank und erinnerte ihn an seine zahlreichen missglückten Chemieexperimente in der Schule. Erst jetzt fiel Oskar auf, dass das Wasser seltsam gelb war. Mit dem Fluss stimmte etwas nicht. Keine Fische waren zu sehen, keine Pflanzen krallten sich in sein Bett und keine Insekten schwirrten über seine Oberfläche. Der Fluss war tot. Mausetot.

„Wir haben es tatsächlich geschafft", keuchte Florian und strahlte mit Fluppe um die Wette.

„Hab ich doch gefagt!", japste der Drache außer Atem. „Immer der Nafe nach."

„Guckt mal, dahinten ist eine Hütte!" Oskar zeigte aufgeregt flussabwärts, wo in einer Biegung ein kleiner Holzsteg in den Fluss ragte. Alle drei rasten los.

„Wer als Erster da ist!", rief Florian und wurde sogleich von Fluppe umgeschubst. Der Drache, froh darüber, dass ihm am Ufer keine Bäume im Weg rumstanden, gab Vollgas. Mit weiten, überraschend schnellen Hüpfern jagte er zur Hütte und schrie: „Erfter!"

Die Hütte war ziemlich groß und ziemlich ramponiert. Die Tür hing schief in den Angeln, die Fensterläden klapperten im Wind und den Schornstein verstopfte ein Vogelnest.

Oskar und Florian zogen ihre Schwerter und öffneten vorsichtig die Tür. Bis auf einen kleinen gusseisernen Ofen und eine Matratze, die ihrem Ende entgegenschimmelte, war der Raum komplett leer. Der Boden war mit Glas, zerschmetterten Tonkrügen und zerbrochenen Angeln übersät.

„Genauso aufgeräumt wie mein Zimmer", kicherte Florian, als er vorsichtig in das Chaos watete.

Oskar steckte sein Schwert weg und folgte ihm. „Hauptsache ein Dach über dem Kopf", sagte er und sah hinauf in den grauen Himmel. „Hauptsache ein halbes Dach über dem Kopf", korrigierte er sich schulterzuckend.

Als Fluppe die Hütte betrat, fielen die ersten Schneeflocken vom Himmel.

Die Dunkelheit brach mit Macht herein. Kein Mond und keine Sterne zeigten sich.

Da es ihnen verboten war, ein Feuer zu machen, war die Temperatur im Haus kaum höher als draußen. Der sich stetig drehende Wind türmte vor der Hütte neue Schneewehen auf, nur um sie einen Moment später wieder aufzulösen. Kalte Luft pfiff durch die brüchigen Wände und durch das löcherige Dach.

Die Kälte war ihnen längst unter die Haut gekrochen und hielt sie fest umklammert. Es war so eisig, dass selbst Fluppe jammerte. „Meine Fpucke friert ein."

Da der grünliche Schimmel auf der Matratze wenig einladend wirkte, breiteten die Freunde eine dünne Decke auf den Boden und legten sich einfach darauf.

Oskar spürte jede Unebenheit. Abstehende Bohlen, Kanten und die Köpfe rostiger Nägel drückten sich in sein Fleisch. Er musste an die gemütlichen Betten im Drachentöterhaus denken. Wie weich und warm sie gewesen waren und wie wunderbar sich Naschi um sie gekümmert hatte. Die Küchenfee war zwar oft etwas grob zu ihm gewesen, aber trotzdem hatte er sich bei ihr immer sicher und willkommen gefühlt.

Dass er ausgerechnet an das Drachentöterhaus denken musste, erschreckte ihn ein bisschen. War er wirklich schon so lange in Drachenhöhe, dass seine Erinnerungen an sein wahres Zuhause zu verblassen begannen?

Nein, so war es nicht. Er sah die Gesichter seiner Eltern noch genau vor sich. Wie sie ihn zum Abschied an sich drückten, lächelten und sagten, dass er jetzt sehr tapfer und sehr brav sein müsse. Seine Mutter hatte Tränen in den Augen gehabt wie er selbst.

Auch spürte er noch immer die besorgten Blicke seiner Großeltern auf sich, wenn der Schulgong ihn von ihnen fort ins Klassenzimmer rief, und den warmen Atem seiner Tante im Nacken, wenn sie ihn morgens zur Kleideranprobe vor dem Spiegel drehte.

Aber in diesem Moment vermisste er einfach am allermeisten die Zeit im Drachentöterhaus. Er vermisste Naschi, Lissy und Horand und ihre gemeinsamen Abende vor dem Kamin. Als Oskar an den alten Drachentöter dachte, begann er zu weinen. Zum ersten Mal seit ihrer Flucht aus Goldenhöhe. Oskar schluchzte leise. Um niemanden zu stören, redete er sich ein. Aber eigentlich wollte er nur nicht, dass die anderen ihn so sahen.

Fluppe schlief. Er hatte sich eingerollt und zitterte.

Aber Florian war noch wach. Er wühlte unter seiner dünnen Decke. „Heulst du?", fragte er überrascht.

Oskar wischte sich schnell mit dem Ärmel die Nase ab. „Nein. Ist nur so kalt", log er.

Florian antwortete nicht.

„Da läuft meine Nase immer", log Oskar weiter, der keinen Schimmer hatte, ob Florian ihm glaubte.

Der drehte sich auf den Rücken und schob seine Hände wie ein Kissen unter den Kopf. „Ein Bad in der heißen Quelle wäre jetzt super, oder?"

„Oh ja!", sagte Oskar sehnsüchtig. „Oder eine heiße Schokolade von Naschi."

„Mmmh." Florian antwortete nicht. Er stöhnte nur genüsslich auf. „Mmmh."

Mit wundervollen Gedanken an heiße Schokolade und süße Walnusskekse zum Hineintunken fielen Oskar endlich die Augen zu und er schlief ein.

Fortan glich ein Tag dem nächsten, wie eine Butterblume der anderen gleicht. Jeden Morgen, unmittelbar nach Sonnenaufgang, packten die drei ihre Sachen, beluden Fluppe und marschierten weiter, immer am Flussufer entlang. Sie wateten durch den Morast, den die Schneeschmelze allmorgendlich hinterließ. Sie schleppten sich durch die brütende Mittagshitze. Und ließen sich in der Dämmerung von Mückenschwärmen zerstechen.

Sie gönnten sich keine Pause. Immer weitergehen.

Immer weiter.

Auch wenn Fluppe mittlerweile keine Lust mehr hatte.

Er nörgelte, schimpfte und jammerte in einer Tour.

„Mir tun die Füfe weh."

„Find wir gleich da?"

„Ich muff fon wieder auf Klo."

„Ich will ein Erdbeereif."

„Find wir gleich da?"

„Drachen find Flieger, keine Wanderer. Wandern ift doof. Zu Fuf gehen ift doof. Und Laufen ift total befiffen."

„Find wir gleich da?"

So ging es die ganze Zeit.

Bis Oskar der Kragen platzte. „Wir haben es kapiert, Fluppe! Du gehst nicht gerne zu Fuß. Danke. Botschaft angekommen! Und jetzt sei ruhig. Du nervst."

Abend für Abend rasteten sie in einer der baufälligen Fischerhütten, die ihnen ein wenig Schutz vor der Nacht und dem Winter boten.

Sie wickelten sich in ihre Decken und verspeisten die kärglichen Reste der Lebensmittel, die ihnen geblieben waren. Trockenes Brot. Ein paar Trockenfrüchte. Das war alles. Gern hätten sie sich eine Quasserelle gefangen, um endlich einmal satt zu werden. Aber die hatte man im Reißwasser garantiert schon lange nicht mehr gesehen. Dabei zeugten die zahlreichen verlassenen Fischerhütten, die wie auf eine Perlenschnur gezogen am Ufer verrotteten, davon, dass Reißwasser früher einmal voller Fische gewesen sein musste.

Mit jedem Tag schwanden ihre Kräfte weiter – und mit den Kräften Oskars Zuversicht, Dunkelpfuhl jemals zu erreichen. Sie würden ewig den Fluss entlanglaufen, bis sie schließlich verhungert oder erfroren waren. Florian wurde von Tag zu Tag blasser und Oskar begann, sich ernsthaft zu sorgen …

Aber dann, nach neun harten Wintern, zu Beginn des zehnten Sommers, war es endlich so weit: Ihr Ziel kam in Sicht.

Die Dächer der Stadt Dunkelpfuhl flimmerten am Horizont wie eine Fata Morgana. Und eine riesige Holzbrücke führte geradewegs über den reißenden Strom.

„Endlich!“

Mehr konnte Oskar nicht sagen und auch die anderen rangen sich erschöpft nur ein schwaches Lächeln ab.

Das Rätsel der Brücke

Pause", ächzte Florian und ließ sich im Schatten einer alten Eiche auf den Boden sinken. Sie waren fast da. Ein breiter befestigter Weg führte zur Brücke nach Dunkelpfuhl.

„Ich habe Hunger", quengelte Fluppe.

Oskar öffnete die Säcke und warf jedem einen Kanten steinhartes Brot zu. „Mehr haben wir nicht mehr. Wir müssen uns in Dunkelpfuhl gleich was besorgen." Er setzte sich zu ihnen.

„Wie denn? Hast du Geld?", fragte Florian.

„Nein", sagte Oskar knapp. Natürlich hatte er kein Geld. Geld hatte er in Drachenhöhe nie benötigt und sich daher auch keine Gedanken darum gemacht. „Lasst uns einfach nach Dunkelpfuhl gehen und schauen, was sich machen lässt. Vielleicht können wir ein bisschen arbeiten oder Fluppe macht Kunststückchen und wir gehen mit dem Hut rum. Kopf hoch, irgendwas wird uns schon einfallen!", fügte er hinzu, um die trübe Stimmung zu heben.

Vergeblich.

Der Drache neben ihm lief so rot an, dass Oskar befürchtete, er könnte zum ersten Mal in seinem Leben Feuer statt Speichel spucken.

„Kunftftückchen?", kreischte er. „Ich? Ich bin ein Drache und kein Tfirkuf-Tfwerg! Ich mache keine Kunftftückchen!"

„Aber wir brauchen Geld!", protestierte Florian.

„Dann mach du doch Kunftftückchen!", schimpfte Fluppe.

„Beruhig dich mal! Wenn du nicht willst, musst du ja nicht", sagte Florian und verdrehte die Augen.

„Und auferdem kann ich fowiefo nicht in die Ftadt."

„Wieso das nicht?", fragte Oskar verblüfft.

„Weil ich ein Drache bin. Wenn die mich fehen, werden die mich töten."

Da war was dran. Drachen sind – mit Ausnahme von Fluppe – grundsätzlich nur mit Drachen befreundet. Alle anderen Wesen sehen in ihnen Feinde.

„Und auferdem läfft die Königin mich überall fuchen", sagte Fluppe nicht ohne Stolz.

„Klar." Oskar nickte. Darauf hätte er auch selbst kommen können. „Aber was machen wir jetzt?"

„Wir gehen in die Stadt und Fluppe versteckt sich hier im Wald. Was sonst?", antwortete Florian und stand auf.

Oskar gefiel der Gedanke nicht, ohne Drachenschutz durch Dunkelpfuhl zu laufen. Und noch weniger gefiel es ihm, Fluppe einfach so im Wald zurückzulassen.

Der Drache hatte sich mit knurrendem Magen ins Unterholz geschlagen, um ein paar Beeren zu suchen. Er wirkte ganz verloren, als er ihnen noch einmal zuwinkte, bevor er zwischen den Bäumen verschwand. Oskar wurde klar, dass Fluppe wahrscheinlich zum ersten Mal in seinem Leben ganz auf sich allein gestellt war.

Mit schwerem Herzen bogen Oskar und Florian auf den breiten Weg nach Dunkelpfuhl ein. Sie waren kaum ein paar Minuten gegangen, als auf dem Weg in einiger Entfernung eine Staubwolke aufwirbelte, die sich mit rasender Geschwindigkeit näherte.

„Was ist das?“, fragte Florian. Die Staubwolke wurde größer. Dumpfe Schläge trommelten auf den Boden.

Oskar spürte, wie die Murmel in seiner Hosentasche zu glühen begann.

„Weg hier!“, zischte er und riss Flo mit sich hinter einen Busch.

Die Erde, auf der sie lagen, zitterte, als zwanzig schwarze Rösser in Zweierreihen an ihnen vorbeigaloppierten. Auf jedem Pferd saß ein schwer bewaffneter Reiter, gewandet in die goldene Rüstung des Königreichs Drachenhöhe. Es waren Soldaten. Manche trugen Morgensterne bei sich, andere blitzende Äxte und alle blickten sie grimmig entschlossen durch die Öffnungen ihrer Helme.

Und die Drachentöter begriffen: Diese Armee suchte sie. Entweder um sie zu töten oder um sie nach Goldenhöhe zu verschleppen. Oskar wusste nicht, was schlimmer war.

Als die Reiter hinter der Brücke verschwunden waren, krabbelten Florian und Oskar aus der Deckung.

„Die Luft ist rein."

„Und nun? Was machen wir? Warten wir auf die Nacht?", piepste Florian. Seine Zuversicht war mit einem Mal verschwunden.

Ja, die Dunkelheit würde ihnen Schutz vor den Soldaten bieten. Aber dann musste Oskar an seinen Opa denken, der sich jeden Abend mit den Worten „Nichts Gutes geschieht nach 21 Uhr" um fünf vor neun ins Bett verabschiedete. Und an Hinnerdirs Brief: Nirgendwo sonst auf der Welt treiben sich so viele zwielichtige Wesen herum wie in Dunkelpfuhl – das waren in etwa seine Worte gewesen. Wollten sie diesen ganzen Gaunern und Verbrechern etwa im Dunkeln begegnen? Auf keinen Fall, dachte Oskar.

„Ich glaube, Flo, das Beste ist, wenn wir da einfach reinmarschieren", sagte er. „Erstens sehen wir aus wie Sau. Uns erkennt also keiner. Und zweitens werden die nicht erwarten, dass wir nur zu zweit und am helllichten Tag unterwegs sind."

Sie warteten noch ein paar Minuten und gingen dann weiter, bis sie endlich bei der großen Brücke ankamen, die sich auf vier mächtigen Pfählen wehrhaft dem Fluss entgegenstemmte.

Da stürzte ein winziges Männchen hervor, kaum größer, als ein Schwein hochspringen kann, und stellte sich ihnen in den Weg. Es war ein Gnom, der in einer übergroßen Rüstung steckte. Sein Kettenhemd schleifte rasselnd über den Boden.

„Stopp! Keinen Schritt weiter, Spießgesellen!“, schrie der Gnom mit quietschiger Stimme und rückte seinen Helm zurecht, der ihm vor die Augen gerutscht war.

„Sagt wer?“, fragte Florian und konnte sich ein Grinsen nicht verkneifen.

„Ich! Ich bin die Brückenwache! Ich habe hier das Sagen!“, behauptete der Gnom in schrillem Tonfall. Er drückte seinen Rücken durch und versuchte, so würdevoll wie möglich auszusehen.

Auch Gertrude Eleonore Fisselstick, Hexe und Expertin für alles und jeden, hat sich über Gnome ihre Gedanken gemacht, widmet ihnen allerdings in ihrem „Handbuch zur Bestimmung aller magischen und nichtmagischen Arten“ keine netten Worte.

Gnome sind größenwahnsinnige, supereitle Winzlinge. Man sieht sie häufig, wie sie in einer gestohlenen Polizeiuniform versuchen, den Verkehr zu regeln, oder gefälschte Strafzettel an ordnungswidrig abgestellte Hexenbesen klemmen.
Gehen sie einem auf die Nerven, sollte man die Gnome einfach links liegenlassen oder gepökelt mit sauren Gürkchen und einem erfrischenden Glas Met servieren.

Oskar brach als Erster das kurze Schweigen.

„Gut, verehrte Brückenwache, dann verrate uns doch, was wir tun müssen, damit wir die Brücke überqueren dürfen."

„Ihr müsst ein Rätsel lösen!", rief der Gnom geheimnisvoll und mit großer Geste. „Wenn ihr es löst, dürfte ihr die Brücke betreten. Aber wenn nicht, dann ..."

Der Gnom stieß einen Schrei aus, zog sein viel zu großes Schwert aus der Scheide und führte Luftschläge aus. Zu schwungvoll. Das Schwert riss den Winzling mit sich und er landete, um seine eigene Achse kreiselnd, krachend auf dem Boden.

Oskar und Florian halfen ihm wieder auf die Beine. Was dem Gnom sehr peinlich war.

„Ja. Danke. Dieser Boden ist aber auch außergewöhnlich rutschig. Da muss ich mal einen Bericht schreiben. An Elder Sarina, die Königin." Er klopfte sich den Staub vom Kettenhemd. „Wir sind nämlich Freunde, wisst ihr?"

„Klar", sagte Oskar. „Jetzt leg aber mal mit dem Rätsel los."

„Wir haben nämlich noch was vor", fügte Flo hinzu.

„Ja. Genau. Ein Rätsel müsst ihr lösen, um die Brücke zu überqueren! Ein Rätsel!", rief der Gnom wieder geheimnisvoll und mit großer Geste. Dann kam erst mal nichts. Dann fragte der Gnom: „Kennt ihr zufällig eines?"

„Nein."

„Nein."

„Hm", machte der Gnom. „Und nun?"

„Weiß nicht. Wir könnten eine Münze werfen", schlug Oskar vor.

„Au ja!", freute sich der Gnom. „Wohin?"

„Hoch. In die Luft."

„Aha", sagte der Gnom wenig überzeugt. „Und warum?"

„Ich zeig's dir. Hast du eine Münze?", fragte Oskar und der Gnom fummelte schnell eine kleine Silbermünze aus seiner Hosentasche.

„Hier!"

„Gut. Ich nehme Kopf und du nimmst Zahl. Einverstanden?", fragte Oskar.

„Einverstanden."

Der Gnom nickte so aufgeregt mit seinem Kopf, dass sein Helm auf und ab hüpfte.

„Gut. Ich werfe die Münze. Und wenn Kopf oben ist, habe ich gewonnen. Und wenn Zahl kommt, hast du verloren. Alles klar?"

„Wenn Kopf kommt, habt ihr gewonnen, und wenn Zahl kommt, habe ich verloren", wiederholte der Gnom nachdenklich, um dann freudig „Alles kapiert. Leg los!" zu rufen.

Oskar warf die Münze in die Luft, fing sie und klatschte sie auf seinen Handrücken.

Kopf.

„Wir haben gewonnen", sagte Oskar und hielt dem Gnom die Münze vor die Nase.

Der schnappte sich wütend sein Geld und schimpfte: „Mist. So ein Mist, verdammter!"

„Pech gehabt. Kommt vor", sagte Florian.

„Es war so knapp. Sooo knapp und ich hätte gewonnen", jammerte der Gnom.

„Wir dürfen?", fragte Florian und zeigte zur Brücke.

„Ja." Der Gnom ließ sie passieren. „Aber benehmt euch, sonst …" Wieder zog der Gnom sein Schwert und wieder stürzte er zu Boden. „Hoppala!"

Und endlich, endlich überschritten die beiden Freunde die Brücke nach Dunkelpfuhl.

Die gewaltigen Mauern des Stadttors erinnerten selbst in ihrem schlechten, bröckelnden Zustand an die große Bedeutung, die Dunkelpfuhl einst innehatte.

In den schillernden Tagen, als das Goldfieber Drachenhöhe im festen Griff gehabt hatte, war Dunkelpfuhl unvorstellbar reich gewesen. Bevölkert von Glücksrittern, Goldschürfern und fahrenden Händlern aller Arten und Regionen. Quirlig war die Stadt und hitzig ihre Sucht nach schnellem Vergnügen. In kürzester Zeit war aus dem kleinen Fischerdorf eine große Stadt geworden. In viel zu kurzer Zeit. Ganz Dunkelpfuhl setzte darauf, dass die mächtige Goldader niemals versiegen und die Gier der Königin niemals gestillt sein würde.

Und dann, nach den glitzernden Momenten des Rauschs, war Dunkelpfuhls große Zeit auch schon wieder vorbei. Die alten Goldminen waren erschöpft und neue nicht ergiebig. Erst kehrten die Goldsucher der Stadt den Rücken. Dann schlossen Hotels und Gastwirtschaften. Und schließlich gab sogar die Königin Elder Sarina Dunkelpfuhl auf und zog ihre Soldaten zurück. Und da nun niemand mehr für Sicherheit und Ordnung sorgte, hatten Betrüger, Raufbolde und Diebe freies Spiel. Dunkelpfuhl wurde zu dem gefährlichen Ort, den ganz Drachenhöhe fürchtete und den Oskar und Florian soeben betraten.

Dunkelpfuhl und der Markt der Sklaven

Die Straßen in Dunkelpfuhl schienen nur aus Tierkot zu bestehen. Sie waren schlammig, rutschig und stanken zum Himmel. Die aus groben Steinen schmucklos erbauten Häuser waren schwarz von Rauch und neigten sich schief zur Straße, als müssten sie sich wegen des Gestanks aus ihren Fenstern erbrechen. Fast alle Wesen, denen sie begegneten, waren ungewaschen und ärmlich gekleidet. Zwerge ohne Mützen, die in löchrigen Stiefeln steckten, und Elben mit schiefen Zähnen und zerschlissenen Umhängen kreuzten ihren Weg. Auch die Menschen wirkten auf Oskar alles andere als vertrauenerweckend. In kleinen Gruppen lungerten sie herum und tuschelten, die Kapuzen tief ins Gesicht gezogen.

Wie sollten sie dieses Wirtshaus nun finden? Den „Torkelnden Ritter“? Oskar hatte keine große Lust, hier irgendjemanden nach dem Weg zu fragen …

Ein Käfig auf Rädern, gezogen von Ochsen, polterte an ihnen vorbei. Zwei Männer saßen auf dem Kutschbock: ein Dünner, der die Zügel hielt, und daneben ein Dicker mit großem Federhut und einer Menge Ringe an den Fingern. Der Käfig war prall gefüllt mit Menschen, die in Ketten lagen. Alle steckten in grauen Roben aus grobem Stoff.

Wahrscheinlich ein Gefängnistransport, dachte Oskar, bevor ihm das Schild auffiel, das am Käfig befestigt war:

SKLAVENHANDEL
BROCHUS

Ein Mädchen mit braunen Zöpfen, vielleicht in Flos Alter, saß ganz am Rand des Käfigs. Sie lächelte. Das verwirrte Oskar. Das Mädchen war angekettet wie die anderen. Warum lächelte sie?

„Sieh mal!“ Florian stupste Oskar aus seinen Gedanken.

Vor ihnen öffnete sich die Straße zu einem großen Platz. Darüber schwirrte die Aufgeregtheit eines Konzerts, kurz bevor es losgeht. Oskar erkannte am anderen Ende des Platzes eine große Bühne. Und davor drängelten sich unzählige Zwerge und Elben, Einhörner und Menschen, Trolle und Hexen sowie Wesen, die Oskar noch nie zuvor zu Gesicht bekommen hatte. Manche hatten sechs Arme, andere trugen ihren Kopf unter dem Arm spazieren. Und alle, wirklich alle versuchten, durch das dichte Gedränge so nah an die Bühne zu gelangen wie möglich. Oskar hingegen hatte nur Augen für die goldenen Helme der Soldaten, die immer wieder in der Menge aufblitzten.

„Lass uns was zu essen besorgen", sagte Flo und drängelte sich ins Getümmel. Rings um den Platz reihte sich eine Fressbude an die andere. „Ich hab so einen Hunger, vielleicht schenkt uns jemand was."

„Warte!", rief Oskar – als wie aus dem Nichts ein Soldat vor ihnen auftauchte.

Instinktiv griff Florian nach seinem Schwert.

„Nicht", zischte Oskar und Flo ließ die Hand sinken.

Der Soldat der Königin stellte sich breitbeinig vor sie.

„Ihr dreckigen Strauchdiebe!", blaffte er sie an. „Habt ihr diese Lumpen gesehen?"

Der Soldat streckte den Arm aus und hielt ihnen einen Steckbrief unter die Nase.

GESUCHT!
Drachentöterin Blitz
Drachentöter Honigbärchen
Drachentöter Flinke Klinge
TOT ODER LEBENDIG
Belohnung: 5000 Goldstücke
Achtung: Die drei Schwerverbrecher sind bewaffnet, gefährlich und mit einem Drachen unterwegs!

Oskar ärgerte sich schwarz über den Steckbrief. Allerdings nicht, weil man ihn als Schwerverbrecher bezeichnete, sondern weil man ihn in seinem dämlichen Bärchen-Schlafanzug abgebildet hatte!

Florian starrte auf die Belohnung, die für sie ausgesetzt war. 5000 Goldstücke!

„Sind 5000 Goldstücke viel?", fragte Florian.

Der Soldat lachte laut. „Viel? Damit könnt ihr euch in diesem Drecksloch von Stadt mindestens 50 Häuser kaufen!"

„Wow. 50 Häuser", murmelte Florian. „Die Königin meint es ernst."

„Leider", grummelte Oskar.

„Wieso leider?" Der Soldat beäugte Oskar misstrauisch. Dann nahm er den Steckbrief hoch, betrachtete das Gesicht des Drachentöters Honigbärchen und schaute wieder zurück zu Oskar.

Das war zu viel für Florian. Er geriet in Panik. Heftig stieß er den Soldaten zur Seite und rannte los. Rein in die dicht gedrängte Menge.

Oskar nuschelte nur „Entschuldigung" und raste Florian hinterher. Sie rempelten sich an Hexen vorbei, schubsten Zwerge aus dem Weg und huschten Trollen durch die Beine.

Der Soldat in seiner schweren Rüstung hatte keine Chance, mit ihnen Schritt zu halten. Als sie den Marktplatz überquert hatten, stolperten sie förmlich in die Bühne.

Auf der standen mittlerweile, einer traurigen Theaterkulisse gleich, über zwanzig Sklaven. Regungslos, gefesselt an Füßen und Händen warteten sie mit gesenkten Köpfen auf ihren Verkauf. Vor ihnen tobte mit großer Geste der Dicke vom Ochsenkarren. Unter lautem Geschrei bot er die Sklaven zum Kauf an, als wären sie Bananen, Aale oder Frühstücksbrettchen.

„Nur heute habe ich für euch ein super, super, super Sonderangebooooot! Topsklaven zu Toppreisen!"

Oskar sah sich um. Vom Soldaten war nichts zu sehen. Sie hatten ihn abgehängt.

Und nun? Oskar dachte darüber nach, an der Bühne vorbei in einer der dunklen Gassen zu verschwinden. Aber er verwarf den Gedanken.

„Wir bleiben erst mal hier", raunte er Florian zu. „Wenn der Marktplatz sich leert, hauen wir gemeinsam mit der Menge ab." Diesmal war es ein Vorteil, einer der „Kleinen" zu sein. Sie konnten untertauchen, ohne von weitem gesehen zu werden.

Oskar entdeckte das Mädchen mit den braunen Zöpfen. Sie trug eine Fußfessel und die Hände waren ihr auf den Rücken gebunden. Trotzdem wirkte sie absolut entspannt. Fast hätte man meinen können, sie würde sich amüsieren.

Hinter den Drachentötern geriet die Menge in Unruhe. Wie stilles Wasser, in das man einen Stein wirft, strömten die

Menschen in Wellen auseinander. Goldene Rüstungen funkelten in der Sonne. Die Soldaten kämpften sich zur Bühne vor.

Mist! Doch nicht abgehängt. Oskar und Florian zögerten keine Sekunde. Sie rannten um die Bühne herum – und landeten in einer Falle. Der Marktplatz war abgeriegelt. Jede Gasse, in die sie hätten huschen können, wurde von zwei Soldaten bewacht.

Oskar riss Florian hinter sich her.

„Komm mit!“, schrie er gegen den Sklavenhändler an, der gerade unschlagbar günstige Ratenzahlungen anpries.

„Wohin?“

„Vertrau mir.“

Mit schnellen Schritten näherte sich Oskar der abgesperrten Bühne. Er schlüpfte unter dem Seil durch und flitzte an den drei Sklaven vorbei, die immer noch darauf warteten, auf die Bühne gebracht zu werden. Neben dem Ochsenkarren standen zwei Eimer mit Wasser. Oskar nahm den Ochsen einen Eimer weg und wusch sich das Gesicht, so gut es ging. „Jetzt du!“, sagte er zu Florian.

Vom Karren schnappte Oskar zwei graue Roben, die offenbar alle Sklaven zu tragen hatten. „Wir werfen die über, dann sieht man unsere Schwerter auch nicht.“

Wenige Sekunden später hatten sie sich neben den drei Sklaven platziert, als wären sie selbst welche.

„Aber was ist, wenn wir auf die Bühne müssen?", flüsterte Florian nervös. „Da sehen uns doch die Soldaten!"

„Eben nicht. Weil die uns dort nicht erwarten, werden die uns garantiert übersehen."

„Sicher?", fragte Florian, der sich ganz sicher war, dass dieser Plan nicht funktionierte. Wer stellt sich schon auf eine Bühne, wenn er gesucht wird?

„Klar. Einfach den Kopf gesenkt halten", sagte Oskar.

Der Helfer des Sklavenhändlers kam von der Bühne runter. Es war der Dürre, der auch den Ochsenkarren gelenkt hatte.

Er sah in etwa so freundlich aus wie ein Rottweiler, dem man seinen Lieblingsknochen geklaut hatte. Er war hager, fast ausgemergelt, sein Gesicht war von der Sonne verbrannt und seine nach unten gezogenen Mundwinkel wirkten wie eingegraben. Er packte Oskar und Florian am Kinn und begutachtete sie gründlich.

„Euch beide kenne ich gar nicht", sagte er misstrauisch.

„Wir saßen in der Mitte", sagte Oskar und zeigte auf den Ochsenkarren.

„Wo sind eure Fesseln?", fragte der Dürre, als er bemerkte, dass Oskar und Florian frei umherspazieren konnten.

„Abgefallen", log Oskar und zeigte auf eine Kiste neben den Ochsen, in der Fußfesseln und Seile aufbewahrt wurden. „Die waren zu weit für unsere dünnen Arme und Beine. Ich habe sie da reingetan."

Der Dürre schüttelte den Kopf. Aber er glaubte Oskar. Er fischte zwei Seile aus der Kiste und fesselte Oskars und Florians Arme auf dem Rücken zusammen. Dann holte er zwei Fußfesseln aus Metall und legte sie ihnen an.

Klack, machte es.

Und klack.

Und klack.

Und klack.

Und sie waren Sklaven.

Florian sah Oskar fassungslos an.

„Los, hoch auf die Bühne!“, zischte der Dürre.

Gemeinsam mit den drei übrig geblieben Sklaven stiegen sie die wenigen Stufen hinauf. Allmählich wurde es eng da oben.

„He, mach Platz da!“, schrie der Dürre das kleine Mädchen an und hob seine Hand zum Schlag.

Das Mädchen reagierte nicht. Es lächelte den Dürren an. Das machte ihn richtig wütend. Seine Gesichtszüge entgleisten, seine Lippen zitterten.

„Na warte, jetzt kriegst du eine verpasst!“, keifte er.

Oskar wollte sich schützend dazwischenstellen, aber er kam zu spät. Zwei schnelle Schritte und der Dürre war bei dem Mädchen. Er packte es am Kragen und holte zum Schlag aus, dann senkte er seinen Arm, drehte sich um und ging davon, als wäre nichts gewesen.

Was zum Teufel war das denn?

Das Mädchen lächelte noch immer, als wäre nichts passiert. Als Oskar sich neben sie stellte, fragte sie mit silbrig heller Stimme: „Ist die Sonne heute nicht herrlich?“

Oskar antwortete nicht. Er war immer noch sprachlos.

Es dauerte eine Weile, bis Oskar und Florian an der Reihe waren und zum Kauf angeboten wurden. Und Oskar musste schnell feststellen, dass Kinder als Sklaven in Dunkelpfuhl nicht gerade der Renner der Saison waren. Im Gegenteil. Sie waren der Restposten. Die zweite Wahl, die man einfach nur loswerden will. Oft vergeblich.

Als sich auch für ein paar Silberlinge niemand für Oskar und Florian begeistern konnte, schnappte sich der Händler Florian und stieß ihn an den Rand der Bühne.

„Bist du gesund?“, fragte er laut.

„Ja“, flüsterte Florian.

„Lauter! Es müssen dich alle hören können“, befahl der Händler.

„Ja. Ich bin gesund!“, wiederholte Florian laut.

Eine erfreuliche Nachricht, die auf die Kundschaft allerdings keinen Eindruck machte.

„Und was kannst du gut?“

„Was ich gut kann?“

„Ja. Du musst doch irgendwas gut können“, wiederholte der Händler ungeduldig seine Frage.

„Videospiele!“, schoss die Antwort aus seinem Mund.

„Was?“, fragte der Sklavenhändler.

„Videospiele kann ich gut. Aber ich bin auch ziemlich gut in Mau-Mau.“

„Mau-Mau?“, wiederholte der Händler, der auch von Mau-Mau anscheinend noch nie etwas gehört hatte.

„Ja“, sagte Florian.

„Du kannst also Mau-Mau und Deospiele?“

„*Vi*deospiele.“

Der Dicke sah seinen Helfer fragend an.

Der zuckte mit den Achseln.

„Keine Ahnung, was der erzählt. Ist halt ein Strohkopf.“

„Ja. Offensichtlich“, antwortete der Sklavenhändler und kratzte sich sein unrasiertes Kinn. „Aber wie soll ich solche Deppen bloß verkaufen?“

„Sonderangebot?“, schlug der Helfer vor.

„Schwierig. Aber nun gut, versuchen wir es“, seufzte der Sklavenhändler pessimistisch.

Mit Schwung und einem breitesten Grinsen wandte er sich wieder seiner potenziellen Kundschaft zu. „Meine verehrten Herrschaften!“, rief er. „Weil ich total wahnsinnig bin und kein Geld verdienen will, haue ich noch einen raus! Nur heute biete ich Ihnen drei für zwei an. Nehmen Sie diese zwei Sklaven …“, der Helfer schubste Oskar neben Florian, „… und suchen Sie sich einen dritten kostenlos aus.“

„Ich biete ein Goldstück für die zwei!", rief ein Mann aus dem Publikum.

Oskar versuchte, ihn in der Masse zu erspähen. Aber die Sonne blendete ihn.

„Sehr schön. Sehr schön! Eine gute Wahl!", schleimte der Händler. „Kommt nach vorne, der Herr! Kommt nach vorne zu mir!"

Das Publikum bildete eine Gasse und hindurch schritt ein Mann zur Bühne, groß und stark wie ein Bär.

„Nun, das Angebot lautet drei für zwei. Sucht Euch einen weiteren Sklaven aus."

„Ich nehme nur die zwei", sagte der Mann.

Oskar wurde nervös. Er trat vor. „Moment. Nein. Nehmt sie auch noch! Sie muss auch mit!", rief Oskar panisch und zeigte auf das kleine Mädchen.

„Das ist nicht nötig", sagte das Mädchen lächelnd.

„Doch, ist es", widersprach Oskar. „Ich bitte Euch, mein Herr, nehmt auch sie!"

Der Helfer geriet in Zorn. Sklaven durften nur reden, wenn sie etwas gefragt wurden. Ansonsten hatten sie die Klappe zu halten. So lautete die goldene Regel für Sklaven. Und die galt auch in Dunkelpfuhl.

Oskar spürte einen stechenden Schmerz in seinem Rücken. Er sackte zusammen. Hinter ihm stand der Helfer mit einem Stock in der Hand.

„Hey! Du beschädigst mein Eigentum!“, brüllte der große Mann aus dem Publikum und der Helfer zog sich unter Verbeugungen und um Verzeihung murmelnd zurück.

Florian half Oskar wieder auf die Beine. „Geht's?“, fragte er.

Oskar nickte gequält.

Der große Mann trat näher an die Bühne und zeigte auf das Mädchen. „Von mir aus. Die Kleine nehme ich auch noch“, brummte er.

Der Händler nickte. „Sehr gern. Braucht Ihr einen Sack? Oder sollen wir sie als Geschenk einwickeln?“

„Nein. Ich nehme sie gleich so mit.“

„Wie Ihr wünscht, mein Herr. Darf ich für den lästigen, aber nötigen Papierkram nach Eurem Namen fragen?“

„Berghund. Mein Name ist Berghund.“

Zum torkelnden Ritter

Nachdem das Geld seinen Besitzer gewechselt hatte, wurden Oskar, Florian und der Kleinen die Fesseln und die Sklavenroben abgenommen. Das Mädchen trug ein Kleid mit einer kleinen Schürze darüber. Berghund nahm keinerlei Notiz von den Schwertern, die unter Oskars und Florians Robe zum Vorschein kamen, und winkte ihnen eilig, ihm zu folgen.

Und noch bevor Oskar ihm erzählen konnte, dass sie auf der Suche nach ihm waren, riss er sie mit den Worten „Da seid ihr sicherer!“ mit sich in die Menge.

Erst nachdem sie im Gedränge untergetaucht waren, hielt Berghund sie an.

„Hört mir zu“, redete er mit gedämpfter Stimme hastig auf sie ein. „Ich weiß, wer ihr seid. Hinnerdir hat mir von eurem Kommen berichten lassen.“

Berghund war so groß, dass er den ganzen Platz spielend überblicken konnte. Immer wenn er Soldaten entdeckte, drehte er bei und sie liefen wieder ein gutes Stück in eine andere Richtung. So wühlten sie sich im Zickzackkurs über den Marktplatz.

Oskar brannte eine Frage auf der Zunge, die er sich aber nicht zu stellen traute. Was zum Teufel *war* Berghund?

Gekleidet war er wie ein Pirat. Er trug braune Stiefel, die leicht spitz zuliefen und in denen dicke haarige Waden steckten. Sein weißes Hemd mit dem breiten Kragen und den Rüschen an den Ärmeln hatte er in eine blaue Hose gestopft, die ihm bis knapp über die Knie reichte. Außerdem steckte kein normales Schwert in seinem Gürtel, sondern ein Säbel.

Aber Berghund war kein Mensch. Kein Mensch wurde so groß. Von den Stiefeln bis zu seinem strubbeligen Haar maß er fast drei Meter. Auch war sein Gesicht eher breit als hoch. Seine unter buschigen Augenbrauen tief liegenden Augen waren klein und stechend. Sein Kiefer war breit und seine Lippen wulstig. Was etwas merkwürdig aussah, weil seine Nase so klein und knubbelig war …

Als sie sich zum Rand des Platzes durchgekämpft hatten, sah Oskar, dass sie ihr Ziel schon erreicht hatten. Ein paar Meter weiter befand sich ein einfaches Gasthaus mit der krakeligen Aufschrift „Zum torkelnden Ritter“.

Vor den alten Schwingtüren hielten zwei Soldaten Wache. Sie kontrollierten jeden, der eintrat oder die Wirtschaft verließ.

Berghund hielt Oskar und Florian an den Schultern fest.

„Esst das. Sofort!“, sagte er und reichte Florian und Oskar jeweils ein kleines Bündel Kräuter.

„Was ist das?“, fragte Oskar, während Florian an den Kräutern roch.

„Riecht nach nichts.“

„Nicht fragen. Essen!“

Oskar stopfte sich die Kräuter in den Mund. Sie waren holzig wie Stroh und schmeckten bitter.

Florian verzog sein Gesicht. „Furchtbar, wie der Rhabarberkuchen meiner Mutter“, stöhnte er.

Berghund beugte sich zu ihnen hinunter. „Wundert euch nicht. Die Kräuter lassen euch altern.“

Oskar hörte auf zu kauen. „Pfie bidde?“ Er wollte die Kräuter ausspucken, aber er traute sich nicht.

„Keine Angst. Die Wirkung hält nur kurz an. Es muss sein. Damit die Soldaten euch nicht erkennen.“

Oskars Gesicht kribbelte. Als er sich kratzen wollte, spürte er Haare, wo gerade noch keine gewesen waren. Ihm war ein Bart gewachsen.

„Wie siehst du denn aus, Opa? Du hast einen Bart und graue Haare!“, lachte Florian.

„Selber!“, rief Oskar. Florians Gesicht verdeckte ein buschiger Vollbart. Auf seiner Stirn gruben sich tiefe Falten in seine Haut.

Das kleine Mädchen stand neben ihnen und amüsierte sich prächtig. „Dir fallen die Haare aus!“, kicherte sie.

Oskar tastete seinen kahlen Hinterkopf ab. Verdammte Hacke! Sie hatte Recht. Außerdem schmerzte sein Rücken und er stand irgendwie schief.

„Voran!“ Berghund scheuchte sie weiter. Vor den Schwingtüren hatte sich ein Soldat aufgebaut. Sein Kollege unterzog gerade zwei Zwerge einer Kontrolle.

„Auch das noch“, stöhnte Berghund. „Der vor der Tür ist Wanat, der ehemalige Chef der Stadtwache. Der hat mich auf dem Kieker.“

„Lass mich mal machen“, sagte Oskar und trat vor Wanat, der mit einer Lanze in der Hand den Eingang blockierte.

„Darf ich mal vorbei, junger Mann?“, fragte Oskar mit zittriger Stimme.

Der Soldat musterte Oskar und seine Gefolgschaft kurz und trat zur Seite. „Nur zu, Großväterchen.“

Oskar kniff dem Soldaten freundlich in die Wange, sagte: „Danke, mein Junge!“, und tippelte mit kleinen Schritten an ihm vorbei. Florian und die anderen folgten ihm. Als Berghund an Wanat vorbeiwollte, stellte der sich ihm in den Weg. Allerdings nur, um ihm kurz zu drohen.

„Ich behalte dich im Auge, du dreckiger Gramp.“

Gramp? Florian und Oskar wechselten einen Blick. Was zur Hölle war ein Gramp?

Bei ihrem Ausflug in die Hauptstadt Goldenhöhe hatte Oskar die Kneipe „Drachenloch“ als schäbig empfunden. Im Vergleich zu Berghunds Gastwirtschaft jedoch war sie ein edles Lokal. Der „Torkelnde Ritter“ hatte seine besten Zeiten schon lange hinter sich.

Von der einst sicherlich schönen Ausstattung waren nur noch Trümmer geblieben. Die dunkle Holzvertäfelung an den Wänden war rissig. Vergilbte Vorhänge hingen vor zersplitterten Fenstern. Die Lampen, in denen Kerzen sich vergeblich abmühten, das Lokal zu erleuchten, waren größtenteils zerschlagen. Nur eine Handvoll Gäste hatte sich in die Spelunke verirrt. Sie saßen schweigend auf ihren wackligen Hockern und ließen sich von einer kleinen Frau mit kräftigen Armen Getränke in Gläsern, groß wie Blumenvasen, servieren.

Oskar erkannte Zwerge, zwielichtige Menschen und einen Gnom in Polizeiuniform.

Neben der Theke führten drei Türen zu den Toiletten. Auf einer stand: „Für Herren“, auf der zweiten: „Für Damen“, und auf der dritten war ein Zettel angebracht, auf welchem stand: „Trolle hier kacken“. Aber da nahezu kein Troll lesen kann, befand sich auch noch eine kleine Zeichnung darunter, die einen Troll mit heruntergelassener Hose zeigte, der gerade sein Geschäft verrichtete.

Sicher hätte es Oskar verblüfft zu hören, dass sich das Trollklo fast 500 Meter unter der Erde befand. Musste ein Troll mal, war er gezwungen, 1259 Stufen hinabzusteigen und vier luftdicht verriegelte Sicherheitstüren zu passieren. Wer jemals nach einem Troll auf dem Klo war, weiß, warum.

„Setzt euch an den Tisch da!“ Berghund zeigte mit seinen Pranken in die dunkelste Ecke des Lokals. „Ich hole euch was zu essen und zu trinken.“

Mit einem gekrächzten „Au ja!“ und „Super!“ humpelten Opa Florian und Opa Oskar im Schneckentempo zu ihrem Tisch.

Als sie endlich saßen und sich ausgiebig über die Wehwehchen beschwert hatten, die das Altsein mit sich brachte, kam Berghund zurück. Er trug ein Tablett, auf dem drei Gläser und ein Krug standen. Aus dem Krug schäumte eine rote Flüssigkeit. Der Wirt stellte ihn ab. „Drachenbeerenbrause. Trinkt, während ich euch etwas zu essen hole.“

„Danke“, sagte Oskar und schenkte allen ein. Die Drachenbeerenbrause war süßsauer und erinnerte Oskar an Johannisbeeren.

Nachdem er das zweite Glas geleert hatte, leckte Florian sich genüsslich die Lippen. „Lecker“, sagte er. „Wie es Fluppe wohl geht?“

An den Drachen hatte Oskar gar nicht mehr gedacht. Hoffentlich hatte er etwas zu essen gefunden … „Morgen gehen wir zu ihm zurück“, sagte Oskar. „Und bringen ihm Drachenbeerenbrause mit.“

Florian scenkte den Kopf. „Meinst du, er ist noch sauer auf mich?“, fragte er leise. „Wegen der Kompass-Sache?“

„Ach Quatsch!“, sagte Oskar überzeugt. „Fluppe ist zwar schnell beleidigt, aber nicht nachtragend.“ Sein Blick fiel auf das Mädchen, das zwischen ihnen saß und an seinem Glas nippte. „Sag mal, wie heißt du eigentlich?“, fragte er.

„Lyka.“

„Hallo, Lyka, schön, dich kennenzulernen. Das ist Florian und ich bin Oskar“, sagte Oskar.

„Hi“, sagte Florian.

„Hallo, Florian“, sagte das Mädchen mit ihrer hellen Stimme und: „Hallo, Oskar.“

„Und woher kommst du?“, fragte Oskar.

Lyka kam nicht mehr dazu zu antworten. Berghund war zurück. Und er hatte reichlich zu essen mitgebracht. In einem Korb lag so viel aufgeschnittenes Brot, dass man damit die halbe Armee der Königin hätte durchfüttern können. In einer Porzellanschüssel schmolz ein dicker Klumpen Butter. Auf einem silbernen Teller lagen Wurst, Käse und sauer eingelegtes Gemüse.

Erst jetzt, als Oskar sich das Brot gierig in den Mund stopfte, merkte er, wie ausgehungert er war. Sie mampften und schmatzten und schluckten und stoppten erst, als ihre Bäuche prallvoll und ihre Bärte fast wieder verschwunden waren.

Florian fiel die Zurückverwandlung als Erstes auf. „Hey, du wirst ja wieder jünger!“

„Meine Haare sind zurück!“, freute sich Oskar, der insgeheim befürchtet hatte, sich an eine Halbglatze gewöhnen zu müssen.

„Hab ich euch doch gesagt. Greisenkraut wirkt nur kurz“,

brummte Berghund und schnappte sich einen Hocker, der unter seinem dicken Hintern erstaunlicherweise nicht zerbrach.

„Du, Berghund?“, fing Oskar an. „Wir haben einen Drachen dabei. Fluppe heißt der und er …“

„Macht euch keine Sorgen. Ich weiß Bescheid. Ich kümmere mich um ihn.“

„Super!“ Florian reckte seinen Daumen in die Höhe. Allerdings nur kurz. Eine Sekunde später hielt er eine Wurst in der Hand und biss herzhaft hinein.

Auf einmal spürte Oskar einen warmen, feuchten Luftzug im Nacken. Der Luftzug war irgendwie rhythmisch und wurde von einem Geräusch begleitet, das Oskar an Gehechel erinnerte. An das Gehechel eines Hundes. Eines großen Hundes!

Oskar wirbelte herum und sah in das Maul eines gewaltigen Schäferhunds, der sich von außen gegen das Fenster stemmte. Er hatte seine Schnauze durch das zerbrochene Glas gedrückt und knurrte.

Oskar mochte Hunde. Eigentlich. Aber das war kein Hund. Niemals.

Das war ein Wolf.

Ein ausgewachsener Wolf, der wütend seine Zähne fletschte.

Mit einem Schrei sprang Oskar auf.

„Wolf!“

Florian tauchte ab und krabbelte unter dem Tisch weg, während Oskar über den Tisch floh. Die anderen Gäste im Lokal stürmten schreiend nach draußen. Gläser und Teller krachten zu Boden.

Oskar und Florian zogen ihre Schwerter.

Das kleine Mädchen öffnete das Fenster.

„Nein. Nicht!“, schrie Oskar.

Zu spät.

Der Wolf sprang mit einem Satz in die Stube und landete auf dem Tisch. Sofort stellten sich seine Nackenhaare auf, er senkte den Kopf zum Kampf und schnappte wütend nach Oskar und Florian.

Oskar reckte dem Tier sein Schwert entgegen und Florian schrie: „Mach Sitz! Mach Sitz! Pfui! Braver Hund, mach Sitz!“

Berghund aber blieb einfach sitzen, als ginge ihn der Wolf nichts an. Er hatte nur Augen für das kleine Mädchen. Denn die sprach mit sanften Worten auf das Tier ein.

„Ruhig, meine Liebe“, sagte sie. „Ganz ruhig.“

Und der Wolf – die Wölfin? – beruhigte sich. Er drehte sich zu ihr um und drückte seinen Kopf gegen ihre Hand. Oskar glaubte zu träumen. Die Wölfin wollte am Kopf gekrault werden! Florian stand mit offenem Mund neben ihm und konnte seinen Blick nicht von dem Schauspiel abwenden.

Lyka streichelte das wilde Tier und gab ihm einen Kuss auf die Nase. Und der Wölfin gefiel das. Sie brummte ein wenig und schloss genüsslich ihre Augen.

„Wer bist denn du, meine Schöne? Verrate mir deinen Namen“, sagte das kleine Mädchen lächelnd.

Oskar musste etwas tun. Das konnte nicht lange gut gehen. Gleich würde der Wolf sie zerfleischen. Er schnappte sich einen Holzlöffel. „Hol's Stöckchen!“, schrie er und warf den Löffel aus dem Fenster.

Die Wölfin neigte ihren Kopf zur Seite und fiepte das Mädchen an.

„Dein Name ist Rei Schwarzpfote? Ein schöner Name“, sagte das Mädchen.

Oskar traute seinen Augen und Ohren nicht. Das kleine, komplett verrückte Mädchen redete, nein, vielmehr, sie *schimpfte* mit dem Wolf, als wäre er ein kleiner Schoßhund.

„Aber was machst du hier? Es ist gefährlich in der Stadt! Und wir wollen doch nicht, dass dir etwas zustößt, Rei Schwarzpfote!“

Diesmal heulte die Wölfin kurz auf und senkte verschämt seinen Kopf.

Lyka tätschelte sie. „Ich danke dir. Aber ich bin nicht in Gefahr. Das sind Freunde“, sagte Lyka, während Berghund Lyka weiterhin ruhig, aber mit größtem Interesse beobachtete.

„Genau! Freunde. Alles Freunde hier. Beste Freunde!", stammelte Florian und kämpfte gegen eine nahende Ohnmacht an.

„Geh jetzt besser zurück in den Wald, Rei Schwarzpfote! Ich werde dich rufen, wenn ich dich brauche."

So schnell, wie die Wölfin gekommen war, verschwand sie auch wieder.

„Und der Drache im Wald, der nicht Feuer spucken kann, weil er eine feuchte Aussprache hat, ist auch ein Freund! Er heißt Fluppe. Dem bitte auch nichts tun!", schrie Oskar ihr noch hinterher.

Oskar und Florian setzten sich wieder und starrten das Mädchen an.

Das nippte an seinem Glas, als ob nichts passiert wäre.

„Leck mich an meinem haarigen ..." Berghund fand als Erster die Sprache wieder. In seiner Stimme schwang neben Überraschung auch eine große Portion Bewunderung mit. „Wir haben eine Biestmeisterin unter uns."

„Eine Biestmeisterin?", fragte Oskar.

„Biestmeister beherrschen Tiere", erklärte Berghund.

„Wow!"

„Allerdings nur eine Art – und unsere Kleine hier hat offenbar Macht über Wölfe!"

„Wow!"

„Sie ist eine Wolfgeborene."

„Was heißt das?", fragte Oskar.

„Biestmeister werden von den Tieren geboren, die sie später beherrschen."

Florian glotzte Lyka mit großen Augen an.

„Das heißt, du bist …" Er konnte den Satz nicht beenden. Er klang zu absurd.

Oskar übernahm das.

„… ein Wolf in Menschengestalt?"

Lyka nickte.

Oskar, Florian und Berghund starrten das kleine Mädchen ehrfürchtig an, als wäre sie ein Weltwunder. Und irgendwie war sie das ja auch.

„Biestmeister", erklärte Berghund weiter, „können ihre Biester rufen und in den Kampf führen. Manche der Biestmeister haben sogar die Macht, ihre Tiere mutieren zu lassen. Sie werden dann riesig oder unsichtbar oder sie vervielfältigen sich. Aus einem Tier werden dann … was weiß ich …"

„Hunderte", sagte das kleine Mädchen leise.

„Hunderte!" Berghund schlug vor Begeisterung mit der Faust auf den Tisch. Ihre Gläser hopsten, als stünden sie auf einer Hüpfburg.

„Kannst du das auch?", fragte Oskar.

Lyka nickte nur und lächelte weiter wie immer.

Berghund war ganz aus dem Häuschen.

„Bislang dachte ich immer, dass Biestmeister nur in Märchen und Legenden vorkommen. Wahnsinn! Es gibt sie wirklich."

Er schüttelte ungläubig seinen gewaltigen Schädel. Oskar dachte darüber nach, sich ein Autogramm von Lyka geben zu lassen. Aber er verwarf den Gedanken schnell. Das war albern.

„Aber wie konnte dich der Sklavenhändler fangen?", fragte Florian.

„Er hat mich nicht gefangen. Ich bin freiwillig zu ihm gegangen."

Florian zeigte ihr einen Vogel. Auch Oskar konnte nicht glauben, was er da hörte.

„Wie bitte? Wieso denn das? Das ist doch total Banane!"

„Ich wollte nach Dunkelpfuhl und hatte keine Lust, zu Fuß zu gehen", sagte sie achselzuckend. Dann stand sie auf und strich ihr Kleid glatt. „Ich muss dann mal los."

Lyka legte eine Münze auf den Tisch, aber Berghund winkte ab.

„Du musst hier nichts bezahlen. Es war mir eine Ehre", sagte er und deutete eine Verbeugung an.

Das Mädchen schenkte ihnen ihr süßestes Lächeln, machte einen Knicks und tänzelte mit kleinen Schritten aus der Tür raus. Weder Florian noch Oskar bekamen ihre Zähne auseinander. Sie starrten ihr einfach nur hinterher.

„Leck mich an meinem haarigen Arsch! Eine Biestmeisterin! Wahnsinn!“, fasste Berghund treffend für alle zusammen, was sie gerade erlebt hatten.

Biestmeister sind übrigens derart selten und ihre Existenz ist so umstritten, dass Gertrude Eleonore Fisselstick in ihrem „Handbuch zur Bestimmung aller magischen und nichtmagischen Arten“ kein Wort über sie verliert. Kein einziges Wort.

Der Pfad der Drachenei-Sammler

In einem kleinen Kämmerchen hatte Berghund ihnen ein einfaches, aber bequemes Nachtlager bereitet, in dem Oskar wie ein Murmeltier schlief.

Allerdings nur kurz. Weit vor Morgengrauen trat Berghund mit einer Kerze und ein paar belegten Broten in ihr Zimmer. „Aufstehen! Beeilt euch! Wir müssen aus der Stadt, solange uns die Dunkelheit noch Schutz spendet."

Berghund versorgte die beiden Drachentöter nicht nur mit einer Karte der Weißen Reiter, sondern auch mit allem anderem, was sie brauchten, um den Marsch zu überleben. Wie Eskimos, von Kopf bis Fuß in Fell gehüllt und mit Rucksäcken voller Proviant, führte Berghund sie über Schleichwege aus der Stadt in Richtung Norden. Die mondhelle Nacht und die dicke Decke aus Schnee, die sich gnädig über Dunkelpfuhl und all den Dreck ausbreitete, ließen die hässliche Stadt nicht mehr ganz so schrecklich aussehen.

Während sie im tiefen Schnee durch das verwinkelte Gassenlabyrinth stapften, fragte Berghund die beiden Freunde aus – am meisten interessierte ihn, warum zum Teufel sie unbedingt über die Weißen Reiter kraxeln wollten.

Florian erklärte, dass sie nach Hause wollten. Und dafür zum Brodelnden See mussten. Und darum zuerst zu den Waldelben mussten. Damit die Fluppes Flügel heilen konnten.

Da erschrak Oskar. „Wir gehen in die falsche Richtung", sagte er. „Fluppe ist noch im Wald vor der Stadt."

„Vertraut mir", brummte Berghund nur und stapfte noch schneller.

Was Lisbeth wohl dazu sagen würde? Während Oskar hinter der mächtigen Gestalt durch den tiefen Schnee stiefelte, rätselte er aufs Neue, was für ein Wesen Berghund war. Wanat, der Soldat, der sie vor dem „Torkelnden Ritter" kontrolliert hatte, hatte Berghund einen Gramp genannt. Genauer gesagt: einen dreckigen Gramp.

„Sei mir bitte nicht böse, Berghund – aber was ist ein Gramp?", fragte Oskar vorsichtig.

Berghund lachte so laut, dass Schneelawinen von den Dächern rutschten.

„Warum soll ich dir böse sein? Was ein Gramp ist? Ich bin ein Gramp! Ein dreckiger Gramp!", rief er und lachte noch lauter.

„Aha", sagte Oskar und war so schlau wie zuvor.

„Gramp ist ein Schimpfwort für Mischlinge wie mich", erklärte Berghund. „Meine Mutter war ein Troll. Mein Vater ein Mensch."

„Wow!"

„Meine Eltern sind beide Menschen", muffelte Florian enttäuscht. „Und was noch schlimmer ist: Beide sind Mathelehrer."

„Du Armer!", entfuhr es Oskar, dem die Vorstellung, seine schreckliche Mathelehrerin Frau Krause auch noch nach der Schule ertragen zu müssen, in Panik versetzte. Dann schon lieber von Drachen geröstet werden, im Gebirge erfrieren oder sich kaputt langweilen bei seinen Großeltern.

Unbemerkt verließen die drei das dämmerige Dunkelpfuhl. Sie marschierten durch einen verlassenen kleinen Vorort und über ein brachliegendes Feld, das schon seit Urzeiten kein Landwirt mehr beackert hatte.

Da entdeckten sie Fluppe. Er lag unter einem Baum im Schnee und schlief laut schnarchend. Irgendjemand hatte ihm einen Sack über den Kopf gestülpt.

„Fluppe!"

Oskar und Florian rasten zu ihm.

„Fluppe! Aufwachen!"

„Waf ift lof?"

„Wir sind's, Flo und ich!“, rief Oskar und riss ihm den Sack vom Kopf. Fluppe erhob sich gähnend und schüttelte sich den Schnee vom Körper.

„Wie kommst du denn hier hin?“, fragte Oskar.

„Weif nicht. Ich hab im Wald gefeffen und ein biffchen geträumt. Und auf einmal hat mir jemand einen Fack über den Kopf getfogen.“

„Und dann?“

„Dann bin ich eingeflafen und dann war ich hier.“

„Wie mein Wellensittich“, sagte Florian leise zu Oskar und grinste. „Wenn man dem eine Decke über seinen Käfig wirft, pennt er auch gleich ein. Mann, wenn ich gewusst hätte, dass das auch bei Drachen funktioniert ...“

„Kommt nicht auf dumme Ideen. Das ist saugefährlich. Das können nur wenige und die auch nur, wenn der Drache schon fast eingeschlafen ist“, ermahnte Berghund sie.

Fluppe guckte sich um und kratzte sich am Kopf. „Wo bin ich überhaupt?“

„Auf der anderen Seite von Dunkelpfuhl“, antwortete Berghund. „Entschuldige das mit dem Sack.“

„Das warst du?“, fragte Oskar verblüfft.

„Freunde von mir. Ehemalige Drachenei-Sammler.“

Fluppe setzte sich auf und stemmte zornig seine Fäuste in die Hüften. „Und wiefo habt ihr mich nicht einfach höflich gebeten mitfukommen?“

„Wärst du mitgegangen?“

„Natürlich nicht! Niemalf! Ich geh doch nicht mit Fremden mit!“

„Darum“, sagte Berghund knapp und wandte sich Oskar zu. „Folgt jetzt diesem Pfad bis zur großen Drachenbuche. Ab da haltet ihr euch streng an den Plan.“

„Machen wir.“

„Haltet euch immer an den Plan! Sucht keine Abkürzungen! Es gibt keine.“

„Machen wir. Versprochen.“

„Gut.“

Berghund verabschiedete sich, indem er die beiden Drachentöter an seine breite Brust drückte. Fluppe gab er die Hand, die der Drache nur zögerlich ergriff. Die Nummer mit dem Sack hatte Fluppe ihm noch nicht verziehen.

Bei Tagesanbruch erreichten sie die Drachenbuche, einen uralten, knorrigen Baum, den die starken Herbststürme in Drachenform gepustet hatten.

Und dahinter ragten sie auf.

Die schneebedeckten Gipfel der Weißen Reiter erstrahlten in der Morgensonne.

Majestätisch waren sie, fand Oskar. Majestätisch, riesig und absolut furchteinflößend.

Florian schien das Gleiche zu denken. „Da müssen wir wirklich rüber?“, fragte er zweifelnd.

„Tfu Fuf?“ Fluppe ächzte.

„Keine Angst“, sagte Oskar, „das schaffen wir.“

„Bift du dir ficher?“

„Bombensicher“, log Oskar. Er vermied es, zu den Gipfeln zu sehen, so wie er es vermied, auf dem Sprungturm im Freibad nach unten zu schauen.

Oskar zog den Plan aus seiner Tasche und studierte ihn.

„Da lang!“

Von nun ging es unter Oskars Führung und Fluppes Gemotze nur noch querfeldein. Vorbei an den beiden Hügeln, die aussahen wie die Höcker eines Kamels, über Geröllawinen und zwischen zwei spitzen Felsen hindurch. Sie kletterten eine schmale Schlucht hinunter, durch deren Grund sich ein kleines Flüsschen schlängelte.

Der Vormittag war angebrochen und die Temperaturen stiegen in rasender Geschwindigkeit. Ihnen stand ein heißer Sommer bevor.

„Machen wir Pause“, stöhnte Oskar und zog die dicke Felljacke aus. Florian seufzte erleichtert und folgte seinem Beispiel.

Fluppe hockte sich auf allen vieren an den Fluss und schaufelte sich mit seiner langen Zunge Wasser ins Maul. „Lecker!“, schlabberte der Drache. „Fön kalt. Ift wohl Fmelfwaffer.“ Er wischte sich seinen Mund ab.

„Schmelzwasser?“

„Genau.“

Oskar kniete sich auf einen Stein am Ufer, schöpfte mit seinen Händen etwas Wasser und probierte es. Wie Fluppe gesagt hatte, war es eiskalt, schmeckte aber gut. Der Fluss war glasklar. Kein Fisch, keine Pflanze, kein bisschen Schlamm war im Flussbett zu entdecken. Nur Steine, weiß wie die Gipfel der Weißen Reiter, und Wasser, so sauber wie die Luft um sie herum.

Oskar kam es so vor, als würde der Fluss unruhiger werden. Breiter und etwas wilder.

Er rutschte ein Stück zurück und gönnte sich noch einen Schluck. Florian lag neben den Jacken und Rucksäcken auf einem flachen Felsen. Die Arme hinter dem Kopf verschränkt, genoss er die Sonne in vollen Zügen.

„Iiih!“, schrie Fluppe. Ein großer Schwall Gischt war ihm ins Gesicht gespritzt. Der Drache stolperte fluchend zu Florian an den Rand der Schlucht und schüttelte sich. „Ich haffe Waffer!“, schimpfte er.

Auch Oskar war aufgestanden und schaute misstrauisch auf das Wasser. Der Fluss, der eben noch bedächtig an ihnen vorbeigeplätschert war, wurde immer reißender.

„Wir müssen weiter“, sagte Oskar. „Los, packt alles ein! Schnell! Schnell!“

„Was ist?“, fragte Florian dösig.

„Die Schneeschmelze! Der Fluss wird größer!“

Florian sprang auf. Dort, wo eben noch eine steinige Uferbank gewesen war, rauschte und gurgelte es bereits. Die Strömung riss ganze Felsbrocken mit sich.

Oskar schnappte sich seine Jacke und warf sich den Rucksack über die Schulter.

„Los! Kommt!“, schrie er und rannte los. Die Felswand ragte dicht neben ihnen empor. An den meterhohen, unüberwindlichen Stein gepresst, kämpften sie sich weiter stromaufwärts. Das Wasser hatte sie längst erreicht und spritzte um ihre Beine. Oskar ging voran. Florian folgte ihm und Fluppe bildete fluchend die Nachhut. Als würde er über eine vollgeschissene Hundewiese tapern, eierte er durch den Fluss und verzog angewidert das Gesicht, sobald sein dicker Zeh untertauchte.

Drachen lieben das Nass etwa so sehr wie Katzen.

Der Pegel des Flusses stieg immer weiter. Bis zu seinen Hüften reichte Oskar das Wasser, als er einen Schrei hörte. Ganz nah, aber im Gebrause kaum wahrzunehmen.

„Hilfe!“

Florian!

Oskar klammerte sich mit beiden Händen an die Felsen und drehte sich um.

Florian sollte hinter ihm sein. War er aber nicht.

Nicht mehr.

Er war verschwunden.

Dann tauchte sein Kopf auf. Oskar sah mit Entsetzen, wie Florian hustete und luftschnappend nach Halt suchte. Die Strömung hatte ihn mitgerissen. Er trudelte in der Mitte des Flusses. Er tauchte unter. Und wieder auf. Er wirbelte umher, als wolle der Fluss mit ihm spielen.

„Hab dich!", grunzte Fluppe auf einmal. Er stand breitbeinig wie ein Cowboy im Wasser, packte Florian am Hosenbund und zog ihn kichernd zu sich. „Du bift mit Abftand der häfflichfte Fif, den ich je gefangen habe!"

Florian war ganz und gar nicht zum Lachen zumute. Er war kreidebleich und zitterte. Er keuchte und hustete und konnte sich kaum auf den Beinen halten.

„Fo geht ef wohl nicht", stellte Fluppe fest und warf sich Florian kurzerhand über die Schulter. „Fefthalten." Mit Florian auf dem Rücken watete Fluppe weiter. „Komm, Ofkar", rief er über die Schulter. „Weitergehen!"

Oskar kramte den Plan hervor. Er war durchnässt. Die Zeichnungen begannen zu verschmieren. Doch immerhin: „Es ist nicht mehr weit!", schrie Oskar gegen das Getöse an. „Wir haben's gleich geschafft!"

Sie kämpften sich voran. Schritt für Schritt immer an der Felswand entlang.

Und nach nur einer Biegung lag der kleine Trampelpfad vor ihnen. Ganz so, wie der Plan es voraussagte, führte der Weg durch eine Felsöffnung geradewegs nach oben in Sicherheit.

Völlig durchnässt und schlotternd vor Kälte schleppten sie sich den Pfad hoch. Kaum hatten sie die Schlucht verlassen, ließ Oskar seinen Rucksack fallen und plumpste keuchend zu Boden.

Neben ihm setzte Fluppe den zitternden Florian ab. In seinen von Kopf bis Fuß triefend nassen Fellklamotten erinnerte Flo Oskar an einen traurigen Welpen nach seinem ersten Wannenbad.

„Also, eines ist sicher: Baden muss ich diese Woche nicht mehr“, bibberte Florian.

Oskar lachte erleichtert und blinzelte in die Sonne, die ihnen warm auf die Kleidung brannte. „Wir müssen weiter“, sagte er schlapp und rührte sich nicht.

„Vergiss es. Ich mache heute keinen Schritt mehr. Ich will nur noch aus den nassen Klamotten raus“, keuchte Florian.

„Und mir tun die Füfe weh! Auferdem kommt da gleich eine Höhle. Da können wir übernachten.“ Fluppe zeigte ein Stück nach vorne. Eine große Blumenwiese breitete sich vor ihnen aus, gesäumt von Felsgestein. Und darin verbarg sich ein wenig versteckt eine Höhle.

„Perfekt. Wir bleiben“, beschloss Florian und Oskar hatte keine Einwände.

Drei Helden

Die Höhle war geräumig, trocken und was das Wichtigste war: unbewohnt. Sie stellten ihre Rucksäcke ab und hängten ihre durchnässten Felle über Äste in die Sonne. Oskar legte den Plan zum Trocknen auf die Wiese. Er war ziemlich verschmiert, aber noch einigermaßen lesbar.

Dann streckte sich Oskar im Gras aus und genoss die Ruhe. Das Gras kitzelte an seinen nackten Füßen, Schmetterlinge flatterten um seine Nase und Bienen summten, während sie von Blüte zu Blüte schwebten. Es fühlte sich wie Urlaub an. Warum konnte Drachenhöhe nicht immer so sein?

„Seht mal, was ich gefunden habe!" Florian kam nur in Unterhose angerannt. Er hielt etwas Rundes in den Händen.

„Ist das ein Fußball?", fragte Oskar verblüfft.

„Daf ift eine Trollfrucht", erklärte Fluppe nach einem kurzen Blick.

„Eine Frucht? Das Ding kann man essen?", fragte Florian irritiert.

„Nein. Daf Tfeug ift eklig und fmeckt wie Gummi."

„Stimmt! Wie 'n Gummiball!", sagte Florian. Er titschte die Frucht auf den Boden, die ihm sogleich wieder in die Hände sprang. Dann schoss er sie kräftig geradewegs hoch in den Himmel.

„Fußbaaall!", schrie er und Oskar sprang auf.

Nachdem sie Fluppe die Regeln grob erklärt hatten, marschierte der schnurstracks ins schnell mit zwei Stöcken gebaute Tor und versuchte, Florians und Oskars Weltklasseschüsse zu parieren. Kam ihm einer der Stürmer zu nah vor das Tor, plärrte er „Abfeitf!" und nebelte sie so lange mit seiner Spucke ein, bis sie blind und orientierungslos den Ball in eine falsche Richtung bolzten. Das Spiel ging 15 zu 15 aus und Fluppe bestand darauf, gewonnen zu haben.

Als die ersten Blätter fielen, waren ihre Sachen getrocknet. Sie zogen sich wieder an. Oskar und Florian bauten das Tor ab, sammelten ihre Sachen ein und brachten alles in die Höhle, um ihre Spuren zu verwischen. Schließlich wussten sie nicht, was sich hier nachts alles so rumtrieb.

In der Höhle hatte Fluppe bereits ein gemütliches Feuer entzündet. Sie holten Berghunds Proviantpaket hervor, wärmten sich Bohnensuppe in einem kleinen Topf auf und aßen Brot dazu.

Erst hörten sie ein leises Brummen.

Und dann fühlten sie es.

Ein Erdbeben.

Die letzten Tage hatten sie es immer mal wieder unter ihren Füßen zittern gespürt, aber dieses Mal war es anders. Lauter. Als würde ein vollbeladener Güterzug wenige Zentimeter unter ihnen herdonnern. Die Wände der Höhle wankten und die drei Freunde klammerten sich fest aneinander.

So schnell, wie das Erbeben kam, war es auch wieder vorbei.

„Puh." Oskar atmete erleichtert aus und löste sich aus Fluppes Armen. „Das war heftig!"

„Früher gab ef folche Beben nicht", erklärte Fluppe.

„Ich weiß, Horand hat mir davon erzählt."

„Dafür gab ef hier früher Drachen."

„Wo? Hier im Gebirge?"

„Natürlich. Die Weifen Reiter waren voller Drachen. Drachen leben in Höhlen im Gebirge", sagte Fluppe.

„Irre." Oskar stellte sich Drachen vor, die mit ihren mächtigen Schwingen um die Spitzen der Weißen Reiter schwebten. Wie Dohlen um einen Kirchturm, nur viel erhabener und gefährlicher.

„Unf gab'f überall", sagte Fluppe stolz. „Nicht nur in den Weifen Reitern. Ganf Drachenhöhe war früher Drachenland."

„Was ist passiert?"

Fluppe schaufelte sich ein paar Bohnen in den Mund. „Ihr kennt doch den Berg hinter Goldenhöhe? Da haben früher jede Menge Drachen gelebt; die Ftadt gab ef gar nicht. Und dann hat man in dem Berg Gold gefunden. Daf hat erft die Menfen, dann die Elben und flieflich die Tfwerge angelockt. Alle wollten etwaf vom Gold abhaben."

„Und die Drachen? Wo sind sie hin?", fragte Florian neugierig.

Fluppes Mine verfinsterte sich. „Fie wurden vertrieben. Wer nicht rechtfeitig fliehen konnte, wurde getötet. Manche wurden gefangen genommen und mufften in der Arena kämpfen."

Oskar wusste nicht, was er sagen sollte. Er legte den Arm, so weit es ging, um Fluppe. „Das tut mir leid, Fluppe."

„Mir auch", sagte Florian leise. „Die Königin ist so eine fiese Drecksau."

Als Fluppe das Schimpfwort hörte, hellte sich seine Stimmung schlagartig auf. „Eine fuperfiefe Dreckfau ift fie!", rief er.

„Elder Sarina ist ein hässlicher Arsch mit Ohren!", schrie Oskar.

„Ein haarige Brotspinne!"

„Ein grüner Klumpen Trollrotfe!"

„Ein Riesenriesenpopel!"

„Ein Elefantenkackhaufen mit Krone!"

Sie dachten sich noch ungefähr zweihundert weitere Schimpfwörter für die Königin aus, bis sie Seitenstechen hatten vor Lachen.

„Sag mal, Fluppe, hast du eigentlich Geschwister?", fragte Oskar und rollte sich auf den Bauch.

„Ne. Du?", fragte Fluppe.

„Ne. Bin ein Einzelkind. Und du, Florian?"

„Ja. Einen Bruder", sagte Florian bitter.

„Ist doch toll, einen Bruder zu haben."

„Nicht, wenn der alles besser kann als man selber."

„Das kann er doch bestimmt nicht."

„Oh doch. Er ist nicht nur Klassenbester und Klassensprecher, er ist natürlich auch noch Kapitän unserer Fußballmannschaft. Und sein Kopf wurde auch noch nie ins Klo getaucht!" Florian trat wütend gegen seine Schüssel. Bohnensuppe verdampfte zischend im Feuer.

„Reg dich nicht auf. Wenn du älter bist, machst du bestimmt genauso tolle Sachen wie er", versuchte Oskar Florian zu trösten.

„Er ist nicht älter. Er ist mein Zwillingsbruder."

„Aua. Daf ift Pech."

„Seid ihr eineiige Zwillinge?", fragte Oskar.

„Ja. Wir sehen total gleich aus."

„Aua. Doppelpech!", rief Fluppe.

„Man kann uns nur dadurch unterscheiden, dass er ein

superschlaues Genie ist und ich ein superdämlicher Vollversager!" Florian begann zu schluchzen und wischte sich verstohlen die Tränen mit seinem Ärmel weg.

„Du ein Vollversager? Du bist kein Versager!"

„Ach ne? Da sind meine Eltern aber anderer Meinung."

„Pff. Eltern. Hey! Guck dich mal um! Siehst du, wo du bist? In Drachenhöhe!"

„Ja und? Ich wurde verarscht und hierhin gelockt, weil ich so ein Depp bin."

„Quatsch! Und selbst wenn, wer ist aus der Arena vor den Augen der Königin auf dem Rücken eines Drachen geflohen? He, wer?"

„Wir."

„Genau. Wir. Also auch du!"

„Und daf ift noch niemandem vorher gelungen!", sagte Fluppe stolz.

„Fluppe hat Recht! Und du glaubst doch nicht ernsthaft, dass ein Versager so was hinkriegen würde, oder?"

„Nein", sagte Florian zögerlich. Ein Lächeln flitzte über sein Gesicht.

„Eben. Du erlebst gerade ein Abenteuer, so groß und gefährlich, dass es sich kein Klassensprecher der Welt auch nur ausdenken könnte. Du bist ein Held, Drachentöter Flinke Klinge!"

„Du … du hast Recht!" Florian stand auf. „Ich bin ein Held."

„Du bift ein Held“, bestätigte Fluppe. „Ein etwaf mickriger Held, aber ein Held.“

„Wir sind alle Helden!“, rief Oskar und stand ebenfalls auf.

Florian hob seinen Becher. „Einen Toast! Und zwar auf uns alle. Auf Fluppe, auf Drachentöter Honigbärchen und auf Drachentöter Flinke Klinge!“

„Auf uns!“, rief Oskar.

„Auf unf!“, rief Fluppe und stieß mit einem Eimer Wasser an, den er anschließend in einem Zug leerte. Nach dem längsten und lautesten Rülpser, den Oskar je gehört hatte, ergriff Fluppe erneut das Wort.

„Können wir diefe Drachentöternamen bitte vergeffen? Ich mag daf Wort Drachentöter nicht.“

„Ich bin dafür!“, rief Drachentöter Honigbärchen.

Breitstinkmaul

Der Pass der Drachenei-Sammler war schmal, unbefestigt und führte immer nur bergauf. Es war eine Qual. Nach jedem dritten Schritt rutschte Oskar mit dem losgetretenen Geröll wieder ein Stück abwärts. An besonders steilen Stellen blieb ihnen nichts anderes übrig, als auf alle viere zu gehen und zu krabbeln.

Die Nächte verbrachten sie dicht zusammengekauert unter freiem Himmel, bevor sie morgens steif gefroren weitermarschierten. Die Baumgrenze hatten sie längst hinter sich gelassen. Kahle Felsen, an denen sich karge Sträucher festklammerten, säumten ihren Weg.

Irgendwann vermochte es selbst die Sommersonne nicht mehr, den Schnee zu schmelzen. Das Eis reflektierte das Licht milliardenfach und überall glitzerte und blitzte es schneeweiß. Egal wo Oskar auch hinsah, er hatte das Gefühl, als würde er direkt in die Sonne starren. Florian ging es nicht besser.

Nur Fluppe schien die Helligkeit nichts auszumachen. Sein Problem war es eher, auf dem rutschigen und für ihn viel zu schmalen Pfad nicht den Halt zu verlieren. Immer wieder glitt er aus und hing halb über dem gähnenden Abgrund. So kamen sie nur schmerzhaft langsam voran.

Doch am sechsten Tag, Oskar konnte es kaum glauben, führte ihr Weg sie tatsächlich auf eine Ebene. Und auf der gegenüberliegenden Seite ging der Pass wieder bergab.

„Wir haben es geschafft! Wir sind oben!“, jubelte Florian.

„Endlich“, ächzte Fluppe und rieb sich seine geschundenen Füße.

Oskar sah zu den Gipfeln hinauf, die sich unmittelbar vor ihnen in die Höhe reckten. Die Weißen Reiter trugen ihren Namen zu Recht. Nicht nur, dass sie selbst im Hochsommer eine dichte Schneedecke trugen, sie sahen tatsächlich aus wie Reiter. Wie wilde Reiter mit vor Wut verzerrten Gesichtern aus Fels und Geröll.

„Gruselig“, fand Florian.

„Aber auch irgendwie faszinierend, oder?“

„Ich bin mehr der Meertyp. Ich mag Berge nicht so.“

Oskar schon. Oskar mochte die Berge sogar sehr. Oft saß er bei seinen Großeltern am Fenster und sah zu den Gipfeln, die sich weit entfernt am Horizont abzeichneten. Er träumte davon, senkrechte Felswände zu erklettern, und mit Zelt und Lagerfeuer auf einem Plateau zu übernachten …

„Ich finde die toll“, sagte Oskar. „Die sehen aus, als hätte ein Bildhauer sie aus dem Fels gehauen. Guck mal, der Vorsprung da sieht aus wie ein Schwert!“

„Mhm.“ Florian interessierte sich tatsächlich nicht sonderlich für die Schönheit von Gipfeln. Dafür aber fürs Abendessen. „Hey! Seht mal, Kaninchen!“, rief er begeistert und zeigte auf Spuren vor ihm. Sie waren kaum größer als eine Euromünze und gruben sich tief in den Schnee.

„Sieht eher nach einem Vogel aus“, sagte Oskar.

„Egal. Hauptsache essbar“, antwortete Florian entschlossen und zog sein Schwert. „Wenn ich noch mal Bohnensuppe essen muss, dreh ich durch.“

„Die Spuren führen hinter den Felsen“, sagte Oskar.

Florian schlich geduckt und mit gezücktem Schwert los.

Oskar beobachtete ihn, wie er hinter dem Felsen verschwand und gleich an der anderen Seite wieder auftauchte. So als hätte er in einer Drehtür den Ausgang verpasst.

Nur schlich er diesmal nicht. Er rannte, als wäre der Teufel hinter ihm her.

Kreidebleich und panisch mit den Armen rudernd kreischte er wie ein verrückt gewordener Teenager beim Anblick seines Lieblingsstars.

Florian bremste vor Oskar. Seine Augen waren weit aufgerissen, so als ob er ein Gespenst gesehen hätte. Er fuchtelte wild mit den Armen und stammelte wirres Zeug.

„Hilfe … Da … Ich … So … Er so … Dünne Beine … Großer Kopf … Zähne! Überall Zähne!“

Oskar legte seine Hände auf Florians Schultern. „Ruhig, Flo. Ganz ruhig! Fluppe, kommst du mal?“

Der Drache humpelte zu ihnen. Florian hetzte ihm entgegen und begann wieder, hektisch mit seinen Armen zu rudern. „Felsen! Zähne! Dünne Beine! Weg hier!“

„Was ist mit ihm?“, fragte Oskar besorgt und Fluppe legte seine flache Klaue auf Florians Stirn.

„Hm“, machte der Drache, lutschte einen seiner krallenartigen Finger nass und stopfte ihn in Florians Ohr. Der ließ sich davon nicht beeindrucken.

„Fieber hat er nicht“, stellte Fluppe fest und zog ploppend den Finger wieder heraus.

„Dünne Beine! Dicker Bauch! Haare! Zähne!“ Florian steckte sich seine Hände, so weit es ging, in den Mund und spreizte seine Finger, als wären sie lange Fangzähne. Dann wankte er hin und her und gab gruselige Geräusche von sich. „Groooaaagh! Raahhh! Bruaargh!“

„Ich glaube, die Höhenluft bekommt ihm nicht. Daf kommt vor. Jetft ift er durchgedreht. Komplett verrückt geworden“, erklärte Fluppe.

Oskar war anderer Meinung. Er stupste den Drachen an und zeigte zum Felsen. Beziehungsweise knapp daneben. Dort stand das fürchterlichste und hässlichste Geschöpf, das

man sich nur vorstellen konnte. Es hatte klapperdürre, lange Beine, die einen gewaltigen, haarigen Körper trugen, auf dem ein quadratischer Kopf saß, der nur aus einem Maul zu bestehen schien. Das schreckliche Wesen hatte keine Augen. Trotzdem schien es sie zu sehen. Denn es bewegte sich staksig wie auf Stelzen auf sie zu.

Fluppe gefror zu Eis und Oskar blieb der Mund offen stehen. Nur Florian wankte immer noch, das Vieh imitierend, umher und machte Monstergeräusche.

Das brachte Bewegung in Oskar. Er zog sein Schwert, während Fluppe Florian unter den Arm packte.

Seite an Seite wichen Oskar und Fluppe zurück, Schritt für Schritt, während sich das Monster weiter näherte. Schließlich hatten die Freunde den Rand des Plateaus erreicht. Steil fiel der Berg hinter ihnen ab. Hunderte Meter. Vielleicht über tausend. Sie waren gefangen. Und das Monster beschleunigte seinen Schritt. Es schoss auf sie zu und riss sein Maul auf.

Abgebrochene Schneidezähne zerbröselten neben schiefen braunen Hauern, die sich mit pechschwarzen Zahnruinen ablösten, aus denen grüner Dampf zischte. Dieses Vieh hatte noch nie eine Zahnbürste gesehen. So viel war klar.

Das Monster atmete lautstark ein. Sein Brustkorb schwoll auf die dreifache Größe an und dann … atmete es aus.

Eine giftgrün schillernde, abartig stinkende Wolke nebelte sie ein. Oskar wurde schwarz vor Augen und Florian sackte würgend zusammen.

„Fluppe, bespuck ihn!“, krächzte Oskar.

Der Drache hörte ihm nicht zu. Sein Gesicht war gelb. Seine Augen brannten und er erwog ernsthaft, sich einfach nach hinten in den gähnenden Abgrund kippen zu lassen.

Wieder atmete das Monster tief ein.

Der Gestank klebte in Oskars Nase und Mund. Seine Zunge war taub und geschwollen. Er bekam keine Luft und verlor die Orientierung. Wo war oben? Wo unten? Die Welt drehte sich um ihn. Er versuchte, etwas zu fixieren. Einen Felsen, Fluppe, irgendwas. Das Drehen musste aufhören!

Schemenhaft erkannte er ein kleines Mädchen und einen Wolf. Der Wolf raste auf sie zu und stürzte sich knurrend auf das Monster. Und das widerliche Biest floh. Es rannte einfach weg.

Oskar sank zu Boden und übergab sich.

Jemand reichte ihm einen Lederbeutel voll Wasser.

„Mund ausspülen!"

Oskar nahm einen Schluck und gurgelte und spuckte so lange, bis der eklige Geschmack aus seinem Mund verschwunden war. Als seine Lebensgeister zurückkehrten, erkannte er Lyka, die Biestmeisterin, die gerade Florian etwas Wasser einflößte.

„Wie kommst du … Was war das?"

„Ein Breitstinkmaul", sagte Lyka freundlich.

Die Gelehrte, Köchin und Hexe Gertrude Eleonore Fisselstick beschreibt Breitstinkmäuler folgendermaßen:

Diese grässlichen Geschöpfe leben ausschließlich im Hochgebirge. Solange man eine Nasenklammer trägt, sind Breitstinkmäuler harmlos. Ohne Nasenklammer ist der Gestank aus ihrem Maul jedoch nicht zu ertragen und kann zu sofortigem Herzstillstand oder zu spontanem, begeistert ausgeführtem Selbstmord führen.
Schmecken nach Hühnchen und sollten unbedingt mit Pommes serviert werden.

„Wird er zurückkommen?“, fragte Florian.

„Gute Frage“, fand Oskar, der es nicht wagte, seinen Blick vom Felsen abzuwenden.

„Nein“, antwortete Lyka und strich Rei Schwarzpfote über den Kopf, die dicht neben ihr stand. „Das Vieh braucht euch nicht mehr zu kümmern.“

„Gute Antwort“, sagte Oskar erleichtert.

„Dass der auf seinen dünnen Beinen überhaupt laufen kann!“ Florian schüttelte ungläubig den Kopf.

Oskar musste an seine verrückte Tante Betti denken. Die war das genaue Gegenteil des Monsters – sie war todunglücklich über die riesigen Quadratlatschen an ihrem dürren Körper, die jeden eleganten Schuh schon beim Anprobieren platzen ließen.

Fluppe marschierte, ein Tuch über der Schulter, an ihnen vorbei.

„Wohin gehst du?"

„Zähne putzen."

„Gute Idee. Warte, ich komme mit!"

„Ich auch!"

Oskar und Florian sprangen auf und folgten dem Drachen.

Als sie nach der gründlichsten Zahnreinigung ihres Lebens zurückkamen, war Rei Schwarzpfote verschwunden. Doch zwei andere Wölfe hatten sich zu Lyka gesellt. Einer war weiß wie Schnee und der andere fast schwarz. Der weiße Wolf trug den Namen Hekato und war noch recht jung und wild, während man dem schwarzen Wolf sein langes hartes Leben deutlich ansah. Ein Auge fehlte, sein stumpfes Fell hatte kahle Stellen und das rechte Hinterbein zog er ein wenig nach.

Lyka stellt ihn als Fenrir Dunkelfell vor. Ein Wolf, weise und alt wie die Wälder, aus denen er stammte.

„Hallo! Alles klar?", begrüßte Oskar die Wölfe.

„Sie werden uns ein Stück begleiten", erklärte Lyka.

„Prima. Wo ist Rei Schwarzpfote?"

„Wieder weg. Sie berichtet Berghund, dass wir euch gefunden haben. Aber dafür weichen die zwei uns nicht von der Seite."

„Aha. Toll“, sagte Florian und lächelte verkrampft. Er war alles andere als begeistert über die Begleitung. Ihm jagten schon Hunde Angst ein. Sogar so ganz kleine, die knalldoofe Frauen in ihren Handtaschen mit sich rumtragen und die auf Namen wie „Prinzessin von und zu Bling Bling“ hören sollen. Was sie natürlich nicht tun. Weil diese Viecher dumm wie Gummistiefel sind.

Fenrir schien Florians Angst zu spüren. Vorsichtig näherte er sich ihm und stupste ihn an. Florian blieb starr stehen und glotzte stur geradeaus. Schweißperlen kullerten von seiner Stirn, während der Wolf ihn weiter anstupste.

„Fenrir mag dich. Du kannst ihn kraulen, wenn du magst.“

„Okay“, antwortete Florian mit zittriger Stimme. Mit einem Finger fuhr er dem Wolf über den Kopf, als verfolge er eine Straße auf einer Landkarte. Aber das Eis schien trotzdem zu brechen. Fenrir drückte sich auf Katzenart an Florians Beine und der entspannte sich zusehends.

Während die beiden sich kennenlernten, ließen sich Oskar und Lyka auf einem Felsen nieder.

„Warum hat Florian solche Angst vor Wölfen, Oskar?“, fragte Lyka.

„Na ja, Wölfe sind bei uns kaum bekannt. Wir kennen sie nur aus Märchen oder Filmen und in denen sind Wölfe immer die Bösen!“

„Die Bösen?“ Lyka war entsetzt.

„Ja. Du kennst doch bestimmt *Rotkäppchen*. Da kommt doch der böse Wolf vor."

Lyka schüttelte ihren Kopf.

„*Der Wolf und die sieben Geißlein*? Nein? *Die drei kleinen Schweinchen*? Auch nicht?"

Lyka schüttelte ungläubig ihren Kopf. „Aber Wölfe sind edle, mutige und weise Tiere!"

„Mag sein, das weiß bei uns aber keiner."

„Wie kann man das nicht wissen?" Lyka Stimme klang schrill. Ihre Wangen röteten sich und ihre Augen funkelten feindselig.

Oskar beeilte sich, das Thema zu wechseln. „Wahrscheinlich hat Flo einfach nur schlechte Erfahrungen mit Hunden gemacht."

Lyka war immer noch zornig.

„Siehst du, wir finden Wölfe super", sagte Oskar beruhigend, während Florian immer mehr die Angst vor Fenrir verlor. Mittlerweile hockte er neben dem Wolf und kraulte ihn mit beiden Händen hinter den Ohren.

„Hinter den Ohren mögen sie es am liebsten", sagte Lyka lächelnd.

„Hast du die Wölfe eigentlich gerufen oder sind sie von alleine gekommen?"

„Ich habe sie gerufen."

„Warum?"

Lyka schwieg. Ihr Lächeln verrutschte. Gerade mal für ein Blinzeln – aber trotzdem lang genug, um Oskars Misstrauen zu wecken.

„Nur so“, flötete sie leichthin. „Alte Freunde, weißt du?“

Und Oskar wusste, dass das gelogen war. „Wie lange bleibt ihr denn jetzt bei uns?“

„Bis ihr in Sicherheit seid“, sagte die Biestmeisterin und gähnte. „Das kann noch ein bisschen dauern.“

Sie verbrachten die Nacht unter freiem Himmel. Ein kleiner Felsüberhang bot ihnen etwas Schutz vor dem Schnee und dem eisigen Wind, der über das Plateau fegte. Florian, Oskar und Lyka legten sich an die Felswand. Fluppe und die Wölfe gruppierten sich eng um sie herum.

Irgendwann, tief in der Nacht, wachte Oskar zitternd vor Kälte auf.

Fluppe redete im Schlaf. „Blöde Wölfe. Drachen find beffer!“, nuschelte er. Speichelfäden hingen ihm aus den Mundwinkeln.

Aber nicht Fluppes Gebrabbel hatte ihn geweckt, sondern Lykas Flüstern. Zwei weitere Wölfe waren gekommen und Lyka raunte ihnen etwas ins Ohr. Die Wölfe schienen einverstanden. Einer der beiden legte sich zu Florian, dessen Lippen blau angelaufen waren. Und der andere Wolf legte sich an Oskars freie Seite.

Die Wölfe kuschelten sich mit ihrem dicken Fell so dicht an sie, dass Oskar nicht nur ihr beruhigendes Atmen hörte, sondern auch ihren Herzschlag zu spüren glaubte.

Dank der Wölfe rechts und links fror Oskar kein bisschen mehr. Er hatte sich auch schon lange nicht mehr so sicher gefühlt.

Zwei Drachentöter, vier Wölfe, ein Drache und eine Biestmeisterin. Was sollte ihnen schon zustoßen? Sie waren die coolste Truppe, die es überhaupt geben konnte. Cooler noch als die Kopfnuss-Bande von Torben, dem fiesen Schulhofschläger.

Die Weißen Reiter

Die beiden Wölfe, die sich nachts auf dem Plateau zu ihnen gelegt hatten, waren am nächsten Morgen verschwunden. Nur Spuren im Schnee bewiesen, dass Oskar nicht geträumt hatte. Nach einem ausgiebigen Frühstück machten sie sich auf den Weg. Hekato bildete die Vorhut – und lief so weit voraus, dass sie ihn für Stunden aus den Augen verloren.

Alle paar Kilometer fanden sie gerissene Hasen auf dem Weg, die Hekato für sie erlegt und zurückgelassen hatte. Lyka freute sich und heulte dabei wie ein Wolf. Sie wartete auf die weit entfernte Antwort von Hekato, bevor sie die Hasen schließlich in Oskars Sack stopfte. Oskar fragte sich, ob es ein geheimnisvolleres Wesen auf der Welt geben konnte als dieses Mädchen. Jung und zart und so mächtig, dass selbst Berghund vor Ehrfurcht erstarrt war.

„Nicht träumen! Weitergehen“, lachte Lyka und zog an Oskars Ärmel.

„Ja. Natürlich."

Fenrir und Florian marschierten am Ende der Gruppe. Der alte Wolf wich Florian nicht mehr von der Seite. Sie waren ein Herz und eine Seele. Auch wenn Fenrir sich stur weigerte, Apportieren zu lernen. Jedes Mal, wenn Florian mit einem Stock vor Fenrirs Schnauze herumwedelte und ihn mit den Worten „Hol's Stöckchen!" in die Felsen warf, setzte sich Fenrir hin, gähnte und glotzte Florian mit Augen an, die eindeutig „Hol's doch selber, du Depp" sagten.

Diese neue Freundschaft gefiel nicht jedem. Fluppe war alles andere als begeistert. Er war beleidigt. Sogar so sehr, dass er ganz vergaß, sich über ihren Fußmarsch zu beschweren.

„Hat mir mal einer ein Ftöckchen hingeworfen? Nein. Natürlich nicht. Ich bin ja nur ein Drache. Pfft. Auferdem haben die beftimmt Flöhe, diefe Heulfufen", grummelte er unentwegt, während er wütend hinter Oskar und Lyka herstapfte.

„Was hat er denn?", fragte die Biestmeisterin verwundert.

„Ich glaube, er fühlt sich ein wenig vernachlässigt. Er ist ziemlich schnell eingeschnappt", flüsterte Oskar, während der Drache ihm Steinchen gegen die Beine kickte.

Abends futterten sie gebratenen Hasen am Lagerfeuer, bevor sie sich erschöpft schlafen legten.

Tief in der Nacht hörte Oskar die Wölfe zurückkommen. Lyka nahm sie in Empfang und sprach mit ihnen, bevor sie sich an Florian und Oskar kuschelten, um sie zu wärmen.

So verging Nacht für Nacht und so verging Tag um Tag, während sie langsam, aber sicher vorankamen. Sie überwanden die Schneegrenze – was den Abstieg jedoch nicht erleichterte. Schmelzwasser folgte ihnen talwärts und ließ jeden Schritt zu einer gefährlich rutschigen Angelegenheit werden. Und obwohl Lyka sie zielsicher über den Pass führte, verfolgte Oskar ihren Weg aufmerksam auf der Karte.

„Heute erreichen wir die Ochsenblut-Klamm“, sagte er am Morgen des fünften Tages. „Danach haben wir die Weißen Reiter hinter uns.“

Lyka nickte. „Stimmt.“

„Waf ift eine Klamm?“, fragte Fluppe von hinten.

„Eine Art Schlucht“, erklärte Lyka knapp und tänzelte weiter.

„Und warum heißt sie Ochsenblut-Klamm?“, wollte Oskar wissen.

„Weiß nicht. Vielleicht ist mal ein Ochse abgestürzt und verblutet. Oder mehrere. Irgend so etwas halt“, sagte sie, sprang an den Wegesrand, roch an einer Blume und huschte weiter.

„Ist sie gefährlich? Ich meine die Klamm, ist sie gefährlich?“

„Nicht wenn man nicht abstürzt!“, lachte Lyka.

Klar. Solange man nicht abstürzt, ist selbst der Mount Everest nicht gefährlich.

„Können wir nicht vielleicht einen kleinen Umweg machen

und drum herumlaufen?", fragte Oskar, der grundsätzlich um alles einen weiten Bogen machte, was in seinem Namen das Wort Blut, Tod oder Horror trug. Egal was. Sei es ein Videospiel, eine Achterbahn oder eben eine Klamm.

Lyka schüttelte so heftig den Kopf, dass ihre beiden Zöpfe durch die Luft wirbelten. „Nein. Und … Ha! Da ist sie auch schon. Die Ochsenblut-Klamm!", rief sie fröhlich, als wäre das eine gute Nachricht.

Oskar blieb stehen.

Vor ihnen ging es senkrecht bergab. Eine gewaltige Schlucht spaltete den Weg. Aus der Tiefe drang das wütende Brüllen eines Wasserfalls.

Vorsichtig näherten sich Florian und Oskar dem gähnenden Abgrund. Mehrere Hundert Meter unter ihnen sahen sie Wasser aus dem Berg zu Tal schießen.

Die Schlucht klaffte an ihrem oberen Ende nur wenige Meter auseinander. Genau so weit, dass man mit dem irrwitzigen Gedanken spielte, darüberspringen zu können. Weiter unten schien sie immer breiter zu werden.

„Ganz schön gruselig, oder?", fand Oskar.

Florian hob einen Stein auf. Gerade als er ihn in die Tiefe fallen lassen wollte, hielt Lyka seinen Arm fest. Sie schüttelte ihren Kopf und ermahnte ihn: „Wir wollen doch niemanden wecken oder verärgern, den wir weder wecken noch verärgern wollen, oder?"

Florian ließ den Stein zu Boden fallen. „Äh … nein. Natürlich nicht. Wen denn?“, fragte er.

„Jemanden.“

„Können wir unf nicht irgendwie Fallfirme auf den Fäcken bafteln und runterfpringen? Ich will nicht mehr laufen.“

Lyka sparte sich eine Antwort. Sie lächelte Fluppe nur an und blinzelte zum strahlend blauen Himmel hinauf. „Wir müssen uns beeilen. Ein Gewitter zieht auf.“

Oskar folgte ihrem Blick. Und sah kein Wölkchen weit und breit. „Ich sehe nichts. Der Himmel ist doch wolkenlos.“

„Noch. Aber es kommt ein Gewitter, ich kann es riechen. Du nicht?“, fragte Lyka überrascht.

„Was? Gewitter riechen? Nein. Kann ich nicht“, antwortete Oskar verdattert. Seine Tante Betti konnte Gewitter hören. Ihre künstliche Hüfte quietschte, wenn sich eines näherte. Aber Gewitter riechen? Das konnte von den Schafkellers keiner.

„Ich schon“, wiederholte Lyka und Oskar war sich nicht sicher, ob sie ihn verarschte.

„Auf, auf! Wir haben keine Zeit zu verlieren!“, rief sie und klatschte aufmunternd in die Hände.

Der Weg durch die Klamm war angenehm breit, so dass selbst Fluppe ihn problemlos bewältigen konnte. Je tiefer sie in die Schlucht hinabliefen, desto dunkler, kühler und feuchter wurde es. Wasser presste sich durch das Gestein und plätscherte die Felsen und den Pass hinunter. Über ihnen verengten sich die Bergwände. Der Himmel war nun nichts mehr als ein schmaler dunkelgrauer Streifen, eingeklemmt zwischen Felsen. Oskar kam es vor, als würden sie durch eine gewaltige Höhle wandern.

„Da bist du ja!“, rief Lyka auf einmal und stürmte los. Hinter der nächsten Biegung lag Hekato. Der Wolf sprang auf, als er die Biestmeisterin kommen sah, und schmiegte sich an sie.

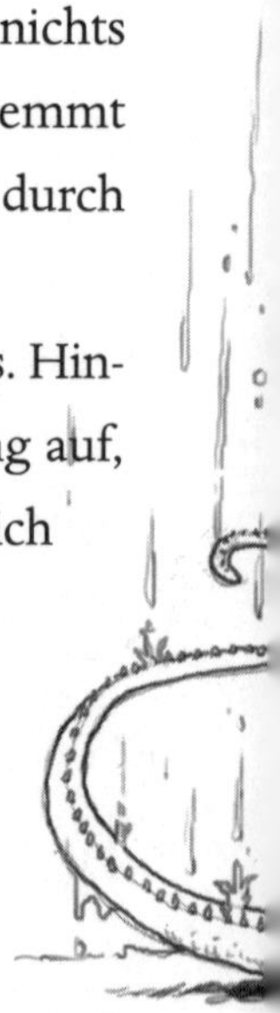

Lyka ging in die Hocke. „Ja, du hast Recht. Wir schaffen es nicht mehr“, sagte sie, während das Gewitter sich mit einem dröhnenden Donner ankündigte. Sie drehte sich zu Oskar und Florian. „Wir müssen hierbleiben und das Gewitter aussitzen.“

Sie hatte kaum fertig gesprochen, da kam schon der Wind. Und er kam mit Macht. Erst zischten Böen über die Schlucht, dann saßen sie im Gebrüll eines Sturms, so laut und heftig, dass sie sich aneinander klammerten, um nicht mitgerissen und fortgetragen zu werden.

Und dann öffnete der Himmel auf einen Schlag alle seine Schleusen. Mit einem Knall begann der Platzregen. Taubeneigroße Tropfen prasselten wie Geschosse auf sie nieder. Oskar zog seinen Kragen hoch und Florian öffnete seine Jacke und legte sie halb um Fenrir. Fluppe richtete sich auf und setzte sich auf seinen breiten Hintern.

„Kommt!“, sagte er und breitete seine Flügel wie zwei grüne Regenschirme auf. „Ich habe Platf für alle.“

„Super!“, rief Oskar.

„Du bist ein echter Superdrache und ein Superschatz“, frohlockte Lyka und strahlte Fluppe derart an, dass der rot wurde.

„Ach waf, nur ein bifchen. Ein fiemlich grofes bifchen. Ja, gut. Wenn du drauf beftehft: Ich bin fuper.“

Unter den Schwingen des Drachen, die eine hing etwas schief, saßen sie geduldig und trocken wie in einem Zelt das Gewitter aus.

Der Rest des Wegs über die Weißen Reiter war ein Klacks. Die Frühlingssonne trocknete den Pass so schnell wieder aus, dass sie sicher und trockenen Fußes weitermarschieren konnten. Als sie die Klamm hinter sich ließen, sahen sie ihr Ziel bereits am Horizont flimmern.

Elbland. Das Reich der Waldelben.

„Da müssen wir hin!", rief Oskar, die Karte ausgebreitet auf seinem Schoß, und zeigte zu einem weit entfernten, hügeligen Wald. „Nur noch durch den kleinen Wald vor uns und dann durch die Wüste ›Schwarze Erde‹ und wir sind auch schon da."

Fluppe störte sich an den Worten „auch schon". „Ift aber noch ein gutef Ftückchen. Ein fehr gutef Ftückchen."

„Aber dafür ist es nicht gefährlich. Das ist doch auch was", sagte Oskar gut gelaunt.

Das kleine Wäldchen dort und die Wüste. Was sollte ihnen da schon passieren?

Da bemerkte Oskar aus dem Augenwinkel, wie Hekato und Fenrir die Biestmeisterin mit angelegten Ohren ansahen. Die legte ihren Zeigefinger auf die Lippen und schüttelte den Kopf. Psst.

„Oder etwa doch?“, fragte Oskar.

Lyka antwortete nicht.

„Ist der Weg gefährlich?“, hakte Florian nach.

„Jein.“

Mucksmäuschenlaut

Zwergenbanden treiben im Wald ihr Unwesen? Zwergenbanden, die Durchreisende überfallen?"

Oskar wusste nicht, ob er sich fürchten oder lachen sollte. Musste man Zwerge fürchten? Der einzige Zwerg, den er kannte, war Kevin. Der war für sein Alter etwas zu kurz geraten und spindeldürr. Was Oskar gut in den Kram passte. Gerade in Sport. War Kevin da, wurde er nie als Letzter in eine Mannschaft gewählt. Warum also sollte er vor Zwergen Angst haben?

„Zwerge sind zwar klein, aber sie sind auch sehr stark", erklärte Lyka.

„Fiefe, gemeine Mufkelpakete find daf."

Ein Muskelpaket war Kevin nicht.

„Außerdem haben sie eigentlich immer schlechte Laune und sind auf Ärger aus", erklärte Lyka.

Fluppe nickte. „Ja. Tfwerge find brutale Idioten. Daf weif jeder."

„Normalerweise ist das kein Problem. Solange Zwerge jeden Tag in den Minen schuften und Gold schürfen, sind sie abends so kaputt, dass sie nicht auf Streit aus sind. Aber seit die Goldminen erschöpft sind, haben sie nichts mehr zu tun. Und wenn Zwerge nichts zu tun haben, langweilen sie sich und werden aggressiv."

„Daf ftimmt. Tfwerge haben keine Ahnung, wie man entfpannt abhängt." Fluppe schüttelte mitleidig den Kopf.

Oskar nahm die Erklärung hin. Seltsam, dass Hinnerdir ihn nicht vor den Zwergen gewarnt hatte. Ein Versehen?

„Ich habe keine Angst!", rief Florian, der mit Fenrir etwas abseits das Gespräch verfolgt hatte. „Wir haben Wölfe dabei."

„Ja. Das stimmt. Und außerdem ist der Wald nicht sonderlich groß. Bis zum Sommer sollten wir durch sein. Wenn wir uns ein bisschen beeilen." Lyka pflückte eine Kornblume, steckte sie sich ins Haar und hopste auf einem Bein Richtung Wald. „Auf, auf!", rief sie fröhlich.

Der Wald mochte eher klein sein. Aber was ihm an Größe fehlte, machte er durch seinen dichten Bewuchs wieder wett.

Als ob die Bäume sich im Wald fürchteten, drängelten sie sich so eng aneinander, dass Fluppe große Schwierigkeiten bekam, mit den anderen mitzuhalten. Ständig klemmte er mit seinem dicken Hintern fest oder verhakte sich in dornigem Gestrüpp. „Aua! Ftachel im Hintern! Ftachel im Hintern!"

Damit die Gruppe zusammenblieb, lief Hekato wie eine Entenmutter voran und die anderen trippelten hinterher. Fenrir und Florian bildeten das Schlusslicht und passten auf, dass niemand versehentlich ausscherte und verloren ging.

Es sah fast so aus, als würden die beiden miteinander tuscheln.

Ja, jetzt flüsterte Florian etwas in Fenrirs Ohr und der Wolf kicherte. Er schien jedes Wort zu verstehen.

Fluppe nicht. Der walzte durch das Unterholz und blickte sich ständig um.

„Worüber redet ihr? Ihr redet doch über mich, oder?“, zickte er.

„Neiiin. Wie kommst du denn darauf?“, beeilte sich Florian zu antworten. Dann kicherten sie beide.

Was Fluppe richtig auf die Palme brachte.

„Tut ihr doch! Ihr läftert über mich!“

„Niemaaals“, behaupte Florian.

Er war ein lausiger Lügner.

„Lafft daf gefälligft! Fonft werde ich fauer!“, schimpfte Fluppe.

Je tiefer sie in den Wald vordrangen, desto unheimlicher wurde es. Obwohl sie versuchten, so leise wie möglich zu sein, wusste Oskar, dass ihre Anwesenheit längst bemerkt worden war. Er spürte die Blicke, die auf ihn gerichtet waren: aus den Baumkronen, aus den finsteren Erdlöchern, aus den Dornenbüschen, die sie immer wieder zu einem Umweg zwangen.

Es wurde kälter. Oskar fröstelte. Blätter fielen von den Bäumen und der Wind frischte auf – als Hekato auf einmal erstarrte. Ein kehliges Knurren ließ seinen Körper erzittern.

Lyka blieb neben ihm stehen und legte die Hand auf seinen Kopf. „Ich weiß", sagte sie und blickte aufmerksam in die Dunkelheit.

„Was ist los?", fragte Oskar.

Aus Lykas Gesicht war alles Kindliche verschwunden. „Zwerge. Genauer gesagt sechzehn Zwerge."

Hastig blickte sich Florian um. „Wo?"

Oskar griff zu seinem Schwert und Fluppe ließ die Knöchel seiner Klauen knacken. „Follen fie nur kommen", murmelte er. „Ich hab eh flechte Laune."

„Beruhigt euch. Sie kommen nicht. Sie haben sich gut zwei Kilometer von hier versammelt."

„Woher weißt du das?", fragte Oskar.

„Ich belausche sie bereits seit über einer Stunde. Und noch haben sie uns nicht bemerkt. Wir müssen nur ganz, ganz leise sein", erklärte Lyka und schenkte Fluppe einen strengen Blick.

„Kein Problem! Ich bin muckfmäufchenftill", sagte Fluppe und lehnte sich lässig an eine morsche Birke.

Die prompt umkippte.

Und damit nicht genug: Die Birke rauschte in den nächsten Baum, der ebenfalls sofort seinen Halt verlor. Eine dieser elenden Kettenreaktionen startete, die Oskar an seinen vermaledeiten Auftritt als Esel im Krippenspiel erinnerte. Als er versehentlich die ganze Theaterkulisse zertrümmerte. Wie Dominosteine fielen die Bäume um, einer nach dem anderen.

Es knirschte, krachte und rumste. Vögel stoben auf, als hätte man sie mit einer Konfettikanone in die Luft geschossen, und flatterten schimpfend um ihr umgekipptes Zuhause.

Und dann wieder.

Knirschen. Krachen. Rumsen. Vogelgekreische.

Knirschen. Krachen. Rumsen. Vogelgekreische.

Der Lärm musste selbst in Goldenhöhe noch zu hören sein.

Rehe, Wildschweine, Hasen und Wildtiere, die Oskar noch nicht einmal in einem Zoo gesehen hatte, nahmen ihre Pfoten und Hufe in die Hand und ergriffen panisch die Flucht.

Dann herrschte schlagartig Ruhe.

Nichts ist stiller als die Stille nach einem Knall.

So auch diesmal.

Der ganze Wald, jedes einzelne Tier, ja, sogar der Wind schien die Klappe zu halten und die Ohren zu spitzen.

Auch Oskar und seine Begleiter lauschten angestrengt. Und funkelten Fluppe böse an.

„Daf war ich nicht. Der Baum ift einfach fo umgefallen. Blöder Baum“, versuchte sich Fluppe flüsternd rauszureden.

„Natürlich warst du das!“, zischte Florian. „Wir standen alle daneben.“

„Der Wald ift aber auch in einem furchtbaren Zuftand! Folche Bäume gehören gefällt. Daf ift ja lebenfgefährlich.“

„Das ist es in der Tat“, sagte Lyka. „Die Zwerge. Sie kommen.“

„Schönen Dank auch, Fluppe“, meckerte Florian und der Drache, der nicht richtig zugehört hatte, antwortete: „Gern gefehen.“

„Und nun? Was sollen wir tun? Abhauen oder kämpfen?“, fragte Florian und hoffte auf Abhauen.

„Keins von beiden. *Wir* kümmern uns darum. Ihr bleibt hier und rührt euch nicht vom Fleck“, befahl die Biestmeisterin.

„Kein Problem! Fehr gerne. Meine Füfe bringen mich eh um“, stöhnte Fluppe. „Und in meinem Hintern ftecken taufend Dornen.“

„Sollten wir nicht lieber mitkommen? Wir haben Schwerter!“, mischte sich Oskar ein.

„Nein. Ihr bleibt genau hier“, entschied Lyka und verschwand so schnell im Wald, dass selbst Fenrir und Hekato sich sputen mussten, um nicht den Anschluss zu verlieren.

Oskar sah ihnen nach, bis sie verschwunden waren. Was

exakt zwei Sekunden in Anspruch nahm. Fluppe beendete mal wieder das Schweigen.

„Fo, meine Freunde! Und wer von euch tfieht mir jetft die Ftacheln auf dem Po?"

„Schnick, Schnack, Schnuck?", fragte Florian.

Da Papier Stein schlägt, war Oskar fällig. Er zupfte dem Drachen seine stachlige Dekoration aus dem Hintern, während Florian auf einen Baum kletterte und die Umgebung in Augenschein nahm.

Der Wind trug das Heulen und Knurren von Wölfen zu ihnen herüber. Darunter mischten sich schreiende Stimmen. Wütende Männerstimmen. Ab und zu knallte es, als würde Eisen auf Eisen geschlagen.

Dann wieder ein lautes Wolfsgeheul.

Lauter jetzt als zuvor, wie ein Schmerzensschrei.

Und dann Wimmern.

Elendes, schmerzerfülltes Wimmern.

Florian rutschte den Baumstamm hinunter. Er war völlig außer sich.

„Das ist Fenrir, ganz sicher. Ich … Ich muss zu ihm. Ihm helfen."

„Nein. Du weißt, was Lyka gesagt hat. Wir dürfen hier nicht weg."

Florian schnaufte verächtlich. Seine weit aufgerissenen Augen leuchteten, als würde sein Gehirn in Flammen stehen.

Und auf irgendeine Art war es auch so. „Mein Freund ist in Gefahr. Und ich werde ihn nicht im Stich lassen! Ganz egal, was du sagst oder tust. Hast du mich verstanden?"

Seine Stimme klang ruhig und ernst und wahnsinnig.

„Dann komme ich mit", sagte Oskar und zog sein Schwert.

„Och nö, ne?" Fluppe, der seinen dornenfreien Allerwertesten bewunderte, schimpfte „Verdammter Gruppenzwang!" und folgte ihnen.

Kampf gegen die sieben Zwerge

Die Blätter waren gefallen und gaben den Blick auf einen sternenklaren Himmel frei. Der Mond spiegelte sich in unzähligen kleinen Eiszapfen und tauchte den Wald in ein glitzerndes weißes Licht. Raureif hatte die Büsche und Sträucher überzuckert, sie sahen aus wie Gespenster. Es war eisig kalt. Je weiter sich Oskar, Florian und Fluppe vorankämpften, desto lauter wurde das Geschrei. Schließlich waren sie so nah am Geschehen, dass sie sich nur noch im Schneckentempo vorwärts wagten. Sie huschten von Baum zu Baum, gingen hinter Büschen in Deckung und lauschten. Sie hatten den Kampf fast erreicht.

Oskar und Florian robbten auf dem Bauch vorwärts, während Fluppe unmittelbar hinter ihnen durch den Wald stampfte, dass der Boden vibrierte.

„Ich glaube nicht, daff ihr krabbeln müfft. Mich fieht man fowiefo“, flüsterte Fluppe.

„Guter Hinweis", nickte Oskar und beide standen wieder auf.

Vor ihnen klaffte, einer Wunde gleich, eine Lichtung im Wald. Und auf der Lichtung tobte Fenrir. Er war groß. Gewaltig. Fast so wie Fluppe.

Und er war wild.

Seine Augen leuchteten blutrot und er raste vor Wut.

Denn er war gefangen. Sieben Zwerge hatten sich um ihn gruppiert. Sie hielten Seile in den Händen, die sie um Fenrirs Beine geschlungen hatten. Der Wolf sprang auf der Stelle, schleuderte seinen Kopf nach links und rechts, schnappte nach allem, was sich bewegte, und versuchte, die Seile zu zerbeißen.

Aber die Zwerge hatten ihn überwältigt. Sie zogen abwechselnd an den Seilen, bis der Höllenwolf krachend auf die Seite kippte.

Er heulte auf.

Zwei Zwerge stürmten auf Fenrir zu. Noch im Lauf hoben sie ihre Äxte …

„Neiiiiin!"

Mit gezogenem Schwert stürmte Florian aus der Deckung.

Die Zwerge waren so überrascht, dass sie mitten in der Bewegung erstarrten. Nur einen kurzen Moment, aber lang genug für Fenrir. Er riss an den Seilen, schaffte es wieder auf die Beine und stieß ein markerschütterndes Heulen aus.

Das Signal für Oskar.

Schreiend und das Schwert schwingend rannte er auf die Zwerge zu.

Die wichen weiter zurück. Erschrocken und erstaunt, aber nicht panisch vor Angst, wie Oskar es sich erhofft hatte.

Dann brach Fluppe aus dem Dickicht. Er stellte sich auf seine Hinterbeine, breitete seine Schwingen aus und brüllte, dass die Eiszapfen an den Ästen zu klirren begannen. In blinder Wut stürzten drei Zwerge auf ihn zu, ihre Äxte bereit zum Schlag. Kurz bevor sie Fluppe erreichten, spie der Drache Spucke.

„Nehmt daf, ihr fiefen Tfwerge!"

Dampfend schoss sein Speichel in die eiskalte Nacht, benetzte die drei und fror sie augenblicklich ein.

Das Gegröle erstarb sofort. Ihre hassverzerrten Augen verfolgten Fluppe durch einen Panzer aus Eis. Der kicherte stolz.

Florian und Oskar rannten auf die verbliebenen Zwerge zu, die verzweifelt versuchten, den Wolf wieder niederzuringen. Es misslang. Zu viert konnten sie Fenrir nicht mehr in Schach halten. Kurz bevor Oskar und Flo sie erreichten, ließen sie die Seile los und flohen. Zwei rasten nach links und zwei nach rechts. Florian bog zur Linken ab und Oskar hetzte den Verbliebenen hinterher. Allerdings nicht lange. Denn einer der Zwerge, ein unglaublich stämmiger Kerl mit langem Bart und vernarbter Stirn, drehte um und raste nun seinerseits auf Oskar zu. Er hatte einen Hammer, groß wie ein Spaten, in der Hand.

Wie zwei verrückt gewordene Güterzüge bretterten der Zwerg und Oskar aufeinander zu.

„Uaaaaaaaah!“, schrie der Zwerg und wirbelte seinen Hammer herum.

„Aaaaaaaaah!“, schrie auch Oskar – als er stolperte, abhob und dem Zwerg entgegenflog. Kurz bevor Oskar auf den Boden knallte, glitt ihm sein Schwert aus den Händen. Wie ein Pfeil flog es weiter und zischte so knapp über die Schulter des Zwerges hinweg, dass es diesem Hemd und Hosenträger zerfetzte. Unbeirrt raste der Zwerg weiter und lachte höhnisch auf. Er hob seinen Hammer, während seine Hose nach unten rutschte und eine braune Unterhose preisgab, die sicherlich mal weiß gewesen war.

Der Zwerg wurde immer langsamer, seine Hose immer schneller. Sie schlackerte noch kurz über seine Knie, bevor sie schließlich seine Knöchel wie eine Fessel verknotete. Der Zwerg hatte Oskar fast erreicht.

Er fiel zu Boden. Der Hammer sauste auf Oskar zu.

Oskar schloss die Augen.

Ein dumpfer Aufprall.

Bam.

Ein zweiter.

Bam.

Oskar wartete auf den Schmerz. Aber der kam nicht. Zögernd öffnete er seine Augen. Unmittelbar vor ihm steckte der Hammer tief in der Erde. Und hinter dem Hammer lag der Zwerg. Er wirkte friedlich, lächelte sogar ein bisschen und schien tief und fest zu schlafen. Mit seiner dicken Beule auf der Stirn erinnerte der Zwerg an ein Einhorn. An ein potthässliches Einhorn.

Oskar hatte es geschafft. Er hatte den Zwerg besiegt. Nicht so heldenhaft wie erhofft, aber immerhin. Und außerdem hatte er einen zweiten Zwerg in die Flucht geschlagen. Dachte Oskar.

Falsch gedacht.

„Dafür wirst du büßen!", raunte eine Stimme, dunkler als eine wolkenverhangene Nacht.

Der zweite Zwerg war zurückgekehrt und er hatte nicht nur seine Axt, sondern auch mordsschlechte Laune mitgebracht. Er fletschte die Zähne.

Der Zwerg holte aus und …

„Von wegen! Wenn hier einer büft, dann du!"

Fluppe war da. Wie eine Katzenmutter, die ihre Jungen am Nacken packt, schnappte Fluppe nach dem Zwerg und hob ihn hoch. Dann schüttelte er ihn, bis der Zwerg erst seinen Helm, dann seine Rüstung und letztlich seine Orientierung verlor.

Fluppe schleuderte ihn in die Mitte der Lichtung.

Der Zwerg schlug 32 Purzelbäume, bis ein Baum ihn krachend stoppte. Ein dicker Ast brach, dengelte dem Zwerg auf die Birne und haute ihn sauber k. o.

Der Zwerg mit dem Hammer hatte sich in der Zwischenzeit auf die Beine gemüht. Er zog seine Hose hoch, torkelte zu seinem ohnmächtigen Kollegen hinüber, weckte ihn grob und sie eierten wie betrunkene Matrosen in den Wald.

Oskar schnappte sich sein Schwert und hob es drohend.

„Kommt bloß nicht wieder!“, schrie er ihnen hinterher.

Da hörte er ein Schluchzen.

Oskar drehte sich um. „Flo?“

Sein Freund stand neben Fenrir und heulte. Er wischte sich den Rotz mit dem Ärmel ab. Auch Lyka war auf einmal da. Die Biestmeisterin kniete neben dem schwarzen Wolf und untersuchte ihn. Fluppe und Hekato beobachten sie dabei sorgenvoll.

Der Wolf war wieder auf normale Größe geschrumpft. Er lag reglos auf der Seite.

Oskar lief zu ihnen.

„Wie geht es ihm?“, fragte er keuchend und wusste die Antwort sofort. Fenrirs rechter Hinterlauf war schwer verletzt. Blut tropfte auf den Boden. Der Wolf rührte sich kaum. Er winselte auf, als Lyka seine Verletzung berührte. Sein Atem war schnell und flach.

Lyka legte ihm einen Verband aus langen Blättern an. „Füllt eure Trinkflaschen und Schläuche mit Wasser! Wir müssen uns beeilen. Fenrir braucht die Hilfe der Waldelben.“

Sie nutzten die Seile der Zwerge, um Fenrir auf Fluppes Rücken festzubinden. Erst nachdem Florian ihn mit seiner Jacke zugedeckt hatte, brachen sie auf.

Niemand dachte mehr an rabiate Zwerge, an die Soldaten der Königin oder an andere Gefahren, die auf sie lauerten.

Sie dachten nur daran, so schnell wie möglich die Wüste hinter sich zu bringen, um dann endlich das Reich der Waldelben zu erreichen. Lyka hatte es nicht ausgesprochen, aber alle wussten: Es stand schlecht um Fenrir.

Das Gegenteil von schön

Goldenhöhe, der unendliche Wald, Dunkelpfuhl oder die Weißen Reiter – es waren allesamt gefährliche Orte, aber doch zugleich für Oskar immer auch spannend und faszinierend. Damit war nun Schluss. Die Wüste Schwarze Erde war selbst in der Sommersonne hässlich, öde und freudlos wie eine Mathestunde bei Frau Krause.

Wie die vernarbte, picklige Haut eines toten Trolls breitete sich die Landschaft vor ihnen aus. Selbst der Wind schien die Wüste zu meiden. Nicht der leiseste Lufthauch sorgte für Erfrischung.

„Das war früher ein wunderschöner Wald“, sagte Lyka leise und strich über Hekatos Kopf.

„Ehrlich?“ Oskar konnte es kaum glauben. Weit und breit war kein Anzeichen von Leben zu entdecken. „Was ist passiert?“

„Gold. Gold ist passiert.“

„Hier wurde Gold entdeckt?“

Lyka breitete ihre Arme aus, als wollte sie die hässliche Wüste umarmen und trösten.

„Ja. Und das ist das Resultat."

Sie schüttelte traurig den Kopf und ging weiter.

Hart und heiß wie eine Herdplatte war der Boden unter ihren Füßen. Staub stob bei jedem Schritt auf und brannte in ihren Mündern, Augen und Lungen. Selbst Fluppe, der als Drache Hitze eigentlich liebte, stöhnte bei jedem Schritt.

„Aua. Heif."

Senkrecht brannte die Sonne auf sie herab. Die Luft flimmerte vor ihren Augen.

Ihr Wasser hatten sie längst aufgebraucht. Sie sehnten sich den Herbst herbei, als sich vor ihnen der Wüstenboden zu

bewegen begann. Er platzte auf, bekam Risse und dann flog Erde hoch und bildete einen Haufen. So als würde sich ein Tier an die Oberfläche buddeln.

Florian trat an Oskars Seite. „Gibt es hier Maulwürfe?“

„Weiß nicht. Vielleicht?“

„Uaaah! Das sind keine Maulwürfe!“, keuchte Florian.

Knochige Hände mit langen, dürren Fingern durchstießen den Sand. Oskar machte einen Satz zurück. Nichts wie weg! Aber wohin?

Oskar sah sich um – überall bot sich ihm das gleiche Bild. Erdhügel wurden aufgeworfen. Hände erschienen. Dann tauchten Arme auf und Schultern und Bäuche und Beine und … keine Köpfe. Sie hatten keine Köpfe!

Immer mehr Wesen kämpften sich ans Tageslicht, Dutzende, Hunderte! Dünn und weiß und schimmernd waren sie, als wären sie aus Nebel und Sternen gemacht. Manche knieten bereits. Manche steckten noch bis zum Bauchnabel im Dreck. Aber was sie alle einte, war, dass sie keinen Kopf hatten.

„Es sind Blemmier. Man nennt sie auch Kopflose", erklärte Lyka.

„Sag bloß", murmelte Florian.

Oskar seufzte. „Sind sie gefährlich?", fragte er.

„Nein. Gar nicht. Sie interessieren sich nicht für uns. Geht einfach weiter!"

Es mussten inzwischen Tausende Blemmier sein, die mit ausgestreckten Armen wie Schlafwandler umherrannten, gegeneinanderstießen, umfielen, aufstanden und wieder umherliefen, nur um sich gegenseitig wieder über den Haufen zu rennen.

Die Freunde umkurvten die Kopflosen, als wären sie bewegliche Slalomstangen. Oskar und Florian hüpften angewidert im Zickzack hin und her, um bloß von keinem der Wesen berührt zu werden – bis diese auf einmal auf die Knie fielen und sich wieder einzubuddeln begannen. Nach knapp einer Stunde waren alle Kopflosen wieder verschwunden und der Spuk war vorbei.

Gertrude Eleonore Fisselstick erklärt dazu in ihrem Standardwerk „Handbuch zur Bestimmung aller magischen und nichtmagischen Arten“ allen Abenteurern und Köchen:

Die absolut ungenießbaren Kopflosen gehören zu den Untoten. Der Legende nach waren sie ursprünglich Soldaten des Alten Reichs, die nach ihrer Fahnenflucht vom alten König Theo dem Verschwitzten erst geköpft und dann verflucht wurden.
Kopflose haben keinen freien Willen und sind instinktgesteuert. Sie harren die ganze Zeit unter der Erde aus, bis die Hitze des Sommers sie für eine kurze Zeit ans Tageslicht lockt. Dort trudeln sie nutzlos durch die Pampa und rennen sich gegenseitig über den Haufen.

Es war ein ungewöhnlich heißer Herbst. Obwohl die Sonne tief stand, lief der Schweiß in Strömen. Oskar kam es vor, als würde der glühende Boden die ganze Hitze des Tages wieder zurück zur Sonne pumpen.

Mehrmals hatte Oskar gejuchzt und freudig zum Horizont gezeigt, wo er eine Oase entdeckt zu haben glaubte. Doch es war immer nur eine Fata Morgana gewesen und kein See, kein Fluss und schon gar kein Hotel.

Oskar blieb stehen. Hotel? Gab es Fata Morganas, die einem ein Hotel vorspiegelten?

„Zwick mich mal. Ich sehe ein Hotel“, sagte Florian. „Autsch! Nicht so doll!“

„Du siehst das Hotel auch?“, fragte Oskar und hörte auf, Florian zu kneifen.

„Na klar.“

Oskar war überrascht und erleichtert zugleich. Er war nicht verrückt geworden.

Und wenn doch, dann wenigstens nicht allein.

„Waf ift denn daf?“, fragte Fluppe und schirmte seine Augen vor der Sonne blinzelnd ab.

Wenige Hundert Meter vor ihnen duckte sich eine Holzhütte in eine Senke. Sie war recht groß, einstöckig und trug eine Neonreklame auf dem Dach.

„Ah, gut. Es gibt das Hotel noch“, sagte Lyka lächelnd. „Lasst uns ein Zimmer nehmen. Fenrir sollte die Nacht nicht im Freien bleiben. Die Winter in der Wüste sind brutal.“

Palasthotel im Nirgendwo

Während Lyka und Florian den verletzten Wolf vorsichtig vom Rücken des Drachen hoben, betrat Oskar das Hotel, das ihn irgendwie an den Geräteschuppen seiner Großeltern erinnerte.

„Hallo? Ist hier wer?"

Es war dunkel. Die Fenster waren geschlossen und nicht eine Kerze brannte. Nur schemenhaft erkannte Oskar einen flachen Tresen mit einem Stuhl dahinter.

Und auf dem Stuhl saß eine kleine Person. Sie schnarchte leise und pfeifend, den Kopf auf den Tresen gebettet.

Oskar trat einen Schritt zurück und klopfte an die Tür.

Nichts. Keine Reaktion.

„Hallo?", rief er etwas lauter.

Aber das kleine Wesen rührte sich nicht. Es schnarchte unbeirrt weiter. Oskar musste unwillkürlich an die todlangweiligen Canastarunden mit Oma, Opa und seiner verrückten

Tante Betti denken. Die drei bekam man auch nur mit Salutschüssen oder einer Feuerwehrkapelle wieder wach.

Nutzt ja nichts, dachte Oskar, ging zum Empfang und stupste das kleine Wesen an. Das erschrak, hob ab und sauste „Hilfe! Überfall! Hilfe!“ schreiend wie ein angepikster Luftballon kreuz und quer durch den Raum. Dann schepperte das geflügelte Wesen an die Decke und stürzte direkt vor Oskars Füße.

Oskar beugte sich nach unten. „Entschuldigen Sie bitte, haben Sie vielleicht noch Zimmer frei?“, fragte er höflich.

Das kleine Wesen rappelte sich auf, richtete seine Kleidung, sagte: „Da muss ich mal einen Blick ins Reservierungsbuch werfen“, und brauste zur Tür raus. Kaum war es aus der Tür geschossen, drehte es bei und brummte knapp an Oskars Ohr vorbei wieder zurück.

„Verflogen“, sagte es knapp, überquerte den Tresen, knallte an die Wand und rutschte quietschend an ihr herunter.

Kaum auf dem Boden, fragte es: „Haben Sie zufällig meine Brille gesehen?“

„Da!“, krächzte Oskar und zeigte auf eine Brille mit Gläsern, so dick wie Oskars Mathebuch.

Mehr sagte Oskar nicht. Ihm war die Spucke ausgegangen. Das kleine Wesen war tausendprozentig sicher eine Küchenfee. Klar, sie sah anders aus als Naschi aus der Drachentöter-Akademie, ihr Haar war kurz und knallrot und lockig mit unzähligen Schleifchen darin, ihr Gesicht war übersät mit Sommersprossen und sie hatte eine ziemlich große Zahnlücke – aber Flugtechnik, Kurzsichtigkeit und Verpeiltheit machten sie eindeutig zu einer Küchenfee.

Die Fee setzte sich die Brille auf und entzündete mit ihrem Zauberstab vier Kerzen, zwei Bleistifte und das Reservierungsbuch.

„Verdammter Mist! Nicht schon wieder!“, fluchte sie, pustete die Bleistifte aus und rettete das Buch, indem sie ein Glas Wasser darüberkippte.

„So, dann wollen wir mal schauen“, sagte die Küchenfee zwinkernd und blätterte begleitet von einigen „Hm“ und „Aha“ und „Oje, oje“ durch das bis auf einen Eintrag komplett leere Reservierungsbuch.

„Wie viele Zimmer benötigen Sie denn?“, fragte die Fee und glotzte Oskar an.

„Weiß nicht. Wir sind zu sechst.“

„Zu sechst?“

„Ja. Und einer ist ein Drache.“

„Zu sechst inklusive Drache. Hm“, sagte die Fee. „Doch, da kann ich Ihnen ein Zimmer anbieten.“

„Nur eins?“

„Ich habe nur ein Zimmer.“

„Ach so. Ja. Gut. Dann nehmen wir ein Zimmer.“

„Gerne“, sagte die Fee und klappte das Buch lautstark zu.

„Wollen Sie uns nicht eintragen?", fragte Oskar und zeigte auf das Reservierungsbuch.

„Ich kann nicht schreiben", sagte die Fee. „Und lesen kann ich auch nicht", fügte sie hinzu und begann, in einer Schublade rumzukramen.

Sie fand aber nicht, wonach sie suchte. „Wo isser denn?", nuschelte die Fee und stürzte sich in die Schublade.

Zwei halb geschmolzene Radiergummis, ein Bund verbrannter Schnittlauch, neun winzige Schuhe und zwei Servietten, alle mit Brandlöchern, ein verrußtes Lineal und ungefähr dreißig angekokelte Stifte flogen in hohem Bogen aus der Schublade hervor. Oskar duckte sich, um nicht von den Geschossen getroffen zu werden.

„Da ist er ja!", jubelte die Fee endlich und knallte Oskar mit den Worten „Bitte schön und gut drauf aufpassen!" nichts auf den Tresen.

Rein gar nichts.

Oskar war verdutzt. „Auf was soll ich aufpassen?", fragte er. „Auf den Zimmerschlüssel?"

„Welcher Zimmerschlüssel?", fragte Oskar und die Fee winkte ihn näher.

„Ich habe keine Zimmerschlüssel", flüsterte sie Oskar ins Ohr. „Einfach mitspielen. Zu einem Hotel gehören Zimmerschlüssel. Und wenn man keine hat, muss man so tun, als ob."

Das war Oskar neu. Aber Oskar kannte sich mit Hotels auch nicht gut aus. Seine Eltern waren als Geologen und Vulkanforscher beruflich derart viel auf Achse gewesen, dass sie ihren Urlaub immer zu Hause verbringen wollten.

Daher fragte Oskar interessiert: „Warum muss man so tun, als ob es einen Schlüssel gibt?“

„Weil es sich so gehört für ein Hotel und außerdem macht es mehr Spaß“, behauptete die Fee.

„Ach so.“

„Ihr Zimmer ist gleich hier vorne, einmal durch die Tür dort“, sagte die Fee vornehm und zeigte zur einzigen Tür links von ihr.

„Danke schön“, sagte Oskar und drehte ab.

„Ihr Schlüssel!“, rief die Fee in einem freundlichen Singsang.

Oskar latschte zurück, nahm den nicht vorhandenen Zimmerschlüssel in die Hand und zeigte ihn der Fee.

„Fast vergessen“, sagte er und lächelte.

„Sie Dummerchen!“, rief die Fee erfreut. „Dann wünsche ich einen schönen Aufenthalt im Palasthotel Neuntürme!“

„Vielen Dank!“, sagte Oskar.

„Falls Sie Hunger haben oder durstig sein sollten, die Hotelbar öffnet in wenigen Minuten“, verkündete die Fee und zeigte zur einzigen Tür rechts von ihr.

„Gut zu wissen!“, sagte Oskar, der sowohl Hunger als auch riesigen Durst hatte.

Dann trat er an die Zimmertür heran und tat so, als würde er seinen imaginären Hotelschlüssel in das nicht vorhandene Schloss stecken und die Tür aufschließen.

Die Fee nickte so glücklich, dass ihre knallroten Locken auf und ab wippten. „Ach so, Frühstück gibt es morgens von 10 bis 11 Uhr. Ich schlaf gerne länger."

Abgesehen vom Kronleuchter an der Decke und dem Dreck in den Ecken war das Zimmer komplett leer. Kein Schrank, kein Tisch, kein Bett weit und breit. Aber es war groß. So groß und geräumig, dass sogar Fluppe mit ins Zimmer passte. Eine zweite Tür führte zum Klo.

Mit einem „Darf ich mal durch?" zischte die Fee an Oskar vorbei und begann, so zu tun, als würde sie ein Bett beziehen. „Ich habe die frischen Laken vergessen."

Verdutzt sah Oskar, wie die Fee um das unsichtbare Bett sauste, das Laken stramm zog und nicht vorhandene Kissen aufschlug. Nach wenigen Minuten war sie fertig.

„Einen schönen Aufenthalt im Palasthotel Neuntürme!", rief die Fee noch einmal, nickte freundlich und brauste wieder aus dem Zimmer.

Florian, der gerade ins Zimmer kam, sah ihr nach.

„War das Naschi?", fragte er mit großen Augen.

„Ne, das ist eine andere Küchenfee", sagte Oskar, während Fenrir an ihm vorbeihumpelte.

„Wie geht es dir, Fenrir?“, fragte Oskar besorgt.

Der Wolf reagierte mit einem leisen Winseln und rollte sich vorsichtig in einer Zimmerecke zusammen.

„Es geht ihm besser“, sagte Lyka und strahlte Oskar zuversichtlich an.

„Super. Das heißt, er wird sich wieder erholen?“, fragte Oskar hoffnungsvoll.

„Das kommt auf die Elben an.“

„Platf da! Lafft mich mal durch.“ Fluppe quetschte sich an ihnen vorbei und stampfte ins Zimmer. „Nicht flecht. Ich penne hier“, sagte der Drache und legte sich mitten auf den Boden.

„Wo ist Hekato?“, fragte Oskar.

„Er ist vorausgelaufen, um unser Kommen anzukündigen. Waldelben hassen Überraschungen“, erklärte Lyka. Sie gähnte.

Auch Oskar spürte, wie erschöpft er war. „Wie lange brauchen wir denn noch, bis wir da sind?“

„Bei den Waldelben? Wenn alles glattgeht, schaffen wir es morgen noch bis zur Grenze.“ Lyka klatschte in die Hände. „So. Ihr drei geht jetzt mal was trinken“, befahl sie.

„Aber Fenrir!“, protestierte Florian, der dem alten Wolf gerade seine Jacke unter den Körper geschoben hatte.

„Der braucht vor allem Ruhe“, sagte Lyka und scheuchte sie aus dem Zimmer.

Das Geheimnis der Kugel

Puh! Glück gehabt!“, rief Oskar erleichtert aus, als er mit Flo und Fluppe die Hotelbar betrat. Zwar gab es dort weder Tische noch Stühle, aber immerhin einen Tresen mit drei Hockern davor. Und hinter dem Tresen stand ein Regal voller Gläser und Flaschen. Insgeheim hatte Oskar nämlich befürchtet, dass sie von der Fee nur nicht vorhandenes Wasser in ausgedachten Gläsern serviert bekommen würden.

Eine zweite Tür führte vom Tresen in die Küche. Zumindest vermutete Oskar das. Denn über der Tür hing ein Schild, auf das die Fee mit feinem Pinsel krakelig „Käschö“ geschrieben hatte.

Die Wände der Hotelbar waren tapeziert. Nicht mit einer Tapete, sondern mit kleinen quadratischen Zetteln. Und auf jedem einzelnen Zettel waren Lisbeth, Oskar und Florian abgebildet. Es waren die Steckbriefe.

Die Küchenfee hatte den ganzen Gastraum damit beklebt. Von der Decke, den Wänden und sogar vom Boden aus glotzten Oskar und Florian, die gesuchten Verbrecher, auf Oskar und Florian, die am Tresen saßen.

„Das ist gar nicht gut“, flüsterte Florian. „Was sollen wir tun?“

„Weiß nicht“, flüsterte Oskar zurück. „Am besten, wir tun so, als wäre alles okay und wir nicht die Typen auf dem Steckbrief.“

Was blieb ihnen auch anderes übrig? Und außerdem fiel Oskar ein: „Küchenfeen sind fast blind. Wahrscheinlich denkt sie, auf den Bildern sind Blumen oder so.“

„Hach, Blumen“, seufzte Fluppe versonnen. Er mochte Blumen sehr.

In dem Moment kam die Fee aus der „Käschö“ gebraust und landete direkt vor ihnen auf der Theke. Über den Arm hatte sie sich, ganz vornehm, ein versifftes Geschirrtuch gelegt, mit dem sie anscheinend gerade eben ihre Fahrradkette geputzt hatte.

„Möchten Sie auch etwas essen oder nur …?“, begann sie und brach abrupt ab.

Misstrauisch beäugte sie Florian und Oskar.

„Erst mal etwas trinken, bitte. Mit dem Essen warten wir auf die anderen“, sagte Oskar freundlich.

Die Fee nahm ihre Brille ab, putzte sie sich mit dem dreckigen Geschirrtuch und beäugte sie aufs Neue. „Irgendwie kommen Sie mir bekannt vor.“ Die Fee rieb sich ihr Kinn.

„Wo habe ich Sie bloß schon mal gesehen?“, fragte sie. „Waren Sie beim Schweinebügeln dabei?“

„Was? Nein. Was ist Schweinebügeln?“, fragte Oskar und Florian starrte die Fee irritiert an.

„Hm … Aber es war irgendein Sportwettbewerb oder so … Ah! Sind Sie letztes Jahr auch beim Dotterweitspucken angetreten?“

„Hä? Ne.“ Florian schüttelte den Kopf.

„Oder …“ Die Fee schnippte mit den Fingern. „Ich hab's! Sie haben die Internationalen Meisterschaften im Trollschubsen gewonnen!“

Das wiederum fand Fluppe zum Piepen. Er hielt sich seinen Bauch und prustete los. „Die beiden Wintflinge? Wie follen die denn einen Troll umwerfen?“

„Sie irren sich“, sagte Florian. „Wir sind uns noch nie begegnet. Sind das erste Mal hier!“

„Und auch nur auf der Durchreise“, ergänzte Oskar.

„Hm. Sie kommen mir so unglaublich bekannt vor. Hm …“ Die Fee kratzte sich die Nase, bevor sie achselzuckend und mit den Worten „Was wünschen die Herrschaften?“ endlich das Thema wechselte.

„Was zu trinken wäre schön.“

„An Getränken kann ich Ihnen frisches Wasser anbieten, abgestandenes Wasser oder stinkend fauliges. Was soll es sein?“

Oskars und Florians Antwort „Frisches Wasser!“ kam wie aus der Pistole geschossen. Fluppe grübelte noch ein bisschen, bevor er sich für einen Eimer voll stinkend fauligem Wasser entschied.

„Kommt sofort!“, rief die Fee und verschwand hinter dem Tresen. Eine paar Sekunden später tauchte sie mit vor Anstrengung gerötetem Gesicht und einem Blecheimer voll trübem, gammeligem Wasser in den Händen wieder auf.

„Bitte sehr, ein Eimer bestes stinkend fauliges Wasser für den Herrn!“ Sie wuchtete den Eimer auf die Theke. Fluppe klatschte vor Freude seine Pranken zusammen, rief: „Lecker!“, und begann genüsslich zu schlabbern.

Die Fee flog zum Regal, schnappte sich zwei silbrig glänzende Becher und stellte sie Oskar und Florian vor die Nase.

„Frisches Wasser. Wir möchten frisches Wasser!“, beeilte sich Florian, ihre Bestellung zu wiederholen, nachdem Fluppe begeistert „Fuper, da find Kaulquappen drin!“ gejubelt hatte.

„Ich serviere Ihnen das frischeste Wasser, das es überhaupt gibt!“, behauptete die Fee und schwang ihren Zauberstab.

Oskar und Florian trauten ihren Augen nicht. Über den Bechern bildeten sich kleine Wolken. Sie wuchsen und ballten sich zusammen, bis sie grau wurden. Dann türmten sie sich hoch und schon fielen die ersten Regentropfen in die Becher. Erst nur vereinzelte, dann immer mehr.

„Wahnsinn!“ Florian stand der Mund offen.

Es regnete aus den Wolken in ihre Gläser. Und wie! Ein regelrechter Platzregen prasselte nieder, die ersten Blitze zuckten und Donner erfüllte den Raum.

„Wahnsinn!“, staunte auch Oskar und ging näher an die Becher heran.

Ein Fehler.

Ein kleiner fieser Blitz schoss aus den Wolken und entlud sich knallend auf seiner Nase.

„Aua!“, schrie Oskar und schielte auf seine angekokelte Nase, während sich Florian schlapp lachte.

„Entschuldigung! Ich hab Salbe“, rief die Fee entsetzt, schnappte sich einen Tiegel voll Salbe und flog über das Gewitter zu Oskar.

Was auch nur so mittelschlau war.

Denn kaum flatterte die Fee über der Gewitterwolke, zuckte erneut ein Blitz hervor und entflammte ihre Haare. Binnen einer Sekunde brannte ihr ganzer Schopf lichterloh. Fluchend geriet die Fee ins Trudeln und stürzte ab. Sie klatschte auf den Tresen. Und während Oskar sich die Salbe schnappte und auf

seine verbrannte Nase schmierte, raste die Fee zu Fluppes Eimer. Sie landete auf dem Rand und sprang mit einem überraschend eleganten Kopfsprung in das faulige Wasser. Es zischte und blubberte kurz.

„Herr Ober, in meinem Waffer ift eine Fee!“, beömmelte sich Fluppe, als die Fee spuckend und hustend wieder auftauchte. Sie flatterte unter die Decke und drehte in einem Affentempo Runden um den Kronleuchter, bis sie wieder trocken war.

„Küchenfeen leben echt gefährlich“, stellte Florian fest, der wie Oskar das Schauspiel staunend verfolgt hatte.

„Echte Seuchenvögel“, sagte Oskar und prostete Florian zu.

Beide tranken das herrlich frische Regenwasser. Sie leerten den Kelch und stellten ihn wieder unter die Wolken. Das Gewitter war vorbei. Nur noch vereinzelte Tropfen fielen.

„Köstlich!“

„Besser als Limonade!“, stimmte Oskar zu.

Als die Fee wieder hinter den Tresen schwebte, hatten sich die Wolken komplett aufgelöst. Ein Regenbogen spannte sich über die nur noch halbvollen Becher.

„Das passiert Ihnen öfter, oder?“, fragte Oskar.

„Sehr oft. Wissen Sie, ich bin manchmal ein klitzekleines bisschen tollpatschig“, erklärte die Fee und stieß Florians Becher um.

Gertrude Eleonore Fisselstick sieht das in ihrem Ratgeber „Ausgehen in Drachenhöhe. Der große Kneipen- und Restauranttest“ übrigens ganz genauso:

Das „Palasthotel Neuntürme“ in der Schwarzen Erde ist das einzige Hotel, ja wahrscheinlich sogar das einzige Gebäude der Welt, das öfter in Flammen steht als ein Phönix. Die letzte verheerende Feuerkatastrophe verursachte die Betreiberin, Küchenfee Silenza, als sie einen Topf voll Wasser in Brand setzte.
Es wird allen Reisenden dringend empfohlen, vor dem Betreten des Hotels ihr Testament zu machen und sich von ihren Lieben gründlich zu verabschieden.
Über die Qualität der Küche kann nichts berichtet werden, da sich die Küchenfee hartnäckig weigert zu kochen und stattdessen nur – unter ausgiebigem Gejammer – Brot mit Wurst serviert.

„Tollpatschig, das kenne ich gut“, grinste Florian und tupfte sich die Hose mit einem Lappen trocken.

„Sind Sie auch tollpatschig?“, fragte die Fee erfreut.

„Nein. Aber unsere ehemalige Küchenfee ..."

Bevor Florian seinen Satz beenden konnte, trat Oskar ihm gegen das Scheinbein.

„Aua! Was soll das?", meckerte Florian und rieb sich sein Bein.

„Nicht zu viel verraten", zischte Oskar lächelnd und nickte zu den Steckbriefen.

„Hast Recht. 'schuldigung!", flüsterte Florian.

Die Fee behielt sie im Blick. Sie war misstrauisch geworden.

„Und ...", begann Oskar ein Gespräch, um die Fee wieder auf andere Gedanken zu bringen, „... wie kommt man eigentlich auf die Idee, mitten in der Wüste ein Hotel zu eröffnen?"

„Günstige Grundstückspreise. Wenig Konkurrenz. Interessante Landschaft", erklärte die Fee und wienerte die Theke.

„Aber hier ist doch absolut nichts los?", staunte Florian.

„Waaas? Nichts los?" Die Fee unterbrach ihre nutzlose Wischerei und lachte laut auf. „Hier ist die Hölle los! Die letzten Gäste sind vor gerade mal 250 Jahren abgereist!"

Oskar erwischte sich dabei, wie er die Drachenhöhe-Jahre in seine gewohnte Zeit umrechnete. Ein Jahr ist gleich ein Tag. 250 Jahre sind also 250 Tage. Was Oskar immer noch arg lang vorkam.

„Der pure Stress! Ich sag's Ihnen! Ich geh kaputt vor Arbeit!", ächzte die Fee und glotzte Mitleid heischend in die Runde, erntete aber nur Unverständnis.

„Sie hatten 250 Jahre frei?", fragte Florian, der sechs Wochen Sommerferien auf einmal skandalös kurz fand.

„Ja. Wie soll man sich da erholen?", fragte die Fee verzweifelt und wischte sich mit dem verschmierten Geschirrtuch ihre furztrockene Stirn ab.

„Die ist einfach nur stinkfaul", flüsterte Flo grinsend. „Die will nur ihre Ruhe."

„Wenn sie Ruhe liebt, soll sie mal meine Großeltern besuchen. Da wird sie sich wohlfühlen", antwortete Oskar und tat so, als würde er einen tiefen, langen Schluck aus dem längst leeren Becher nehmen, damit niemand die Tränen sah, die ihm ganz plötzlich in die Augen schossen.

Florian merkte es trotzdem.

„Heulst du?", fragte er zu Oskars Ärger laut. Denn nun starrten ihn auch noch Fluppe und die Fee neugierig an.

„Ne, Quatsch. Was ins Auge bekommen", behauptete Oskar.

„Okay", sagte Florian. Viel mehr sagte er: „Oookaaay." Was, das war Oskar völlig klar, so viel bedeutete wie: „Ich glaube dir kein Wort."

Oskar holte Luft. „Warum heißt das Hotel eigentlich Palasthotel Neuntürme?", fragte er, weil er weder über Tränen noch über seine Familie oder sein Heimweh reden wollte.

„Sie kennen die Neun Türme nicht?", fragte die Fee erstaunt.

„Nie gehört", sagte Florian.

„Das sind die Schutztürme der Elben. Die liegen genau zwischen dem Hotel und Elbland. Groß wie Leuchttürme sind sie. Die schießen auf alles, was sich ihnen nähert."

„Oha."

Florian und Oskar sahen sich an. Das war keine gute Neuigkeit.

„Nein, keine Sorge. Nach dem großen Krieg gegen das Alte Reich wurden sie abgestellt. Wahrscheinlich funktionieren sie längst nicht mehr."

„Puh! Gott sei Dank", pustete Oskar erleichtert aus.

„Aber hallo", sagte Florian, trank seinen Becher aus und rutschte vom Hocker. „Ich gehe mal gucken, wo Lyka bleibt."

„Moment", sagte Oskar. Er griff in seine Hosentasche und klatschte ein Taschentuch, einen Stift, den verschmierten Plan des Drachenei-Sammlers und die kleine weiße Murmel auf den Tresen.

Florian sah sich das Durcheinander an. „Ja? Und?"

„Du brauchst den Zimmerschlüssel", sagte Oskar.

„Welchen Zimmerschlüssel?", fragte Florian und suchte verwirrt Oskars Tascheninhalt ab.

„Den hier." Oskar nahm den eingebildeten Schlüssel und drückte ihn Florian in die Hand.

Der starrte auf seine leere Handfläche. „Bist du bekloppt?"

„Spiel mit!", flüsterte Oskar. „Der Fee zuliebe."

„Von mir aus", stöhnte Florian und tat so, als würde er den Schlüssel in seine Tasche stecken. „Bis gleich", sagte er und verließ kopfschüttelnd die Hotelbar.

„Warte! Ich komm mit! Ich muff mal", sagte Fluppe, der seinen Eimer Brackwasser bereits verputzt hatte.

Oskar sah ihnen nach. Als er sich wieder umdrehte, saß die Fee im Schneidersitz vor seiner Murmel und drückte sich die kleine Nase daran platt.

„Das ist ja eine Feenkugel!", staunte die Fee.

„Ach ja?" Das war Oskar neu. Er hatte sie unabsichtlich im Drachentöterhaus eingesteckt – und war gar nicht auf die Idee gekommen, dass sie vielleicht Naschi, der Küchenfee, gehörte.

„Darf ich sie mal anfassen?", fragte die Fee und leckte sich ihre Lippen.

„Ich stecke sie lieber wieder ein", sagte Oskar und schnappte sich die Kugel.

„Woher hast du sie?", fragte die Fee mit stechendem Blick.

Das war das erste Mal, dass die Fee Oskar nicht gesiezt hatte. Oskar war das egal. Er störte sich viel mehr daran, wie die Fee ihn und seine Murmel ansah.

Irgendwie gierig.

„Ich habe sie gefunden", sagte Oskar knapp.

„Man kann Feenkugeln nicht einfach finden, wenn sie nicht gefunden werden wollen."

„Ich schon", sagte Oskar und versenkte die Murmel schnell in der Hosentasche.

Die Fee wedelte verärgert mit ihrem Zauberstab und die Kugel lag wieder vor ihr.

„He! Lassen Sie das!", protestierte Oskar.

„Weißt du, was sie kann?", fragte die Fee.

„Sie wird warm und leuchtet, wenn jemand Fremdes in der Nähe ist", sagte Oskar und griff nach der Kugel. Aber die Fee war schneller. Mit einem zusammengekniffenen Auge prüfte sie die Kugel, als wäre sie ein geschliffener Diamant.

„Schon klar, das können ja alle. Sie leuchtet, wird heiß, und wenn du es bemerkt hast, kühlt sie sich wieder ab. Aber was kann sie noch?"

„Nichts", sagte Oskar.

„Hast du schon auf den Knopf gedrückt?", fragte die Fee neugierig.

„Was für ein Knopf? Die Murmel hat keinen Knopf."

„Alle Feenkugeln haben einen Knopf."

„Her damit. Das ist meine Kugel."

Widerwillig ließ die Fee die Murmel in Oskars Hand plumpsen und Oskar nahm sie genau unter die Lupe. Sie schimmerte weiß und schlierig, als wären Wolken darin gefangen. Ansonsten war sie rund herum ebenmäßig.

Kein Knopf.

„Da ist kein …“

„Such weiter!“, fauchte die Fee und Oskar suchte weiter. Er ließ die Kugel durch seine Finger gleiten, rollte sie auf seiner Handfläche herum, tastete sie ab und dann – klack! – drückte er den Knopf.

Sofort schien sich die Welt um ihn herum zu verwandeln. Er stand noch immer in der Bar am Tresen. Alles wie gehabt. Nur anders irgendwie.

Die Farben waren weg. Alles war grau und unscharf, als würde er durch eine schmierige Scheibe gucken. Die Geräusche um ihn herum waren merkwürdig dumpf und hallten, als wäre er unter Wasser. Die Küchenfee schwebte weiter direkt vor seinem Gesicht herum. Nur anders. Er konnte jeden einzelnen ihrer normalerweise rasend schnellen Flügelschläge sehen. Sie waren so langsam.

Oskar konnte es nicht fassen. Wie in Zeitlupe. Die Fee flog in Zeitlupe.

Oskar drückte ein zweites Mal auf den Knopf.

Klack!

Und alles war wieder normal.

„Sie verzögert die Zeit, oder?“, japste die Fee aufgeregt. „Sag, ist es eine Zeitschläferkugel?“

„Ich … ich … glaube schon“, stammelte Oskar. „Aber … ich verstehe nicht, wie … ich …“

„Die Kugel macht die Welt langsamer. Nur dich nicht. Du bewegst dich gleich schnell. Also, natürlich verlangsamt sie nicht die ganze Welt. Nur die in deiner Nähe. Verstehst du?"

„Ja", hauchte Oskar, der seinen Blick nicht von der wundervollen Murmel lösen konnte.

Auch die Augen der Fee waren auf die Kugel gerichtet und leuchteten durch die dicken Brillengläser. „Das ist echt praktisch, damit kannst du gut abhauen oder irgendwo reinhuschen. Tolle Sache, so ein Zeitschläfer! Auch beim Kampf! Ein lahmarschiger Gegner, der sich im Schneckentempo bewegt, ist nicht gefährlich."

„Ja, damit könnte man auch super beim Fangenspielen bescheißen oder beim Völkerball!", freute sich Oskar, der beim Völkerball grundsätzlich als Letzter in die Mannschaft gewählt wurde. Außer wenn Kevin da war, natürlich.

Die Tür zur Bar flog auf und seine Freunde polterten gut gelaunt herein, auch Lyka war bei ihnen.

„Noch mehr Gäste!", stöhnte die Fee. „Ich geh kaputt."

Eine unruhige Nacht

Das Abendessen verlief unspektakulär. Die Fee servierte Brot, Butter, Wurst und jede Menge Gejammer und Gestöhne, den Stress nicht mehr aushalten zu können und langsam, aber sicher kaputtzugehen.

„Morgen sind wir ja weg", tröstete Oskar sie. „Wir müssen ganz früh aufbrechen."

Während die Freunde sich noch ein paar Brote für den nächsten Tag schmierten, schwirrte die Fee heran und knallte ihnen eine Rechnung auf den Tisch. Darauf waren Zahlenkolonnen gekritzelt.

„Eine Billionmilliardentonnentausend Goldstücke und 10 Gramm?", fragte Oskar stirnrunzelnd.

„Ja". Die Fee und inspizierte lässig ihre Fingernägel.

„Rechnen können Sie auch nicht, oder?"

„Kein bisschen", sagte die Fee.

Lyka nahm ein Goldstück aus ihrer Tasche und legte es auf den Tresen. „Stimmt so, der Rest ist Trinkgeld."

Die Fee klaubte das Goldstück vom Tresen, biss drauf, um seine Echtheit zu prüfen, brach sich dabei einen Schneidezahn ab und sagte freundlich: „Fielen Fank! Oh, Momenf."

Oskar ging in Deckung, als die Fee ihren Zauberstab zückte. Diesmal spuckte er allerdings kein Feuer wie ein Flammenwerfer, sondern die Fee steckte ihn sich wie einen Lolli in den Mund. Es ploppte und zischte. Die Fee machte dicke Backen, als wäre etwas in ihrem Mund explodiert. Rauch zischte aus ihrer Nase und ihre Augen glubschten kurz heraus. Als sie den Zauberstab aus dem Mund zog, war ihr Gebiss wieder vollständig. Brannte aber lichterloh.

„Schon wieder? Wirklich?", stöhnte die Fee und kippte sich ein Glas Wasser in den Mund. Es zischte und erneut strömte ihr Wasserdampf aus der Nase.

„Wieder gut?", fragte Oskar besorgt.

„Alles prima", sagte die Fee freundlich. „Und empfehlen Sie uns weiter!"

„Machen wir! Ganz bestimmt", sagte Oskar. Als er sich mit den anderen ins Zimmer zurückzog, tauchte die Fee hinter ihm auf und hielt ihn an der Schulter fest.

„Kann ich noch mal die Feenkugel sehen?", fragte sie. Ihre Stimme überschlug sich und ihre Augen leuchteten unheimlich. In etwa so wie die Augen von Oskars Mathelehrerin Frau Krause, wenn sie ihm eine verhauene Mathearbeit auf den Tisch knallen durfte.

„Ne, lieber nicht“, sagte Oskar sicherheitshalber. „Bin sehr müde. Muss sofort ins Bett.“

„Ach so. Na dann. Ich habe auch wirklich nie Glück“, maulte die Fee.

„Gute Nacht“, sagte Oskar freundlich.

„Nacht“, pampte die Fee zurück. „Legen Sie den Zimmerschlüssel einfach auf den Tresen, wenn Sie gehen.“

„Machen wir!“, antwortete Oskar und schlüpfte schnell ins Zimmer.

Fluppe hatte es sich bereits gemütlich gemacht. Er lag mitten im Raum auf dem Rücken, seine eher kurzen Beine nach oben gestreckt, und leckte sich genüsslich den schuppigen Bauch sauber.

Florian hatte sich neben Fenrir gelegt. Der alte Wolf atmete ruhig und gleichmäßig. Er schlief bereits. Seine Wunde hatte Lyka mit einem frischen Verband aus einem Handtuch umwickelt. Das Handtuch war noch weiß. Scheinbar war die Blutung gestillt.

Oskar spürte, wie ihn die Müdigkeit übermannte. Er legte sich direkt neben Florian und deckte sich mit seiner Jacke zu. Lyka löschte das Licht und Oskar fiel in einen unruhigen Schlaf. Er träumte von Drachen. Von der Arena. Den unterirdischen Minen. Dem Drachentöterhaus und von …

„Hallooo! Du Schlafmütze!“

Bevor Oskar seine Augen öffnen konnte, wurden sie von

kleinen Händen aufgerissen. Und als ob das nicht schon fies genug wäre, pustete auch noch jemand feste hinein.

Oskar fuhr hoch.

„Was … was … was soll das?“

Sein Herz pochte wie wild. Hastig tastete er nach seinem Schwert. Und obwohl es stockfinster war und er nicht mal die Hand vor Augen sehen konnte, erkannte er vor sich glasklar und ohne jeden Zweifel Naschi! Die Küchenfee aus dem Drachentöterhaus trug ihren Zauberstab in der Hand und eine Kochmütze auf dem Kopf.

„Naaaaaaaa? Hast du mich vermisst?“, flötete sie lauernd.

„Ja. Und wie! Aber …“

Oskar rieb ungläubig seine Augen und versuchte, sich zu orientieren. War er noch im Drachentöterhaus? Hatte er alles nur geträumt?

Nein.

Er lag nicht im Bett.

Er war immer noch im Palasthotel Neuntürme.

Aber wie hatte Naschi ihn ausfindig gemacht und wieso konnte er sie sehen, obwohl es so finster war? Selbst Fluppes riesige Umrisse konnte Oskar nur erahnen. Sogar den direkt neben ihm schnorchelnden Florian hörte er nur, sah ihn aber nicht.

„Leuchtest du?“, fragte Oskar irritiert.

„Das weiß ich nicht“, sagte Naschi.

„Wie hast du uns gefunden?"

„Hab ich nicht, Dummkopf", sagte die Fee und schlug ihm mit ihrem Zauberstab auf den Kopf.

„Aua."

„Stell dich nicht so an! Oder bist du doch nur einer der beiden Kleinen?", fragte die Fee frech und schwirrte neugierig im Zimmer herum. Woher wusste sie, dass Hinnerdir und Lisbeth sie „die Kleinen" genannt hatten?

„Hier muss mal geputzt werden", stellte die Fee angewidert fest und blies eine Staubmaus, groß wie ein ausgewachsener Dackel, von ihren Fingern. Dann schwirrte sie wieder zu Oskar und landete auf seinem Kopf. Sie krallte ihre Zehen in seine Haare und ließ sich nach vorne kippen. Wie eine Fledermaus hing sie kopfüber von seinem Kopf und glotzte ihm in die Augen.

„Warum ist hier nicht geputzt?", fragte sie streng.

„Die Fee hier ist im Stress", antwortete Oskar schnell. Er wollte nicht übers Putzen reden, sondern darüber, wie Naschi sie gefunden hatte, ohne sie zu finden. Das ergab doch überhaupt keinen Sinn.

„Wieso bist du hier?", fragte er.

„Das weiß ich nicht. Das musst du mir sagen. Schließlich ist es dein Traum und nicht meiner."

Brausend schwirrte die Fee von seinem Kopf und landete auf Fluppe.

„Traum?“, wiederholte Oskar. „Du meinst, ich träume gerade?“

„Natürlich. Was sonst? Wenn du nicht träumen würdest, würde dann Fussel unter deiner Decke schlafen?“

Oskar hob seine Jacke an. Das wohlige Schnurren einer Katze brummte ihm entgegen.

„Und würde dann Flattermann hier so entspannt im Dunkeln sitzen?“ Mit ihrem Zauberstab leuchtete Naschi eine Ecke des Zimmers aus. Auf einem Balken saß Flattermann, die Eule, die panische Angst vor der Dunkelheit hatte, und verputzte friedlich eine fette Schlange.

„Ich träume also …“, murmelte Oskar verwirrt.

„Exakt!“ Naschi zog eine kleine Uhr aus ihrer Schürze, die, kaum an der frischen Luft, sofort auf Weckergröße anschwoll. „Sapperlot! Schon so spät!“, rief die Küchenfee, steckte den Wecker ein, setzte sich auf Oskars Schulter und flüsterte ihm ins Ohr:

„Für uns, lieber Oskar, wird es jetzt Zeit zu gehen und für dich wird es Zeit aufzuwachen.“

„Warum soll ich wach werden?“, fragte Oskar, der mit seinem Traum ziemlich zufrieden war.

„WEIL ES ZEIT WIRD!“, schrie die Küchenfee und holte mit ihrem Zauberstab zum Schlag aus …

Oskar schreckte hoch.

Und mit ihm die Küchenfee des Hotels.

Wie eine Kanonenkugel schoss sie nach oben, dengelte gegen die Decke und stürzte auf Oskar Bauch wieder ab. Eine kleine weiße Murmel kullerte aus ihrer Hand.

„Sie wollten mir die Kugel klauen!“, schrie Oskar empört und grabschte sich die Murmel.

„Gar nicht wahr!“, schrillte die Fee.

„Und was ist das?“, fragte Oskar und hielt ihr die Kugel hin.

„Ich wollte sie mir nur mal ansehen“, behauptete die Fee und brauste jammernd aus dem Zimmer. „Nur mal ansehen wollte ich sie … Nur ansehen! Einen kurzen Moment …“ Sie verschwand winselnd in der Hotellobby.

Florian war wach. Zumindest halbwegs.

„Was'n los?“, nuschelte er übellaunig.

„Die Fee wollte meine Kugel klauen.“

Lyka betrachtete neugierig die in der Dunkelheit schwach leuchtende Kugel. Dann entzündete sie die Kerzen des Kronleuchters. „Wir sollten sofort aufbrechen.“

„Warum? Es ist noch mitten in der Nacht …“, stöhnte Florian.

„Die Fee wird erst Ruhe geben, wenn sie die Feenkugel hat oder wir verschwunden sind. Aufstehen! Wir haben einen langen Marsch vor uns.“

Völlig zerknittert schleppte sich Florian ins Bad. „Da liegt noch Schnee draußen!“, meckerte er. „Und es ist kalt und hier ist es gemütlich und warm …“

Oskar war der übereilte Aufbruch ganz recht. Er wollte im Moment nur eins: seine kostbare Zeitschläferkugel aus der Reichweite der diebischen Küchenfee bringen.

Während die anderen gähnend ihre Sachen zusammensuchten, nahm Lyka Oskar beiseite. „Hör zu, Oskar!“, sagte sie streng. „Verwahre die Kugel gut. Nutze sie nur im Notfall. Zeig sie *niemandem* und sprich nicht über sie. Das wird nur Begehrlichkeiten wecken und du bist dann nicht mehr sicher. Hast du mich verstanden?“

„Ja, habe ich“, antwortete Oskar, verwundert über die Strenge in Lykas Blick und in ihren Worten.

„Gut. Und jetzt pack dein Zeug zusammen. Wir müssen uns beeilen.“

Tahl Avandanda vom Blütensee, König des Elblands, Sohn des großen Horo Malach Mirithien von den Schlagfelsen

In der kalten dunklen Wintermorgenluft marschierten sie ohne Pause, bis sie einen der Neun Türme erreicht hatten. Es war die gewaltige Statue eines zornigen Elben in voller Rüstung, groß wie ein Leuchtturm. Der Elb hielt einen Bogen in der Hand. Die Pfeilspitze war schwarz und verbrannt.

„Damit hat die Statue auf jeden geschossen, der sich ihr näherte", erklärte Lyka. „Feuerkugeln."

Oskar stand staunend unter dem Bildnis, das immer noch beeindruckend, aber längst nicht mehr prächtig war. Verwittert und moosbewachsen bröselte es seinem Untergang entgegen. Vom Bogen war nur noch die obere Hälfte erhalten, die Nase des Elben war teilweise abgebrochen, der Mund nur noch zu erahnen und der rechte Arm fehlte ganz.

„Und das Ding ist wirklich kaputt?", fragte Oskar.

„Ich denke schon. Die Neun Türme sind vor Ewigkeiten abgestellt worden", sagte Lyka und setzte sich.

Sie gönnten sich nur eine kurze Verschnaufpause. Alle hatten nur einen Wunsch: endlich dieser elenden Wüste zu entfliehen. Gerade hatten sie den eisigen Winterwind hinter sich gelassen, als ihnen auch schon der erste Sandsturm des Frühlings ins Gesicht peitschte. Und der wiederum war fast angenehm, verglichen mit der unerbittlichen Hitze des Sommers, die ihnen bevorstand.

Die Tristesse und Lebensfeindlichkeit der Schwarzen Erde begann, ihre Seelen zu vergiften. Hoffnungslosigkeit machte sich in ihnen breit. Keiner sprach ein Wort. Niemand hatte ein Lächeln für den anderen übrig. Selbst Lyka, die sonst immer mehr tänzelte als lief, hatte ihr Strahlen verloren. Sie stapfte voran, den Kopf gesenkt und ohne auch nur einmal nach rechts oder links zu schauen. Einfach nur stur geradeaus. Und die anderen folgten ihr schweigend.

Mit trockenem Gaumen und brennender Haut schleppten sie sich in der flirrenden Hitze Schritt für Schritt weiter, bis sich endlich, es war schon Spätsommer, die glänzenden Hügel Elblands vor ihnen erhoben. Und sofort, als hätte man einen Schalter umgelegt, hellte sich ihre Stimmung auf. Oskar hätte es nie für möglich gehalten, dass ihn der Anblick von Bäumen und Pflanzen so glücklich machen könnte.

„Es sieht wunderschön aus!", rief Florian.

„Ich kann Blumen riechen!", freute sich Fluppe, die Schnauze hoch in der Luft.

„Halt!", sagte Lyka, als die Freunde weitereilen wollten. „Elben sind eitel, empfindlich und nachtragend. Benehmt euch also!"

„Machen wir", sagte Oskar.

„Logo", ergänzte Florian.

„Ift gebongt", sagte Fluppe.

„Und seht ihnen immer in die Augen, wenn sie mit euch sprechen! Immer."

Florian und Oskar nickten.

„Und flüstert nicht in ihrer Nähe! Die Waldelben werden annehmen, dass ihr Schlechtes über sie sagt."

„Okay", sagte Florian und raunte Oskar zu: „Ganz schön empfindlich, was?"

„Allerdings." Oskar grinste. „Schlimmer als meine Mathelehrerin."

„Was sollt ihr nicht?", fragte Lyka streng, als sie Oskar und Florian kichern sah.

„Nicht flüstern", wiederholte Oskar artig. Das sollte doch zu schaffen sein.

„Und wenn ihr den König trefft, dann benehmt euch unbedingt so gut wie nur möglich! Er ist der Herrscher des Elblands und ganz besonders schnell gekränkt."

„Verftanden“, sagte Fluppe hoch konzentriert. Die anderen begnügten sich mit einem Nicken. Sie wollten nur noch die schreckliche Wüste hinter sich lassen.

„Gut. Also los!“, rief Lyka und lachend und scherzend gingen sie schnelleren Schrittes weiter.

Es dauerte nicht lange, bis die Freunde merkten, dass sich die Landschaft veränderte. Kakteen und vereinzelte Wüstenpflanzen kämpften sich ihren Weg durch den toten Boden, ein Skorpion huschte über den Weg. Sie durchquerten ein riesiges Feld von kniehohen Sträuchern, entdeckten die ersten Bäume – und schließlich, es war schon Herbst, erreichten sie Elbland.

„Wir haben's geschafft!“, rief Flo und strich Fenrir über den Rücken. „Jetzt wird alles gut!“

Ein grob behauener Wegstein markierte den Übergang. Die Herbstsonne brachte das kleine Wäldchen zum Leuchten, als sie gemeinsam die Grenze überschritten.

Kaum hatten Lyka, Flo, Oskar und Fluppe einen Fuß auf elbischen Boden gesetzt, da wurden sie auch schon aufgehalten. Zwei Bogenschützen in grünen Rüstungen tauchten lautlos vor ihnen auf.

Einer der Elben hob seinen rechten Arm, während der andere vier Pfeile gleichzeitig in seinem Bogen gespannt hielt.

„Keinen Schritt weiter!“

Sie stoppten sofort.

„Keine Faxen machen", flüsterte Lyka.

Florian ging hinter Fluppe in Deckung.

„Ich bin Lyka, dies sind meine Freunde! Unser Besuch wurde Tahl Avandanda vom Blütensee, dem König des Elblands, angekündigt."

„In der Tat! Das wurde er."

Ein sehr groß gewachsener Elb trat geräuschlos aus den Hecken. Ihm folgten zwei Soldaten mit langen silbernen Schwertern, ein weiterer, der lediglich eine Fahne trug, und ein ungewöhnlich krummer, alter, faltiger Elb, der sich auf einen langen Stab stützte. Mit seinen schwarzen, funkelnden Augen und seiner großen krummen Nase erinnerte er Oskar an einen Greifvogel.

Zum Schluss brach Hekato, der weiße Wolf, aus dem Gebüsch hervor und machte einen Satz zu Lyka.

Der Fahnenträger lief vor ihnen auf und ab und hielt immer wieder die Fahne hoch in die Luft. „Der Wind kommt von dort!", stellte er fest.

„Sehr gut", sagte der große Elb. Er trat vor die Gruppe und drehte sich seitlich weg. Er guckte jetzt genau an ihnen vorbei.

„Was macht der da?", flüsterte Florian, obwohl Flüstern ja eigentlich streng verboten war.

Oskar wusste es nicht. Wie auch. Auch er war niemals zuvor Waldelben begegnet.

Daher konnte er auch nicht wissen, dass es der König der Waldelben höchstpersönlich war, der sich nun vor ihnen in Szene setzte. Dieser fand sich nämlich besonders anmutig und schön, wenn seine Haare im Wind flatterten. Warum er, wenn er unterwegs war, grundsätzlich nur mit dem Gesicht zum Wind stand.

„Da rüber!", befahl ihnen eine Wache und folgsam trotteten die Freunde einmal um den König herum, bis sie direkt vor ihm standen.

Sofort sackten seine Haare zusammen. „Der Drache steht dem König im Wind. Weg da!", befahl der Fahnenträger und Lyka gab Fluppe einen Knuff in die Seite.

Fluppe trat ein Stück nach rechts. Sofort erhoben sich die silbernen Haare des Königs wieder und flatterten, als würde er auf einem Pferd reiten.

„Ihr seht großartig aus, Majestät! Eure Haare wehen zauberhaft im Wind", zischelte der alte Elb schleimig, dessen fettige Haare weiter platt und triefend auf seinen Schultern klebten.

„Ich weiß. Lasst ein Porträt malen", antwortete der König, ohne eine Miene zu verziehen.

„Sehr wohl." Der alte Elb verbeugte sich tief und schrie „Porträtmaler!" in den Wald.

Im nächsten Moment rannte ein schwer bepacktes, kleines, kugeliges Männchen, einem Kobold nicht unähnlich, herbei.

„Sofort!", keuchte er. „Bin gleich so weit. Einen kleinen Augenblick nur!" Er rammte eine Staffelei in den Boden, stellte eine gerahmte weiße Leinwand drauf, wischte sich den Schweiß von der Stirn und begann sofort damit, den König zu malen.

Oskar war verwirrt. Wie ging es jetzt weiter? Mussten sie warten, bis das Bild fertig war?

Lyka verbeugte sich und die anderen folgten eilig ihrem Beispiel. Der Elb musterte sie regungslos. Dann stellte er sich vor. Was gerade bei eitlen Elben immer eine gewisse Zeit in Anspruch nimmt. Und dieser Elb war ganz besonders eitel.

„Mein Name ist Tahl Avandanda vom Blütensee, König des Elblands! Sohn des großen Horo Malach Mirithien von den Schlagfelsen. Enkel des nicht weniger großen Kollthala Silberschwinge. Lockenwickler des Durd Horo aus Theolobihn. Cousin des Durundi vom Silberberg. Schwippschwager der Ahn Dro Gurmie, der Eisgeborenen von Ding Dong, Königin über die Reinlande, Plankenberg und Ho Er Pel. Lose bekannt mit Thalam Palanton, legendärer Klassensprecher der 4b und viermaliger Bronzemedaillengewinner im Störcheanstarren!", beendete der Elbenkönig seine langatmige Vorstellung und musterte die Reisegruppe wieder, um sich genüsslich bestaunen zu lassen. Was ihm gelang. Die Gruppe war sprachlos.

„Also, wie heißt der jetzt?“, fragte Florian verwirrt.

„Ach ja“, begann der Elb von neuem, „an meiner Seite ist Ofido At Tat, Zunge und Finger des Königs.“

„Was ist der?“, flüsterte Oskar und fing sich je einen verärgerten Blick vom König, Ofido und Lyka ein.

„Er ist der Ratgeber und die rechte Hand des Königs“, antwortete Lyka laut. „Er führt die Geschäfte.“

„Die Geschäfte?“

„Regierungsgeschäfte! Der König hat schließlich Wichtigeres zu tun. Und jetzt halt endlich deine Klappe!“, zischte die Biestmeisterin. Der König freute sich über Oskars Anschiss so sehr, wie er sich über Oskars Geflüster geärgert hatte.

Nun wandte er sich direkt an Lyka. „Ich kenne Euch und Eure Wölfe, Lyka, mächtige Wolfsgeborene! Und Eure Ankunft war uns bekannt.“

Lyka tätschelte Hekatos Kopf, ohne den Blick von dem Waldelben abzuwenden.

„Aber wer seid ihr, fremde Reisende? Nennt mir eure Namen! Der Wolf wollte oder konnte sie uns nicht verraten“, befahl der König. Seine Stimme war kühl, fast abweisend.

„Ich bin Oskar“, sagte Oskar.

Florian zeigte mit seinem Daumen auf seine Brust. „Florian“, sagte er knapp. „Ihr könnt mich auch Flo nennen.“

„Mein Name ift Fluppe, Herr Ftorch Bronfe, äh …“, sagte Fluppe, dem sein Schädel rauschte beim Versuch, sich an den Namen des Elben zu erinnern.

„Tahl Avandanda vom Blütensee“, korrigierte der Waldelb pikiert.

„Genau, daf meinte ich auch. Tal Amanda Blütentee.“

„Nicht Tee. *See.*“

„Wohin foll ich fehen?“, fragte Fluppe und sah sich um. Was bedeutete, dass er dem König nicht mehr in die Augen blickte. Lyka boxte den Drachen wieder in die Seite.

Der Waldelb atmete schwer aus und wandte sich an die beiden Drachentöter: „So sprecht, Oskar und Florian, wo kommt ihr her? Wer sind eure Vorfahren?"

„Kennen Sie Waldende?", fragte Oskar, obwohl er die Antwort schon ahnte. Niemand, der nicht zufällig aus Waldende kam, kannte sein verschnarchtes Dorf. So ging es auch dem Elben. Er verzog nur die Mundwinkel.

„Na ja, da komme ich her und meine Eltern ..."

Lyka unterbrach ihn streng. „Wer ihre Eltern sind, wissen wir nicht. Sie sind Waisen. Ich habe sie in Dunkelpfuhl aufgesammelt."

Oskar biss sich auf die Lippen. Natürlich war es total dämlich von ihm gewesen, seine wahre Geschichte zu erzählen. Sie waren auf der Flucht, verdammt noch mal!

Der König schien mit der Antwort zufrieden zu sein oder ihn interessierten seine Gäste einfach nicht. Eins von beidem. Eher Letzteres, dachte Oskar, während der König gelangweilt in ein Seidentuch gähnte.

Die Zunge blieb skeptisch.

„Waisen. Soso", sagte Ofido leise und mit dem falschesten Lächeln, seit Oskar sich für ein gerahmtes Pferdeposter bei seiner Tante Betti bedankt hatte.

Der König steckte sein Tuch ein. „Nun, Lyka, was führt Euch und Eure Begleiter nach Elbland? Sprecht, was ist Euer Begehr?"

„Unsere Freunde Fenrir Dunkelfell und Fluppe sind verletzt. Nur Ihr und Eure über die Grenzen des Elblands gerühmte Großherzigkeit und Weisheit können sie heilen."

Der Elb lächelte. Lobhudeleien waren bei Elben sehr geschätzt. In jedem Theaterstück auf Elblands Bühnen nahm das Lobpreisen des Königs nicht nur eine gute Stunde in Anspruch, sondern war auch äußerst beliebt. Beliebter sogar als die eigentlichen Theaterstücke, die erst nach der Pause vor leeren Rängen aufgeführt wurden.

Elben waren wirklich furchtbar eitle Geschöpfe.

Oskar bewunderte den König trotzdem. Er war so schön. Sein Gesicht war fein geschnitten, sein Haar flatterte hübsch im Wind und sein schlanker Körper war in edles, schimmerndes Tuch gehüllt, das leise wie ein weit entferntes Meer rauschte. Den krummen Elben dagegen fand Oskar überhaupt nicht bewundernswert. Er sah wie ein Stinkstiefel aus. Irgendwie knurrig und schlecht gelaunt. Jedes Mal, wenn sich Oskars und Ofidos Augen trafen, spürte Oskar, dass die Zunge ihn verabscheute. Wenn nicht sogar hasste.

Aber warum beobachtete er ihn ständig? Ofido schien nur Augen für Oskar zu haben. Sollte er doch mal Florian so anstarren oder Lyka und nicht immer nur ihn!

Und Ofido tat ihm den Gefallen. Er ergriff das Wort und richtete es an Lyka. Seine Stimme schwappte weich aus seinem zahnlosen Mund. Allerdings nicht auf eine fürsorgliche

Krankenschwesternart, sondern eklig schleimig. Und exakt so falsch und verlogen wie sein schiefes Grinsen, das er sich wie eine Maske aufgesetzt hatte.

„Es ist natürlich unsere elbische Pflicht, Euch aufzunehmen und Eure Kranken und Verletzten zu heilen, große Biestmeisterin. Doch wollen wir nicht unerwähnt lassen, dass wir einen Drachen nicht länger als unbedingt nötig beherbergen wollen", sagte die Zunge.

„Was? Ich hab nicht kapiert, was er gesagt hat", flüsterte Florian.

„Sie mögen Fluppe nicht", flüsterte Oskar.

„Wieso das denn nicht?"

Die Augen des Waldelben blitzten auf. Oskar spürte einen kurzen stechenden Schmerz in der Brust.

„Weil wir keinen Ärger mit Königin Elder Sarina von Goldenhöhe wollen", antwortete die Zunge mit schneidender Stimme. „Drachen sind ihre Todfeinde. Und wer mit ihnen gemeinsame Sache macht, ebenso."

Während der König weiter ruhig und würdevoll in der Gegend rumstand und die Zunge Oskar nicht aus den Augen ließ, wurden die beiden Wachen langsam unruhig.

„Eure …", flüsterte schließlich eine.

„Was ist?", zischte die Zunge genervt.

„Ich wollte höflichst darauf hinweisen", begann die Wache, „dass wir eigentlich wegmüssten."

„Warum?", fragte der König. „Wollt ihr vielleicht eines der wundervoll traurigen Gedichte lesen, die ich über die Wachen des Elblands auf Papier geweint habe?"

„Nun, mein König, äh … nein."

„Wie bitte?" Der König, eben noch gnädig, klang beleidigt.

Die Wache verbeugte sich vorsorglich so tief wie möglich. „Wir lieben Eure Gedichte mehr als unser Leben, Majestät. Aber es ist gleich Vollmond, und wenn wir uns nicht beeilen, kacken uns die Werwölfe wieder den Gemüsegarten voll."

Zuckungen verzerrten das starre, würdevolle Gesicht des Elben.

Die Zunge verlor jede Vornehmheit. „Worauf wartet ihr noch? Wir kommen hier allein zurecht. Lauft. Lauft!"

„Seid Ihr sicher?", fragte die Wache.

Die Zunge wurde böse. Seine zerfurchten Wangen bekamen rote Flecken. „Ja, und jetzt beeilt euch, ihr Deppen! Morgen ist Eintopf-Dienstag!"

Die beiden Wachen traten gleichzeitig einen Schritt vor. Sie verbeugten sich synchron, ernteten aber nur ein genervtes „Jaja, beeilt euch!".

Dann hasteten sie mit klappernder Rüstung den Weg hinunter.

„Nun", begann der König, nachdem die Wachen verschwunden waren, „ich habe eine gute Nachricht für euch." Er zwinkerte Oskar, Florian und Lyka gönnerhaft zu.

Prima, dachte Oskar. Gute Nachrichten waren selten, aber immer willkommen.

„Ich habe zu Ehren eures Besuchs in Elbland ein Gedicht verfasst, das ich euch morgen in einem vierstündigen Vortrag zum Besten geben werde!"

Tolle gute Nachricht, dachte Oskar enttäuscht. Ein Gedicht. Ein vier Stunden langes Gedicht. Wie zum Teufel sahen in Elbland schlechte Nachrichten aus? Ihr müsst euch ein fünf Stunden langes Gedicht anhören, während euch Ratten die Füße anknabbern?

Auch Florian verlor nicht gerade den Verstand vor Freude. „Vier Stunden!", japste er.

Lyka verneigte sich. „Welch große, unverdiente Ehre, Eure Majestät! Doch muss ich leider bei den Kranken bleiben." Mit einem Blick auf den König setzte sie hinzu: „Zu meinem qualvollen Bedauern."

Der König nickte verständnisvoll und strahlte seine verbliebenen Zuhörer mit blitzweißen Zähnen an. Als ihm die Begeisterungsstürme allerdings zu lau und lustlos entgegenwehten, verfinsterte sich seine Laune schlagartig.

„Freut ihr euch etwa gar nicht?", fragte er lauernd.

„Doch! Und wie!", rief Florian schnell.

„Ich liebe Gedichte!", heuchelte Oskar. Das war nicht vollständig gelogen – schließlich hasste er sie auch nicht. Zumindest solange er sie nicht im Unterricht besprechen musste.

„Fuper! Ich freu mich fon!“, jubelte Fluppe.

„Du wirst nicht dabei sein, du musst zu den Heilern“, erinnerte ihn Lyka.

„Gott fei Dank“, seufzte Fluppe erleichtert, was ihm bitterböse Blicke des Königs und den anderen eine Einladung einbrachte, die eher wie eine richterliche Vorladung klang.

„Ich erwarte euch morgen Nachmittag Punkt vier Uhr in meinem Palast zur Lesung. Geht vorher aufs Klo.“

Dann gähnte der König ausgiebig.

„Wie weit seid ihr mit dem Bild?“, fragte er seinen Porträtmaler.

„Fast fertig, Eure Hoheit!“, antwortete der pinselschwingende Kobold.

„Gut, denn ich bin erschöpft und außerdem ist mir langweilig. Wir brechen auf! Ach ja, lasst ihnen die Augen verbinden! Auch Lyka.“

„Aber, Eure Majestät“, protestierte Lyka freundlich, „bei allem Respekt, Tahl Avandanda, großer König des Elblands, ich kenne den Weg nach Eichenfall bereits.“

Ofido antwortete für den König. Der war nämlich damit beschäftigt, sich etwas seitlich hinzustellen. Der Wind hatte sich leicht gedreht.

„Ihr kennt nur den offiziellen Weg. Nicht den schnellen des Alten Rats. Und das bleibt auch so, verehrte Biestmeisterin.“

„Ich verstehe“, sagte Lyka und lächelte.

„Und noch etwas“, sagte Ofido. „Eure Waffen müssen wir euch natürlich abnehmen. Ihr bekommt sie wieder ausgehändigt, sobald ihr Elbland verlasst.“

Oskar und Florian wollten protestieren. Aber es half nichts. Die Wachen traten zu ihnen und Oskar und Florian übergaben ihre Schwerter.

Ofido hob seinen Stab und aus dem Wald kamen Tücher, schnell wie Schwalben, auf sie zugeflattert. Ein Tuch knallte in Oskars Gesicht, wickelte sich um seinen Kopf, verdeckte seine Augen und verknotete sich selbstständig. Oskar sah nichts mehr. Aber er roch eine Menge. Das Tuch duftete nach Blumen. Schwer und süß. Oskar atmete tief ein.

Sein Magen kribbelte und dann wurde ihm schwindelig.

„Heeeeerrliche Blumen“, hörte er Fluppe stöhnen. „Blumen! Überall Blumen! Wie wunderfön!“

Oskar ging es nicht anders. Auch er konnte keinen klaren Gedanken mehr fassen. Er dachte nur an duftende Blumen und prächtige Blüten. Er sah sich über eine bunte Blumenwiese hüpfen. Sah, wie er sich glücklich im Kreise drehte.

„Sie sind so weit. Wir können, Eure Majestät“, sagte die Zunge.

„Dann los. Öffnet die Erde.“

Ein Zimmer ohne Decke

Als Oskar wieder zu Sinnen kam, lag er auf dem bequemsten Bett, das man sich nur vorstellen kann. Puderweich war es, bespannt mit seidenen Laken, die Oskars Haut streichelten. Ein fluffiger Überwurf, dick wie eine Schneewehe, aber trotzdem federleicht, umarmte ihn wie eine Mutter.

Oskar blinzelte durch Zweige und Äste in das leuchtende Blau des Himmels. Er war in einem Zimmer. Aber das Zimmer hatte keine Decke.

„Irre, oder?“ Florian, der an einem großen runden Fenster stand, strahlte Oskar an.

„Ja“, gähnte Oskar. „Wo ist die Decke?“

„Gibt keine.“

„Und wenn es regnet?“

„Dann werden wir wohl nass“, lachte Florian.

Oskar sah sich um. Sie waren definitiv in einem Schlafzimmer. Da waren eine Tür, drei Fenster, drei Betten, drei mit

Schnitzereien verzierte Nachttischchen, ein Kleiderschrank und dicke Sitzsäcke, die vor einem flachen Tisch lagen. So weit, so normal.

Nur befand sich dieses Zimmer nicht in einem Haus. Es schien auch nicht gebaut worden zu sein. Das Zimmer war offensichtlich so gewachsen.

„Sind wir in einem *Baum?*", fragte Oskar verblüfft.

Florian nickte strahlend. „Glaub schon! Guck dir das mal an!"

Oskar sprang aus dem Bett und stellte sich neben Florian. Sie befanden sich mitten in einem Wald – genauer gesagt in einer Art Wald-Dorf. Denn die Bäume hier hatten allesamt Fenster, Türen und sogar Balkone und waren durch Trampelpfade auf dem Boden oder Holzbrücken in der Luft miteinander verbunden. Obwohl der Winter Elbland fest im Griff hatte, blühten überall Blumen. Weiße Blümchen säumten die Trampelpfade, weiße Kletterrosen wanden sich um die Baumstämme und weiße, prächtige Blüten, so groß wie Lampions, hingen von den Ästen. Kristalle und Eiszapfen glitzerten in den Bäumen. Und zwischen den Schneeflocken tanzten ein paar weiße Schmetterlinge.

„Wunderschön, oder?", fragte Florian Kekskrümel spuckend.

„Ja."

Das war es. Unglaublich schön.

„Auf dem Tisch stehen übrigens Kekse und Tee."

Die Kekse waren klein, nussig und so süß wie der Tee, der zur Hälfte aus Honig bestand. Heiß und cremig und sättigend rann er in ihre Bäuche.

Oskar konnte sich nicht daran erinnern, wann er sich das letzte Mal so wohl und sicher gefühlt hatte. Ein breites Grinsen kroch in sein Gesicht. Er war glücklich. Rundum glücklich. Endlich lagen alle Gefahren hinter ihnen. Jetzt musste Fluppe nur noch gesund werden, während sie sich die Zeit in Elbland vertrieben. Dann würden sie auf seinem Rücken zum Brodelnden See fliegen und sich ein für alle Mal nach Hause wünschen.

Florian, der weiter übermütig von einem Fenster zum nächsten hüpfte, ging es nicht anders. „Sieh dir die Vögel an! Da ist ein weißer Rabe! Elbland ist fantastisch!"

„Dann wartet mal ab, bis ihr nach Eichenfall kommt!", hörte Oskar eine Stimme hinter sich, die er nur zu gut kannte.

„Lissy!" Wie ein geölter Blitz fuhr Oskar herum und flog seiner Freundin um den Hals.

„Hey. Hey! Immer langsam mit den jungen Einhörnern!", lachte Lissy, während auch Florian sie stürmisch umarmte.

„Mann, Lissy, ist das schön, dich wiederzusehen!"

„Wie geht es dir?", fragte Oskar besorgt.

„Gut", sagte Lissy und klopfte sich den Schnee von der Jacke.

„Und was ist mit …?“ Oskar stockte.

„Horand? Er lebt!“, sagte Lissy trotzig.

„Wirklich? Hast du ihn gesehen?“, fragte Florian aufgeregt.

„Nein.“

Stille.

Oskar drehte sich weg.

„Er lebt ganz sicher. Ich spüre das.“

„Dann lebt er auch.“

Florian klang überzeugt. Oskar war das nicht. Er versuchte, dem Gespräch zu entfliehen, indem er Lissy eine Tasse Tee einschenkte.

„Danke.“ Lissy nahm die Tasse entgegen. „Du glaubst mir nicht, oder?“, fragte die Drachentöterin scharf.

Oskar suchte nach Worten, die Lissy nicht die Hoffnung raubten. Andererseits – war es nicht besser für sie, das Geschehene hinzunehmen und nach vorne zu blicken? Auch wenn der Schmerz jetzt noch quälend war? Horand war tot. Da war sich Oskar sicher.

„Ich …“, Oskar zögerte, „ich weiß es einfach nicht. Ich habe ihn auf dem Boden liegen sehen. Und …“

„Aus hundert Metern Höhe!“

„Es waren noch keine hundert Meter …“

„Na und? Es war auf alle Fälle so hoch, dass du nicht sehen konntest, ob er atmet oder nicht.“

„Das stimmt, aber …“

„Schluss jetzt! Ich weiß, dass er lebt!“

Oskar schwieg.

„Wir haben sein Grab gefunden. Es war leer“, sagte die Drachentöterin mit fester Stimme.

„Na also!“, rief Florian. „Wenn das kein Beweis ist!“

Ein leeres Grab war seltsam, das stimmte. Aber war in Drachenhöhe nicht fast alles seltsam und die Königin eine durchgeknallte Wahnsinnige? Es konnte tausend Gründe geben, warum man Horand nicht in seinem Grab beerdigt hatte. Dass er noch lebte, war nur ein möglicher Grund. Und aus Oskars Sicht der unwahrscheinlichste.

„Ich werde ihn finden. Es mag dauern. Aber ich werde ihn finden!“, wiederholte Lissy mit einem Blick, der keinen Widerspruch duldete.

„Ja, das wirst du!“, rief Florian und reckte feierlich seine Tasse in die Höhe. Auch Lissy und Oskar hoben ihre Tassen und sie stießen an.

„Auf Horand und dass Lissy ihn findet!“

„Auf Horand!“, rief Lissy.

„Auf Horand“, sagte Oskar und lächelte gequält.

Sie leerten ihren Tee in einem Zug und spülten hastig mit kaltem Wasser nach, bis ihre verbrannten Zungen sich wieder etwas beruhigt hatten.

„Wo ist Hinnerdir?“, fragte Oskar neugierig.

„Weiß ich nicht. Ist mir auch egal. Der hat mich im Stich

gelassen. Kaum dass wir die Katakomben durchquert hatten, ist er abgehauen und erst wieder aufgetaucht, als ich längst aus Goldenhöhe raus war. Und jetzt ist er verschwunden. Dieser miese Feigling!"

Feigling? Auch Oskar traute Hinnerdir nicht mehr so ganz über den Weg. Aber immerhin hatte er mit Lissy die Katakomben durchquert. Und auch, wenn es mit Sicherheit nicht in Ordnung war, Drachen ihre Eier zu stehlen, brauchte man dafür ja wohl Mut. Jede Menge Mut.

„Hinnerdir ein Feigling? Das glaube ich nicht", fasste Oskar seine Gedanken zusammen.

„Vielen Dank, Oskar. Ich bin auch keiner."

Oskar, Florian und Lissy wirbelten herum. Der Drachenei-Sammler fläzte sich, eine Tasse Tee in der rechten Hand und einen Keks in der linken, gemütlich auf einem der Sitzkissen und grinste zufrieden. Und er hatte sich verändert. Sein Bart war lang und grau, genau wie seine Haare. Er trug einen Umhang und einen spitzen Hut. Hinnerdir sah fast aus wie der Zauberer, der Oskar nach Drachenhöhe gelockt hatte.

Florian und Oskar strahlten. Lissy nicht.

„Wie kommst du hier rein?", fragte Florian verdutzt und sah automatisch nach oben.

Hinnerdir, der Florians Blicken gefolgt war, schüttelte den Kopf. „Da kann man nicht durch. Es hat ein unsichtbares Dach. Die Tür war offen."

Oskar beneidete Hinnerdir. Der war flink und geschickt wie eine Katze. Verglichen mit ihm sortierte sich Oskar eher bei den Elefanten ein.

„Da bist du ja wieder, Verräter!“, zischte Lissy.

„Hey, das ist nicht fair!“, protestierte Hinnerdir. „Abgemacht war, dass ich dich sicher durch die Katakomben bringe. Und das habe ich getan.“

„Und dann bist du weggelaufen.“

„Hättest du mich denn an deiner Seite haben wollen?“

„Nein. Natürlich nicht.“

„Siehst du?“, Hinnerdir biss genüsslich vom Keks ab.

Seine Gelassenheit nervte Lissy. Sie stemmte die Hände in die Seite. „Warum haben sie dich überhaupt reingelassen? Die Waldelben hassen euch Elstern!“

„Sie haben mich nicht erkannt. Sie halten mich für einen Zauberer.“ Grinsend lehnte Hinnerdir sich zurück. „Die Idee ist mir in den Katakomben gekommen. Gut, oder?“

Oskar sah, wie Lissy ihre Hände zu Fäusten ballte, und fand, dass es an der Zeit war, das Thema zu wechseln.

„Wisst ihr, wo Fluppe und Fenrir sind?“

„Fenrir?“, fragte Lissy.

„Ein Wolf. Er ist verletzt. Lange Geschichte“, erklärte Oskar.

„Fluppe ist bei den Heilern, und wenn der Wolf verletzt ist, wird er auch da sein“, sagte Lissy.

Oskar klatschte in die Hände. „Na, dann los, besuchen wir sie!“

„Geht nicht“, sagte Hinnerdir. „Die Heilkunst der Waldelben ist so berühmt wie geheim. Niemand darf sie bei ihrer Arbeit sehen.“

„Wieso das denn nicht?“, fragte Oskar.

„Wie ich gerade sagte: Ihre Heilkunst ist fast so alt wie die Erde, sie ist streng geheim. Ihr Wissen wird nur von Heiler zu Heiler weitergegeben.“

Oskar dachte nach. Wie dämlich war das denn? „Das ist doch Quatsch. Wovor fürchten sich die Heiler? Dass alle gesund sind, wenn ihr Wissen allen Lebewesen zur Verfügung steht?“

„Gute Frage“, gab Hinnerdir nachdenklich zu.

Oskar war noch nicht am Ende. „Die Heiler nehmen also die ganze Zeit Kranke und Sterbende in Kauf, nur um als die Superschlauen abgefeiert zu werden?“ Das schienen genauso fiese Typen zu sein wie Oskars Sitznachbar Björn, der nur Einser in Mathe hatte, aber ihn nie abschreiben ließ. Oskar schnaubte wütend.

Hinnerdir kratzte sich nachdenklich seinen Dreitagebart. „So habe ich das noch nie betrachtet.“

Florian schlug Oskar zustimmend auf die Schulter. „Oskar hat Recht. Los, gehen wir einfach hin! Ich will Fenrir und Fluppe sehen.“

Hinnerdir blieb sitzen und knabberte am Keks. Lissy warf sich auf das freie Bett und verschränkte die Arme hinter ihrem Kopf. Für einen kleinen Moment waren ihre verbrannten Ohren zu sehen, bevor Lissy sie schnell wieder unter ihren Haaren versteckte.

Florian glotzte von einem zum anderen. „Was ist? Auf geht's!“

„Oskar mag Recht haben, trotzdem kommen wir da nicht rein“, sagte Lissy. „Und wenn doch, dann werden die Heiler Fluppe und den Wolf rauswerfen. Und damit ist keinem geholfen. Vor allem den beiden Verletzten nicht.“

Hinnerdir erhob sich. „Wer weiß?“, sagte er großspurig. „Ich sehe mal, ob ich nicht was für euch tun kann.“

Lissy schnaubte verächtlich.

„Ja. Bitte!“, sagte Oskar dankbar. Hoffentlich ging es seinen Freunden schon besser!

Als Hinnerdir verschwunden war, sahen sich Oskar und Florian an.

„Und nun? Was machen wir jetzt?“

„Sehen wir uns Eichenfall an!“, schlug Oskar vor.

„Super Idee!“, rief Florian und zog sich seine Jacke über.

„Ich komme mit“, sagte Lissy und schwang sich aus dem Bett.

Eichenfall

Die Frühlingssonne ließ den Schnee rasch schmelzen. Durch den Schnee brachen die ersten Krokusse und an den Bäumen spross zartes Grün. Und davon gab es eine Menge. Denn alle Häuser, die sie auf ihrem Weg in die Hauptstadt des Elblands passierten, waren im Grunde nichts anderes als Bäume.

„Ob die wohl so wachsen oder werden die später ausgehöhlt?“, fragte Oskar.

„Keine Ahnung. Die sehen so aus, als würden sie so wachsen“, vermutete Florian.

„Glaube ich auch“, sagte Lissy. Sie hatten das kleine Dorf, in dem sich ihre Unterkunft befand, schnell hinter sich gelassen. Ein schmaler Weg schlängelte sich durch eine Blumenwiese nach Eichenfall.

„Das würde Fluppe gefallen!“, sagte Florian und bückte sich, um an einer der kleinen schillernden Blüten zu schnuppern.

„Komischerweise sind *alle* Drachen große Fans von Blumen“, erklärte Oskar, der sich an ein Buch erinnerte, das er mal im Drachentöterhaus gelesen hatte. „Und Mikado lieben sie auch.“

Florian sog den Duft der Blume tief ein. „Mmmh! Die riecht nach Schokoladenkuchen mit Vanillesoße! Schnuppert auch mal!“ Begeistert rupfte er die kleine Blume aus der Erde.

Die fand das gar nicht witzig. Sie quoll auf, rüttelte und schüttelte sich und versprühte eine überraschend riesige Wolke Blütenstaub. Mitten in Florians Gesicht.

Jeder einzelne Pollen, der seine Haut berührte, explodierte wie eine Silvesterrakete in winzige grellbunte Funken. „Aua! Autsch. Das brennt! Aua. Au. Autsch!“ Florian hopste auf der Stelle und schlug die kleinen Funken aus, die sich in seine Haut brannten. Dann ließ er endlich die Blume fallen. Die, kaum auf dem Boden, richtete sich auf, marschierte schnurstracks zurück an den Platz, an dem sie gewachsen war, und grub sich wieder ein.

Oskar und Lissy prusteten los, als sich Florian vor der Blume aufbaute und drohend seine Faust schüttelte. „Komm nur her, du!“, schrie er zornig. „Das machst du kein zweites Mal!“

Die beiden anderen hielten sich den Bauch vor Lachen.

„Tolle Leistung! Du wurdest von einem Blümchen besiegt!“, japste Oskar.

„Klappe!“, meckerte Florian und drehte sich zu ihnen um.

Lissy konnte sich nicht mehr auf den Beinen halten. Als sie Florians versengtes Gesicht sah, fiel sie grölend auf die Knie. „Hast du die Windpocken?“, gluckste sie.

„Oder Pickel?“, lachte Oskar.

Obwohl Florians Gesicht brannte und er aussah, als hätte er in einem Wespennest geschlafen, musste auch er nun grinsen.

„Blöde Blume“, schimpfte er, während sie kichernd und feixend weiterspazierten.

Am anderen Ende der Wiese befand sich ein Wäldchen,

umgeben von einem hohen Zaun. Eine Schlange hatte sich vor dem einzigen Zugangstor gebildet. Es waren Elben in weißen Gewändern, die dort anstanden, mit schlohweißen Haaren und langen Bärten.

„Das ist bestimmt das Krankenhaus", flüsterte Oskar.

„Kannst du Fenrir oder Fluppe sehen?", fragte Florian, der ein gutes Stück kleiner war als Oskar.

Oskar stellte sich auf die Zehenspitzen und suchte das Wäldchen mit den Augen ab. Das Gute an Drachen ist, dass man sie meistens recht schnell entdeckt. „Ne", sagte Oskar und tauchte wieder ab. „Aber was ist das da oben … zwischen den Bäumen?"

Florian und Lissy folgten Oskars Finger. Hoch oben zwischen den Bäumen schwebte etwas Grünes.

„Wo? Ah. Keine Ahnung", sagte Florian.

„Das müssen die berühmten hängenden Gärten sein!", rief Lissy mit leuchtenden Augen. „Dort bauen die Heiler ihre Kräuter an."

„Und das machen die da oben, damit niemand ihre Geheimnisse klaut, wetten?", sagte Oskar verärgert.

„Ich glaub eher wegen der Schädlinge", widersprach ihm Lissy. „Ihr wisst schon, Blattläuse, Maulwürfe, Wurzelgnome."

Die Wachen hatten ihre Neugier bemerkt und begannen zu tuscheln. Ihr Misstrauen war geweckt.

„Ich denke, wir gehen besser weiter", sagte Oskar.

„Du hast Recht. Die sehen nicht gerade nett aus."

„Ist auch nicht mehr weit", sagte Lissy und winkte den Wachen freundlich zu.

Und direkt hinter dem Wäldchen begann Eichenfall. Das Zentrum des Elblands.

Oskars erster Eindruck: Türme.

Sein zweiter: jede Menge Türme. Und kein einziges normales Haus. Wie in New York, dachte er. Nur gemütlicher und mit runden Baum-Türmen statt Hochhäusern.

Fantastisch. Es war einfach fantastisch! Oskar war hin und weg und verrenkte sich fast den Hals, weil er sich an den himmelhohen Bäumen nicht sattsehen konnte. Kreuz und quer standen sie auf einer sachten Anhöhe. Blumengesäumte Wege statt gepflasterter Straßen verbanden die einzelnen Türme miteinander. Und obwohl überall ein geschäftiges Treiben herrschte, war es auffällig ruhig und friedlich. Kein Vergleich mit dem Chaos auf Goldenhöhes Straßen. Niemand schrie sich an. Niemand rempelte und niemand versuchte Oskar zum Kauf von Blödsinn zu ermuntern. Dabei gab es viele Geschäfte und Lokale, die allesamt in den unteren Etagen der Türme untergebracht waren.

Oskar erkannte Geschäfte für Umhänge und Roben, für Haarspangen und Schmuck, etliche Friseure, ein Schuhgeschäft mit Schuhen, die so sehr in der Sonne glänzten, dass sie Oskar blendeten. Aus einem kleinen Laden für Kräuter und Blumen schwebten fliederfarbene Wölkchen, die duftend auf die Beete niederregneten und neue Blumen keimen ließen. Über dem kleinen Kräuterladen war ein Gasthaus, das den schönen Namen „Speisen der Götter" trug.

„Hunger jemand?", fragte Lissy.

„Und wie! Aber hat wer Geld?", fragte Oskar.

„Na ich!", sagte Lissy und zog ein braunes, klimperndes Ledersäckchen aus ihrer Tasche.

„Cool!", freute sich Florian. „Woher hast du das?"

„Aus Goldenhöhe."

„Hast du es gestohlen?"

„Nein. Ausgeliehen."

„Von wem?"

„Wollt ihr was essen oder wollt ihr lieber quatschen?", fragte Lissy leicht genervt und sprang die geschwungene Treppe hoch, die zum Eingang führte. Schon hatte sie die Tür aufgestoßen und verschwand im Vorraum.

Oskar zögerte eine Sekunde. Woher hatte sie das Geld? Egal. Sie waren schließlich auf der Flucht. Einen Job annehmen und ehrlich Geld verdienen war ja wohl kaum möglich. „Ach, das passt schon", murmelte er und eilte die Stufen hoch.

Das Gasthaus war brechend voll. Mühsam quetschten sie sich auf der Suche nach einem freien Platz durch die Menge.

Misstrauische Blicke folgten ihnen auf Schritt und Tritt. Willkommen waren sie offensichtlich nicht.

„Sucht ihr mal einen Platz. Ich muss aufs Klo", sagte Lissy und verschwand.

Am hinteren Ende des Lokals entdeckten sie endlich einen Tisch, an dem nur ein einzelner Elb Platz genommen hatte. Der Elb saß mit dem Rücken zu ihnen. Trotzdem erkannte Oskar ihn sofort. Er wollte seinen Freund schnell weiterziehen, als er Florian laut rufen hörte: „Ofido!"

Der Ratgeber des Königs drehte sich um. Auf seinem Gesicht konnte man ablesen, wie sehr er sich freute, Oskar und Florian zu sehen. In etwa so wie über einen vereiterten Backenzahn.

„Guten Tag, wie geht es Ihnen?", fragte Oskar höflich. „Wir wollten nur ..."

„Dürfen wir uns zu Ihnen setzen?", unterbrach ihn Florian und zeigte auf die unbesetzten Stühle.

Ofido verdrehte seine Augen. „Von mir aus", muffte er und schob ein paar Papiere zusammen, die er auf dem Tisch ausgebreitet hatte.

Oskar und Florian setzten sich und Oskar sah sich um. Das Gasthaus war hell und freundlich, viele ovale Fenster spendeten Licht. Zwischen den Fenstern hingen gerahmte Ölgemälde, die alle nur ein Motiv kannten: den König mit im Wind flatterndem Haar in knallbunter Umgebung. Auf einem Bild streichelte er ein Einhorn. Auf einem anderen stand er auf einem Regenbogen und auf einem dritten ritt er auf einem Einhorn über einen Regenbogen.

„Die Bilder könnten auch im Kinderzimmer eines fünfjährigen Mädchens hängen", raunte Florian Oskar zu.

„Nur wenn das Mädchen farbenblind ist. Die Bilder sind scheußlich."

Ofido musterte sie misstrauisch. „Was gibt es da zu flüstern?", fragte er zischend.

Siedend heiß fiel Oskar Lykas Regel ein. „Nichts", beeilte er sich zu sagen. „Entschuldigung. Wir wollten Sie nur nicht stören."

Florian konnte ein Grinsen nicht unterdrücken.

Was dem Berater des Königs nicht verborgen blieb.

„Was lachst du so blöd?"

„Nur so. Ich … äh … ich freue mich bloß auf das Gedicht heute Nachmittag."

Ofidos Gesicht entspannte sich. Er lächelte fies. „Natürlich. Welcher Junge liebt Gedichte nicht?", sagte er mit hochgezogener Augenbraue.

Oskar war irritiert. Irgendetwas gefiel ihm nicht an diesem Grinsen.

„Da seid ihr ja!", ertönte auf einmal Lissys Stimme.

Ofidos Miene gefror, als sich die Drachentöterin zu ihnen setzte.

„Hallo, ich bin Lissy", stellte sie sich vor und reichte dem Elben die Hand.

Der ignorierte die Begrüßung und wurde hektisch. Eilig rollte er ein Pergament zusammen und klemmte sich seine Papiere unter den Arm.

„Muss los. Geschäfte. Arbeit. Keine Zeit", brabbelte er. Dann erhob er sich stöhnend, schnappte sich seinen Stab und humpelte hastig davon.

„Was hat den denn gebissen?", fragte Florian.

„Komischer Vogel. Kennt ihr den?", fragte Lissy.

„Ja. Das ist die rechte Hand und die Zunge des Königs", erklärte Florian. Sie sahen dem alten Elben nach, der in alle Richtungen Hiebe mit seinem Stab austeilte und sich so durch das Lokal zum Ausgang kloppte.

„Genau. Die rechte Hand, die Zunge und der Arsch ist er auch noch", sagte Oskar.

Florian lachte und Lissy wurde neugierig. „Los, erzählt! Wie ist es euch ergangen?"

Bevor Oskar und Florian loslegten, bestellten sie bei einer außergewöhnlich unfreundlichen Kellnerin ein paar Getränke und ein spätes Frühstück.

„Brot, Marmelade, Blütentee und zweimal Schokoladen-Limonade."

Dann erzählten Oskar und Florian abwechselnd von ihren Abenteuern. Und sie ließen nichts aus. Haarklein berichteten sie, wie sie sich fast im Wald verlaufen hätten, weil Fluppes Drachenkompass nicht richtig funktionierte, und wie Oskar auf die riesigen Bäume geklettert war und die Weißen Reiter entdeckt hatte. Wie sie von Hütte zu Hütte den Fluss Reißwasser entlanggelaufen waren und wie sie gefroren hatten, weil sie kein Feuer machen durften. Bis kurz vor Dunkelpfuhl waren sie mit ihrer Erzählung gekommen – als auf einmal Hinnerdir wie aus dem Nichts auftauchte.

Der Drachenei-Sammler schnappte sich den letzten freien Stuhl und rückte ihn an den Tisch.

„Und? Können wir Fenrir und Fluppe besuchen?", bestürmte Florian ihn sofort.

„Nein. Aber es geht ihnen gut. Sehr gut sogar. Der Wolf ist fast geheilt und auch Fluppe macht große Fortschritte."

„Also wird er wieder fliegen können?"

„So ist es."

„Astrein!", jubelte Oskar.

„Und wie lange muss Fluppe jetzt noch im Krankenhaus bleiben?"

„Ein paar Tage vielleicht. Das ist nicht ganz sicher. Die Elben heilen selten Drachen", antwortete Hinnerdir und bestellte sich einen Krug Brennnesselwein bei der pampigen Kellnerin.

Oskar sah ihr kopfschüttelnd nach. „Sind alle Waldelben so unhöflich?", fragte er.

„Nicht alle. Und eigentlich sind sie nur zu uns unfreundlich", antwortete Hinnerdir.

„Warum?"

„Sie mögen uns nicht, weil wir aus Drachenhöhe sind."

„Ja und?", fragte Oskar. Es konnte doch niemand etwas dafür, wo er herkam. Und sein Zuhause war ja eigentlich sowieso Waldende. Drachenhöhe konnte ihn mal kreuzweise.

„Die Waldelben misstrauen allen aus Drachenhöhe", fuhr Hinnerdir fort. „Drachenhöhe geht es schlecht. Es gibt kein Gold mehr. Aber da die Königin trotzdem auf nichts verzichten will, muss die Bevölkerung leiden. Sie verarmt und wird unruhig."

Oskar musste lachen. „Wie bitte? Verarmt? Warst du noch nie in Goldenhöhe?"

Die Stadt war prächtig. Die Geschäfte waren voller Waren und, was noch wichtiger war, voller Kunden.

„Goldenhöhe hält sich noch. Aber die Einwohner, die in den ländlichen Gebieten leben, werden immer ärmer und ärmer. Es gibt kein Gold mehr, das die Königin ihnen geben könnte."

„Na, dann müssen sie halt was anderes machen. Arbeiten gehen zum Beispiel", sagte Florian.

Hinnerdir sah ihn ernst an. „Aber wo? Ihre Felder sind Wüsten, ihre Flüsse vergiftet und die Wälder wurden gerodet. Alles, um an das Gold zu kommen."

Oskar zuckte mit den Schultern. „Aber was haben wir damit zu tun? Ich meine, die Waldelben können uns das doch nicht vorwerfen?"

„Wir kommen aus Drachenhöhe, das reicht ihnen. Waldelben sind geizig. Sie wollen nicht teilen. Und sie befürchten, dass immer mehr Einwohner Drachenhöhes auf die Idee kommen, bei ihnen Schutz und Arbeit zu suchen. Außerdem hassen sie die Königin."

„Das finde ich gut", sagte Oskar, dem die Waldelben auf einen Schlag wieder viel sympathischer waren.

Sie blieben bis zum Nachmittag sitzen. Tranken süße Limonade und knabberten ein Gebäck, das, während man es kaute, ständig seinen Geschmack veränderte. Von Vanilleeis bis Grünkohl.

Hinnerdir sah zum Fenster hinaus und prüfte den Stand der Sonne. „Es wird Zeit für euch. Wie ich hörte, habt ihr eine Einladung vom König."

„Ja, wir müssen uns ein Gedicht anhören. Kommst du mit?", fragte Oskar. Mit Hinnerdir an seiner Seite fühlte er sich immer viel sicherer.

Ein spöttisches Lächeln huschte über Hinnerdirs Gesicht. „Ich bin nicht eingeladen", sagte er und seinen leuchtenden Augen nach zu urteilen, fand er das auch ganz prima so.

„Und du, Lissy? Kommst du mit?"

„Nein“, sagte die Drachentöterin kurz.

„Mist. Dann müssen wir wohl alleine dahin“, sagte Florian enttäuscht.

Hinnerdir beugte sich über den Tisch. „Hört mir genau zu“, flüsterte er. „Es gibt eine Regel bei königlichen Auftritten, die ihr kennen solltet.“

„Ja?“, fragten Oskar und Florian zeitgleich.

„Wer einschläft, wird in den Kerker geworfen.“

„Für wie lang?“, fragte Florian kreidebleich.

„Kommt darauf an.“

„Worauf kommt es an?“

„Wie lange du im Kerker überlebst.“

An ihrem Tisch war es mit einem Mal ganz still. Oskar versuchte zu verdauen, was er soeben gehört hatte.

„Kopf hoch, ihr seid doch beide ausgeschlafen“, sagte Hinnerdir aufmunternd. „Wird schon alles gut gehen. Ihr müsst jetzt los, ich bringe euch hin. Der Königsturm ist nicht weit von hier.“

Lissy holte ihr Geld aus der Tasche, aber Hinnerdir kam ihr zuvor. „Ich mach schon“, sagte er und legte ein paar Münzen auf den Tisch.

Das Gasthaus hatte sich mittlerweile geleert und auch die Wege waren nicht mehr so überfüllt wie noch vor ein paar Stunden. Der Sommer war vorbei und die Sonne stand tiefer. Schweigend schlenderten die Freunde die Laubengänge entlang. Alle hingen ihren Gedanken nach. Florian dachte an den Kerker. Oskar dachte an etwas ganz anderes: Er musste aufs Klo.

„Da vorne!“ Hinnerdir deutete geradeaus. „Das ist der Turm des Königs!“

„Das da?“ Oskar war ein wenig enttäuscht. Der Baum-Turm sah aus wie alle anderen Baum-Häuser. Kein bisschen prächtiger oder höher.

„Na dann“, sagte Lisbeth. „Ich warte in der Herberge auf euch. Ihr findet doch allein zurück zum Dorf, oder?“

„Klar“, sagte Oskar und wandte sich zum Gehen.

„Ich guck mich noch ein bisschen um“, sagte Hinnerdir und fügte hinzu: „Wir sehen uns dann morgen. Also, schlaft nicht ein! Und wenn ihr …“

„Alles klar, bis später dann!“, unterbrach ihn Oskar und eilte los. Mehrere Liter unterschiedlichster Limonaden und Brausen schwappten ungut in seiner prall gefüllten Blase. Er musste ganz schnell eine Toilette finden. Sich während des Vortrags des Königs in die Hose zu pinkeln hatte bestimmt eine noch schlimmere Bestrafung zur Folge als Kerkerhaft.

Beunruhigende Klogespräche und unheimliche Gedichte

Sie wurden bereits erwartet. Zwei Soldaten in schimmernden Rüstungen nahmen sie noch vor dem Tor wortlos in Empfang und geleiteten sie hinein.

„Wow!“, entfuhr es Florian, als sie in die große Eingangshalle traten. Der Palast des Waldelben-Königs war ganz anders als der Bergelben-Palast in Goldenhöhe. Er war nicht so protzig. Edler und feiner war er und vor allem wusste man nicht, ob man gerade draußen im Wald oder drinnen in einem Haus war. Verwunschene Hecken wuchsen mitten im Raum und duftende Blumen bedeckten den Boden. Vögel und Schmetterlinge flatterten umher. Die Decke war aus Ästen und Blättern gewoben, durch die das Sonnenlicht funkelte. Eichhörnchen sprangen durchs Geäst und kleine Käfer, die wie Edelsteine leuchteten, huschten über die Stämme.

Oskar hatte jedoch kaum einen Blick übrig für die Schönheit, die ihn umgab. Er hatte das Gefühl, gleich zu platzen. Fast wünschte er sich seinen Opa herbei, der immer eine leere Flasche dabeihatte und sie ihm während einer längeren Autofahrt regelmäßig mit den Worten „Pinkel in die Pulle, wir halten nicht mehr an" in die Hand drückte.

„Entschuldigung", sprach Oskar eine Wache an, die ihn keines Blickes würdigte. „Ich müsste mal dringend aufs Klo."

Die Wache blickte weiterhin stur geradeaus und zeigte nur kurz in einen Seitengang.

„Okay, danke", sagte Oskar. „Ich beeil mich", raunte er Flo zu und huschte in einen kühlen dunklen Gang, der fast vollständig mit Schlingpflanzen zugewuchert war.

Je weiter sich Oskar vortastete, umso stiller und dunkler wurde es. Insekten zirpten, Wasser tropfte von den Blättern und kleine Tiere raschelten im gefallenen Laub. Kühle Luft wehte in Oskars Gesicht, so als näherte er sich an einem heißen Tag einem See. Am Ende des Gangs entdeckte er eine Tür.

Das musste die Toilette sein. Oskar suchte nach einem Schild – vergeblich.

Leise öffnete er die Tür.

Es war ein Bad, keine Frage. Und was für eins! Groß wie die Turnhalle seiner Schule. Inmitten des Raums stand ein Springbrunnen, aus dem eine dunkelblaue Fontäne schoss.

Sprudelnd verteilte sie sich in dem gewaltigen Becken. Oskar sah hinein. Sitzbänke aus Marmor standen verteilt im Wasser. Zwischen blühenden Seerosen schwammen kleine Fische umher.

„Wahrscheinlich Putzerfische“, dachte Oskar und suchte den Raum verzweifelt nach einer Toilette ab. Da! Im hinteren Bereich des Bads waren weitere Türen. Das mussten die Klos sein.

Nichts wie hin.

Gerade als Oskar in der Toilette verschwunden war, hörte er, wie die Tür des Bads geöffnet wurde. Schritte näherten sich. Schritte und ein merkwürdiges Klacken. Oskar hielt die Luft an, denn die Stimme, die „Mach die Tür zu!“ zischte, kannte er nur zu gut.

Ofido!

Ausgerechnet Ofido. Wie sollte man denn in Ruhe pinkeln, wenn der fieseste Typ des ganzen Landes einem dabei zuhörte?

„Also, seid ihr euch auch wirklich sicher?“, flüsterte eine tiefe Stimme, die Oskar ebenfalls bekannt vorkam.

„Ich sagte euch doch, ich bin mir absolut sicher. Sie ist es.“

„Und wo ist sie untergebracht?“

„Sie schläft bei den anderen. Ich habe einen Plan für euch. Seht!“

Papier raschelte. Der Plan wurde ausgebreitet.

„Ihr werdet keine Probleme haben. Es gibt dort weder Wachen noch Soldaten."

„Das wird die Königin freuen. Sie wird eure Hilfe nicht vergessen. Garantiert nicht", brummte der Mann mit der tiefen Stimme.

„Ich danke euch. Seht nur zu, dass niemand etwas mitbekommt! Und dass ihr sie so schnell wie möglich aus Elbland rausholt. Wer weiß, auf was für verrückte Ideen der König noch kommt! Dem Schwachkopf ist alles zuzutrauen. Nicht dass er noch Gefallen an ihnen findet."

„Wir werden uns darum kümmern. Die zwei werden euch nicht mehr lange zur Last fallen."

„Zwei?"

„Uns interessieren nur die zwei."

„Aber was sollen wir mit den anderen machen?" Ofidos Stimme überschlug sich. Er klang fast panisch.

„Das bleibt euch überlassen. Wir brauchen nur das Mädchen und den Jungen."

Oskar drückte sich die Nase an der Tür platt und lugte durch das kleine Schlüsselloch. Der Mann mit der tiefen Stimme war groß und kräftig. Mehr konnte Oskar nicht erkennen, denn er war in einen groben, schlichten Mantel gehüllt und trug eine große Kapuze. Er sah ein bisschen aus wie ein Mönch. Nur dass sich unter dieser Mönchskutte ein Schwert abzeichnete. Der Mann faltete den Plan zusammen.

Als er ihn einsteckte, sah Oskar für den Bruchteil einer Sekunde eine goldene Rüstung aufblitzen.

Die beiden Männer verließen das Bad. Oskar wartete noch einen Moment, dann konnte er sich endlich erleichtern.

Als er den Flur betrat, waren Ofido und sein Begleiter verschwunden.

„Da bist du ja endlich!", rief Florian, der aufgeregt herumzappelte. „Wir sind spät dran."

„Ja. Entschuldigung. Ist Ofido hier vorbeigekommen?"

„Nein, wieso?", fragte Florian.

„Nur so."

„Es wird Zeit", sagte eine der Palastwachen. Sie führte die beiden ein paar Treppen hoch und andere wieder hinunter, durch überwachsene Baumgänge und lauschige Himbeerhöhlen, bis sie schließlich in einen großen Saal gelangten.

Vor einer Bühne waren Hunderte von grün gepolsterten Stühlen aufgereiht. Trotzdem hatten Oskar und Florian das Gefühl, als stünden sie, geschützt von dicken Büschen, auf einer Lichtung im Wald. Über ihnen schien die Sonne und ein paar kleine weiße Wolken ballten sich im Schneckentempo zusammen, nur um sich gleich darauf wieder zu trennen.

Empfangen wurden sie von Ofido, der sie missmutig anstarrte. Er sah müde aus. Seine Haut war fahl und seine Augen glanzlos. Krummer als sonst stützte er sich zittrig auf seinen Stab.

„Setzt euch da hin!“, befahl er und zeigte auf zwei Stühle, die etwas abseits der anderen Stuhlreihen unmittelbar vor der Bühne standen.

Oskar und Florian setzten sich.

„Der König macht sich bereit und wird euch gleich eines seiner wunderbaren Gedichte vortragen.“

„Ich freu mich schon“, schwindelte Oskar.

„Ja, natürlich“, höhnte Ofido. „Jungs lieben Gedichte!“

„Ja, wirklich. Ich finde Gedichte super!“, log Oskar, nur um Ofido seine diebische Freude zu versemmeln.

„Nun, wenn das so ist, erwartet euch heute ein denkwürdiges Erlebnis.“ Er lachte heiser und seine Augen blitzten. „Vielleicht haben wir ja im Anschluss noch Zeit für eine kleine Palastführung. Der Kerker zum Beispiel befindet sich genau unter uns.“

Oskar und Florian sahen unwillkürlich nach unten.

„In zweihundert Meter Tiefe“, ergänzte Ofido gut gelaunt.

„Bleiben Sie auch zur Lesung?“, fragte Florian hoffnungsvoll. Diesen Fiesling dabeizuhaben würde ihn bestimmt wach halten.

„Um Himmels willen, nein!“ Ofido schlug sich mit der flachen Hand erschrocken vor den Mund. Das war ihm nur rausgerutscht. Hektisch blickte er sich um. Kein König weit und breit. Ofido atmete erleichtert ganz tief durch, bevor er mit trauriger Stimme verlogen „Leider nein“ stöhnte.

Das hallende Echo energischer Schritte schwappte durch die geöffnete Flügeltür. Der König näherte sich. Ofido zögerte kurz. Dann sprach er sehr laut und zur Tür gewandt: „Leider kann ich nicht bleiben, um der wunderbaren Dichtkunst unseres Königs zu lauschen. Die Regierungsgeschäfte warten."

Der König schritt in den Saal. „Ja, mein lieber Ofido, du bist ein echter Pechvogel!", bedauerte er ihn.

„In der Tat, Eure Hoheit. Aber es geht nicht anders."

„Jaja. Es ist dringend. Ich weiß", sagte der König gelangweilt, während sein Fahnenträger einen Ventilator auf Rollen vor den König schob, ihn startete und wieder verschwand.

Die silbernen Haare des Königs wehten stolz im künstlichen Wind.

Ofido verbeugte sich. „Eure Majestät", sagte er und trat aus dem Saal. Bevor er verschwand, drehte er sich noch mal zu Oskar und Florian um und grinste, als hätte er in eine Zitrone gebissen.

Oskar wandte den Blick ab und sah zu Boden.

Zum Kerker.

Bloß nicht einpennen, dachte Oskar. Das dürfte doch hinzukriegen sein, oder?

Oskar fragte sich, warum der König einen zusammengerollten Teppich mit sich herumschleppte. War der neu? Oder kam der gerade aus der Reinigung?

Weder noch.

Es war kein Teppich. Es war eine Pergamentrolle, auf die der König sein letztes Gedicht gejammert hatte.

Er verbeugte sich kurz vor seinem Publikum.

„Muss noch einer aufs Klo, Pipi machen?", fragte er und fügte streng hinzu: „Die Lesung wird nicht unterbrochen."

Sie schüttelten den Kopf.

„Gut! Freut euch, ihr Glücklichen! Es geht jetzt los."

Der König räusperte sich ausgiebig.

Dann nahm er einen Schluck Wasser und räusperte sich wieder ausgiebig.

„Wenn der weiter so lange braucht, muss ich doch noch mal pinkeln", flüsterte Florian grinsend.

Dann endlich rollte der König die ersten fünfzig Meter der Pergamentrolle auf und begann, sein Gedicht in einem langsamen Singsang vorzutragen, der die Körper seiner Zuhörer sofort mit Müdigkeit flutete.

„Blau des Himmels. Warum neidest du mir meine Schöhöhöhönheit?"

Der König machte ein leidendes Gesicht und eine dramatische Pause.

„Blau des Meeres. Warum neidest du mir meine Schöhöhöhönheit?"

Eine weitere dramatische Pause mit leidendem Gesicht.

„Blau des Sees. Warum neidest du mir meine Schöhöhöhönheit?"

Pause. Der König und Florian machten ein leidendes Gesicht.

So ging es immer weiter und weiter. Irgendwas Blaues war neidisch auf die Schönheit des Königs.

Und während dieser monoton und leiernd alle blauen Dinge auf der Welt aufzählte, inklusive Tintenklecksen, blauen Spülmittels und blauer Flecken, setzte Oskar sein Mathegesicht auf. Mit weit aufgerissenen Augen lächelte er den König an und nickte begeistert, so als würde er nicht nur zuhören, sondern auch alles supertoll finden.

Der König freute sich über Oskars Begeisterung. Immer wenn er, der dramatischen Pause wegen, von seinem Gedicht aufsah, lächelte er ihm zu. Und Oskar lächelte zurück. Er hatte im Gegensatz zu Florian, der mehrmals vom Stuhl zu kippen drohte, keine Probleme, dem strunzlangweiligen Vortrag zu lauschen. Durch die nicht enden wollende Canastarunde mit seinen Verwandten war Oskar gegen Langeweile immun. Das war wie eine Impfung.

Er glotzte den König mit wachen Augen an und lauschte auf Florians Atmung, um ihn immer dann zu knuffen, wenn er einzuschlafen drohte. Was ungefähr alle zwei Minuten der Fall war.

Wie im Matheunterricht war Oskar mit seinen Gedanken allerdings ganz woanders. Er dachte über Ofido und den Mann mit der goldenen Rüstung nach. Der gehörte bestimmt zu den Soldaten Drachenhöhes – schließlich hatten sie von einer Königin gesprochen. Oder gab es außerhalb von Drachenhöhe noch weitere Königinnen?

Oskar wusste es nicht.

Aber ging es überhaupt um ihn und seine Freunde?

Natürlich! Um wen sonst? Die Soldaten der Königin waren hinter ihnen her, es passte alles zusammen.

„Wir brauchen nur das Mädchen und den Jungen", hatte der Mann gesagt.

Das Mädchen war Lissy, klar. Aber um welchen Jungen ging es? Um ihn oder um Florian? Egal, dachte Oskar. Der Mann wollte zwei von ihnen holen. Aus Elbland entführen. Und Ofido wollte sie alle miteinander loswerden. „So schnell wie möglich", hatte er gesagt. Die Zeit drängte. Sie waren in Gefahr.

Was sollten sie tun? Er musste mit Hinnerdir sprechen. Aber das ging erst morgen früh.

Oskar kaute auf seiner Unterlippe, bis sie blutete. Sollte er Florian und Lissy davon erzählen? Wie würden sie reagieren?

Sie mussten abhauen. Aber wohin?

Zum Brodelnden See konnten sie nicht. Fluppe war noch nicht geheilt.

Und wenn sie ihr Glück doch zu Fuß versuchten? Sie mussten allerdings erst Fluppe befreien … War das am helllichten Tag zu schaffen?

Oskar geriet ins Schwitzen, während der nächste Vers begann und er Florian den Ellbogen in die Seite rammte.

Die Zeit tickte ... In Oskars Kopf ratterte es wild durcheinander.

Als nach viereinhalb Stunden Vortrag der König endlich mit der Strophe

„Blau gefrorene Füße! Warum neidet ihr mir meine Schöhöhöhönheit?"

zum Ende kam, sprang Oskar auf, applaudierte begeistert und rief zum Entsetzen Florians – und Oskar wusste selbst nicht einmal, warum –: „Zugabe! Zugabe!"

Gern kam der geschmeichelte König Oskars Wunsch nach. „Danke", lächelte er. „Danke."

Er schnippte mit seinen Fingern und eine Wache schleppte eine nur unwesentlich kleinere Rolle Papier herbei. „Ich danke euch! Ich habe noch ein weiteres Gedicht bei mir. Etwas ganz, ganz anderes zwar, aber ich bin mir sicher, auch dieses Werk wird euch begeistern."

Wieder räusperte er sich ausgiebig und nahm einen großen Schluck Wasser. Dann räusperte er sich erneut und trank noch einen Schluck.

„Grün des Trollzahns! Warum neidest du mir meine Schöhöhöhönheit?"

Eine falsche Entscheidung

Leblos wie Zombies schleppten sich Florian und Oskar aus dem Palast. Draußen war es dunkel geworden und die Straßen waren leer. Nur der Vollmond, der groß und rund am Himmel stand, spendete ihnen ein silbriges Licht.

Oskar fröstelte. Er war erschöpft. Trotzdem lächelte er breit von einem Ohr zum anderen – was Florian gehörig auf die Nerven ging.

„Warum grinst du so blöd?“, fauchte er ihn an. Das zweistündige Gedicht über alles Grüne, das den König um seine Schöhöhöhönheit beneidete, ging auf Oskars Kappe. Und das hatte Florian ihm noch nicht verziehen.

„Ist eingefroren“, grinste Oskar. „Meine Muskeln sind vom Dauergrinsen verkrampft. Kann ich nix gegen machen.“

„Dann grins wenigstens in eine andere Richtung“, fauchte Florian.

„Entschuldige das mit der Zugabe, bitte“, sagte Oskar lächelnd. „Das ist mir nur so rausgerutscht.“

Florian grummelte. „Das war Folter, Mann. Reine Folter!"

Oskar ersparte sich jeden Kommentar, während Florian Dampf abließ.

„Der spinnt doch, der Typ. Der hat sie nicht alle. Das sind doch keine Gedichte! Das ist Kacke. Hundekacke ist das!", schimpfte Florian und Oskar äffte den König nach.

„Braun der Hundekacke. Warum neidest du mir meine Schöhöhöhöhöhönheit!"

Florian prustete los und schüttelte dann wieder den Kopf. „Und so was ist König!"

„Ich finde den aber immer noch tausendmal besser als Elder Sarina", wandte Oskar ein.

„Ey, ich wäre da drin fast gestorben vor Langeweile!"

„Besser, als von Drachen gefressen zu werden."

„Ich weiß nicht. Meine Ohren waren kurz davor zu bluten", behauptete Florian.

„Spinner."

Beide sahen sich an und lachten. Tief in Gedanken versunken liefen sie weiter, bis Florian stehen blieb und Oskar am Arm packte. „Du, ich wollte dir noch sagen, dass du eben super warst. Ehrlich! Ohne dich wäre ich hundertprozentig eingepennt und säße jetzt im Kerker."

„Kein Ding", sagte Oskar, der sich sehr über das Kompliment freute. Es war schon eine Weile her, seit er mal gelobt worden war. „Du warst aber auch spitze", entgegnete er.

„Ach was."

„Doch. Du hast echt gut durchgehalten."

Ein breites Grinsen flitzte über Florians Gesicht, während er einen kleinen Stein vor sich herkickte. „Ich bin echt froh, dass du hier bist, Oskar. Ohne dich wäre ich garantiert schon durchgedreht vor Angst."

Oskar musste schlucken. „Geht mir nicht anders", sagte er und klopfte Florian auf die Schulter. „Wettrennen bis zur Blumenwiese?", fragte er, weil er das Gefühl hatte, ein bisschen Vollgas zu geben würde ihm – und vor allem seinem Kopf – guttun.

Florian guckte nur kurz hoch und raste los.

„Frühstart! Du Betrüger!", rief Oskar lachend und setzte ihm nach. Die Wege waren schmal, was Florian und seinen kurzen Beinen entgegenkam. Sicher wie auf Schienen sauste er durch die Baumgassen, während Oskar immer aufpassen musste, nicht aus den engen, rutschigen Kurven zu fliegen. Erst auf den letzten Metern, nach einer langen geraden Wegstrecke, schaffte es Oskar, Florian zu überholen. Johlend hüpfte er auf die große Wiese, die zurück in ihr Dorf führte. „Erster!"

„Aber knapp", hechelte Florian und ließ sich keuchend ins Gras plumpsen.

Als sie wenig später das Quartier betraten, lag Lissy auf ihrem Bett und starrte in den Abendhimmel.

„Hi, Lissy", begrüßte Oskar sie und ließ sich auf einen Sitzsack fallen, während Florian aus seinen Schuhen schlüpfte und sich auf sein Bett warf. „Was machst du?"

„Sterne gucken", antwortete Lissy. „Wie war das Gedicht?"

„Schöhöhöhöhön scheieieieiße", singsangte Oskar und Florian fiel aus dem Bett vor Lachen.

„Wie ich sehe, habt ihr euch prima amüsiert", grinste die Drachentöterin.

„Geht so. ›Kein bisschen‹ trifft es besser. Es war einfach nur langweilig. Furchtbar langweilig", sagte Florian.

Nicht alles war langweilig, dachte Oskar. „Kommt, setzt euch auf den Tisch", sagte er zu seinen Freunden, „ich muss euch was erzählen."

Nachdem die beiden Oskars Erlebnis auf dem Palastklo bis zum Ende gelauscht hatten, sagte keiner ein Wort. Oskar sah gespannt von einem zum anderen.

„Glaub ich nicht", sagte Lissy schließlich und schüttelte den Kopf.

„Was glaubst du nicht?", fragte Oskar, etwas beleidigt darüber, wie unbeeindruckt Lissy über die Neuigkeiten hinwegging.

„Dass wir gemeint sind."

„Wer sollte sonst gemeint sein?"

„Ich hab keinen Schimmer." Lisbeth zuckte mit den Schultern. „Aber nicht wir. Sie haben doch von einem Jungen und einem Mädchen gesprochen, oder? Na also. Wir sind aber zu viert."

„Sie haben aber auch von ›den anderen‹ gesprochen", beharrte Oskar.

Die Drachentöterin schüttelte den Kopf. „Wenn die Königin so wütend darüber ist, dass wir abgehauen sind, warum sollte sie dann nur zwei von uns haben wollen?"

Flo schien erleichtert. „Genau", sagte er und nickte eifrig. „Das wär ja totaler Quatsch."

Oskar schwieg verblüfft. Da war was dran. Das ergab wirklich keinen Sinn. Wenn Elder Sarina sie für ihre Flucht bestrafen wollte, dann alle.

Also sagte Oskar nur: „Hm", und: „Ich hoffe, ihr habt Recht."

„Ganz sicher!", sagte Florian. „Sind noch Kekse da?"

„Ja. Ich hol sie." Lissy stand auf, ging zu ihrem Bett – und machte plötzlich mit einer blitzschnellen Bewegung auf dem Absatz kehrt, war in drei schnellen Schritten bei der Tür und riss sie auf.

„Wer bist du denn, Kleines?", fragte sie lauernd.

Oskar verbog sich vergeblich, um durch die Tür schauen zu können.

„Ich bin Lyka."

Als die Biestmeisterin ins Zimmer tänzelte, sprangen Florian und Oskar auf und umarmten sie heftig.

„Es ist so schön, dich zu sehen! Gibt es Neuigkeiten von Fenrir und Fluppe?", fragte Oskar.

„Ja. Gibt es."

„Könnte mich mal jemand aufklären?", fragte Lissy, die noch immer an der Tür stand und die Begrüßung misstrauisch beobachtete.

„Ja, na klar! Wir haben dir ja noch nicht alles erzählen können. Also, das ist Lyka, wir haben sie in Dunkelpfuhl getroffen und ..."

Weiter kam Oskar nicht.

Lissy stieß ihn nach hinten. „In Deckung! Ein Wolf!", rief sie und ballte die Fäuste zum Kampf.

„Fenrir!", jubelte Florian und raste an der Drachentöterin vorbei. Er fiel dem schwarzen Wolf so stürmisch um den Hals, dass beide umfielen. „Es geht dir wieder gut! Oh, ich bin so froh!"

Lissy starrte mit offenem Mund nach draußen, wo sich Florian und Fenrir auf dem Boden wälzten.

„Der Wolf ist ein Freund", sagte Oskar und Lissy ließ verdattert die Hände sinken. Dann schaute sie Lyka an. Und mit einem Mal schien es klick zu machen. Zumindest sah Lissy ähnlich fassungslos drein wie Berghund, als der merkte, dass er es mit einer waschechten Biestmeisterin zu tun hatte.

Mit großen Augen blickte Lisbeth zwischen Fenrir und Lyka hin und her.

„Wie geht es Fluppe?“, fragte Oskar.

„Besser. Viel besser. Fast gesund. Kann ich einen Keks haben?“ Lyka deutete auf die Schale, die sie neben Lissys Bett entdeckt hatte.

„Nur zu“, sagte Oskar und grinste, weil Florian sich von Fenrir die Treppe hoch und runter jagen ließ.

Lyka zupfte Oskar am Hemd. „Wir wollten uns von euch verabschieden. Wir müssen weiterziehen.“

Oskars Herz krampfte sich zusammen. „Ihr verlasst uns?“

„Ja. Es ist Zeit. Ihr braucht uns nicht mehr. Von nun an kommt ihr prima alleine klar.“

„Muss das sein?“, jammerte Florian. „Könnt ihr nicht noch ein bisschen bleiben? Ein kleines bisschen wenigstens?“

„Nein, wir müssen los“, sagte Lyka. „Und zwar jetzt.“

„Nur noch fünf Minuten! Bitte!“, bettelte Florian, während der Wolf sein Gesicht abschlabberte.

„Das geht nicht.“ Lyka lächelte und tänzelte wieder nach draußen. „Komm, Fenrir!“

Florian und Oskar sahen den beiden nach, bis der nächtliche Wald sie verschluckt hatte.

Als sie die Tür wieder hinter sich schlossen, warf Lissy ihnen einen bewundernden Blick zu. „Ihr steckt wirklich voller Geheimnisse.“

Ja, es gab so einiges, das Oskar der Drachentöterin vergessen hatte zu erzählen.

Lisbeth wusste ja nicht einmal, dass Steckbriefe mit ihrem Gesicht in ganz Drachenhöhe aushingen. Und sie hatte keine Ahnung davon, dass königliche Suchtruppen unterwegs waren – bis an die Zähne bewaffnet.

Überfall

Der Himmel war verschwunden. Meterhoch überzog eine Schneedecke das unsichtbare Dach und dämpfte die Geräusche des Winters und des Waldes. Nach Lykas Aufbruch waren sie rasch in ihre Betten geschlüpft und schnell eingeschlafen. Oskar träumte von jämmerlichen Gedichten, von Feen, die seine Kugel stehlen wollten, von Soldaten, die ihn verschleppten, und von Ofido, der sich diebisch freute, als ein Soldat ihn packte.

„Hab ich dich endlich!", zischte der Soldat in Oskars Traum.

Oskar versuchte, sich loszureißen, aber der Griff des Soldaten wurde fester und fester, er streckte die freie Hand nach Oskars Hals aus und …

Oskar schreckte hoch. Verschwitzt und außer Atem. Hektisch sah er sich um. Während Lissy regungslos auf dem Rücken lag und flach und ruhig atmete, zerwühlte Florian sein Laken und sabberte die Decke voll.

Alles okay.

Nur schlecht geträumt.

Erleichtert ließ sich Oskar wieder auf sein Kissen fallen. Er schloss die Augen und versuchte, wieder einzuschlafen.

Vergeblich.

Sein Herz schlug ihm immer noch bis zum Hals.

Verdammter Albtraum!

Oskar drehte sich zur Seite. Neben dem Bett lag zusammengeknüllt seine Hose. Seine Hosentasche wölbte sich etwas. Die Feenkugel.

Oskar nahm sie heraus. Wie schön sie war! Es gefiel Oskar, sie sich einfach nur anzusehen. Wie sie schimmerte und wie der Nebel in ihr herumwaberte und dabei immer heller und wärmer wurde ...

Heller und wärmer?

Oskar setzte sich auf. Er spitzte die Ohren und die Kugel kühlte sich ab. Jemand Fremdes war in der Nähe.

Ganz in der Nähe.

Er hörte ein schabendes Geräusch. Wie Stiefel, die über eine gefrorene Stufe rutschen.

„Lissy! Flo!", zischte Oskar. „Wacht auf!"

„Nur noch fünf Minuten", murmelte Florian und Lisbeth regte sich verschlafen, als die Tür zu ihrer Unterkunft krachend aus den Angeln flog.

Und dann ging alles ganz schnell. Vier Gestalten stürmten in ihr Zimmer. Sie trugen Kutten mit großen Kapuzen.

Lisbeth schoss aus dem Bett und stellte sich den Männern in den Weg.

„Das Mädchen und den Jungen brauchen wir lebend!", brüllte der Soldat. Es war definitiv derselbe, den er mit Ofido zusammen belauscht hatte.

Die Stimme. Oskar wusste auf einmal, zu wem sie gehörte! Es war der Soldat aus Dunkelpfuhl, der ihnen auf dem Marktplatz ihren eigenen Steckbrief unter die Nase gehalten hatte. Daher war er Oskar so bekannt vorgekommen!

Oskar sprang aus dem Bett und sah sich nach einer Waffe um. Es gab keine. Auch Lissy, die im Gegensatz zu Oskar und Florian wenigstens eine Hose anhatte, war unbewaffnet. Was leider nicht für die Soldaten galt. Lange Schwerter blitzten im Mondlicht.

Oskar stand direkt hinter der Drachentöterin, als der Soldat zum Schlag ausholte. Seine Faust raste auf Lissy zu. Die duckte sich weg, die Faust raste ins Leere und der Soldat geriet ins Stolpern. Er stürzte auf Oskar zu. Der warf sich auf den Boden und rollte zur Seite. Krachend landete der Soldat neben ihm. Sein fauliger Atem wehte Oskar ins Gesicht. Der Soldat grinste ihn böse an. Doch bevor er sich wieder hochrappeln konnte, schnappte Oskar sich den kleinen Nachttisch und hämmerte ihn dem Angreifer auf den Kopf.

Klong!

Der Nachttisch zerbrach. Die Kapuze rutschte nach hinten

und gab einen zerbeulten goldenen Helm preis. Er gehörte zur Rüstung der Armee von Goldenhöhe. Der Soldat verdrehte kurz die Augen, dann klappten sie zu.

Einer weniger!

Oskar robbte unter sein Bett.

Zwei schwere Stiefel stampften an ihm vorbei. Oskar schnappte nach einem Bein und erwischte einen Fuß. Der Soldat taumelte kurz, fing sich jedoch wieder und war mit zwei schnellen Schritten bei Florian, der sich unter der Bettdecke verkrochen hatte. Mit einem Ratsch riss der Soldat die Decke weg.

Florian reagierte blitzschnell. Er rollte sich aus dem Bett und huschte flink hinter den Tisch, wo er in Deckung ging. Der Soldat setzte ihm nach.

Florian bewarf ihn mit Tassen.

„Schnapp dir die Kröte endlich, du Heulsuse!", keifte der Soldat aus Dunkelpfuhl, als er sah, wie sein Kollege „Aua! Aua!" kreischend die Wurfgeschosse mit den Armen abwehrte.

„Ist das denn der Richtige?", schrie der Soldat, während eine Teetasse auf seiner Stirn zerschepperte.

„Woher soll ich das wissen? Schau halt nach!", brüllte der Hauptmann und versuchte, Lissy zu schnappen.

Vergeblich. Die war mit bloßen Händen in etwa so einfach zu fangen wie ein Kaninchen, das zu viel Kaffee getrunken hatte. Sie flitzte Haken schlagend durch das Zimmer und wich Schlägen aus, als wäre sie beim Drachenkampf in der Arena von Drachenhöhe.

Oskar, der immer noch unter dem Bett lag, sah, wie weitere Soldaten in ihr Zimmer stürmten. Er biss sich auf die Lippe. Wie sollten sie hier nur rauskommen?

Lissy wich immer weiter zurück. Gleich würde sie mit dem Rücken zur Wand stehen.

Und da kam noch ein Mann hereingepoltert. Groß war er und schlank. Auch er trug eine Art Kutte und einen Spitzhut. Es war Hinnerdir.

Der Drachenei-Sammler war gekommen – und mit ihm die Hoffnung. Zwei Soldaten stürmten schreiend auf ihn zu. Hinnerdir wich zur Seite. Er packte einen der Angreifer, wirbelte ihn im Kreis und schleuderte ihn gegen den zweiten. Es klang wie beim Dosenwerfen, als die Rüstungen der Soldaten ineinanderkrachten.

Auch Lissy wich tänzelnd den Faustschlägen aus, die wie ein Schwarm Vögel auf sie zuflogen. Dann fasste sie einen der Soldaten und schwang sich auf seine Schultern. Mit beiden Fäusten schlug sie ihm auf den Helm. Der Soldat sackte auf die Knie, kippte nach vorne, stürzte über den Tisch und begrub Florian unter sich.

Aber die Männer der Königin waren in der Übermacht. Zwei Dutzend Soldaten tobten inzwischen durch den Raum.

Lisbeth und Hinnerdir kämpften wie die Löwen, doch Oskar sah, dass ihre Kräfte schwanden.

Zwei Männer hatten Hinnerdir gepackt und hielten ihn zu beiden Seiten fest, während ein dritter mit gezogenem Schwert auf ihn zustürzte. Hinnerdir sprang hoch und trat dem Angreifer mit beiden Beinen vor die Brust. Er wurde zurückgeschleudert und knallte gegen die Wand.

Ein Schrei.

Lissy!

Oskar drehte sich um. Der Soldat aus Dunkelpfuhl hatte Lissy an der Kehle gepackt und hob sie hoch.

Sie strampelte mit den Beinen und ruderte hilflos mit ihren Händen.

Oskar schrie, während Hinnerdir unter zahllosen Schlägen zusammenbrach.

Was sollte er tun?

Seine Hand glühte.

Die Kugel.

Die Feenkugel.

Die Zeitschläferkugel!

Er hielt sie immer noch fest in seiner Faust. Hektisch tastete er die Kugel ab. Wo war dieser verdammte Knopf?

Da.

Klack.

Ein Rauschen erfüllte den Raum. Oskar konnte die Luft sehen. Wie sie waberte. Aus seinem Mund strömte wie dampfende Milch. Die Welt wurde unscharf. Als würde er durch Opas dicke Brille gucken.

Zeitlupe.

Alles bewegte sich in Zeitlupe.

Die Soldaten. Lahm wie Schnecken hoben sie ihre Schwerter, als wären sie tonnenschwer.

Aber …

Oskar stutzte.

Nur die Soldaten bewegten sich langsam.

Lissys Beine strampelten genauso schnell wie vorher. Auch Florian, der längst unter dem Soldaten hervorgekrochen war, griff sich rasend schnell eine Tasse nach der anderen und warf sie. Aber kaum, dass die Tassen seine Hand verlassen hatten, flogen sie nicht, sondern schwebten vorwärts. Langsam wie Federn, die man durch sein Zimmer pustet, eierten sechs Tassen durch die Luft.

Hinnerdir, der keuchend auf den Knien war, keuchte wie immer.

Endlich kapierte Oskar. Die Kugel schützte nicht nur ihn, sondern auch seine Freunde –

während seine Feinde sich bewegten, als würden sie in einer unsichtbaren, klebrigen Masse feststecken. Großartig!

Schnell krabbelte Oskar unter dem Bett hervor. Er lief zu Lissy und trat dem Soldaten, der die Drachentöterin fest im Würgegriff hatte, volles Rohr in den Hintern. Der Soldat macht einen Hopser nach oben und ließ Lisbeth los. Die rutschte, ihre Kehle haltend, die Wand hinunter und hustete. Oskar wirbelte herum und eilte Hinnerdir zu Hilfe. Zwei Soldaten holten mit ihren Schwertern aus.

Oskar riss Hinnerdir nach vorne, außer Reichweite der tödlichen Klingen.

„Und jetzt weg hier!", schrie Oskar.

Oskar schnappte sich seine und Florians Jacke. In Socken, Hemd und Unterhosen eilten sie hinaus, gefolgt von der hustenden Lissy und dem aus der Nase blutenden Hinnerdir.

Sie sprangen, liefen und rutschten die vereiste Treppe hinunter – und wurden zu Oskars größter Überraschung bereits erwartet.

„Huhu!"

„Fluppe???"

„Jo. Der bin ich", grinste der Drache und reckte sich stolz. „Und mein Flügel ift auch faft ganf geheilt. Guckt mal!"

Fluppe breitete seine Schwingen aus. Oskar sah nur kurz hin. Offensichtlich hatte die Wirkung der Feenkugel bereits nachgelassen. Gepolter und Geschepper drangen aus ihrem Zimmer nach draußen.

„Super! Lasst uns abhauen!", schrie Florian und wollte auf den Rücken des Drachen klettern.

„Einen kleinen Moment noch", sagte Fluppe und richtet sich auf. Er holte tief Luft und schoss einen Schwall Wasserdampf hoch in die Luft.

Die Spuckewolke sauste über die Treppe hinweg und legte sich als dicke Eisschicht über die Tür. Die Soldaten waren eingesperrt. Das Geschrei aus dem Zimmer wurde immer wütender. Schläge krachten gegen die Tür. Die Eisschicht bekam Risse. Sie mussten los. Nichts wie weg.

Oskar warf Florian seine Jacke zu und schlüpfte eilig in seine eigene. Hinnerdir saß bereits auf dem Rücken des Drachen und zog die anderen hoch. Sogar Lissy ergriff die helfende Hand des Drachenei-Sammlers.

„Gib alles, was du kannst, Fluppe!“, schrie Hinnerdir.

Der Drache nickte nur mit ernstem, feierlichem Gesicht. Dann nahm er Anlauf. Einen gewaltigen Anlauf. Vier Passagiere hatte er noch nie auf seinem Rücken transportiert. Sein Gesicht wurde rot. Er hechelte, stampfte mit großen Schritten durch den Schnee, um Schwung aufzunehmen, machte einen kräftigen Sprung – und sie hoben ab.

Fluppe kämpfte sich in die Luft und fädelte sich in den Wintersturm ein. Unbarmherzig riss der Wind den Drachen mit sich. Oskar, der direkt hinter Hinnerdir saß, krallte sich an dem Drachenei-Sammler fest. Die Kälte biss in Oskars Haut und er versuchte, seine Jacke so weit wie möglich über seine nackten Beine zu ziehen. Er blickte nach unten und sah nur Schnee und Eis durch die Luft wirbeln.

Fluppe legte sich auf die Seite, flog eine Kurve und schoss steil nach oben. Immer höher und höher. Bis sie den Sturm unter sich gelassen hatten.

Die Luft war eisig und dünn. Oskar wurde schwindelig. Er hechelte nach Luft. Auch die anderen atmeten flach.

Nur Fluppe schien in Form zu sein. Mit kräftigen Flügelschlägen flog der Drache sie durch die Nacht, immer weiter voran.

„Daf war'f!" Fluppes Stimme riss Oskar nach einer gefühlten Ewigkeit aus seinem halb eingefrorenen Dämmerzustand. „Wir find rauf auf dem Reich der Waldelben!" Und weiter ging der Flug.

Oskar erkannte Berge in der Ferne und weit, weit entfernt entdeckte er einen hellen Punkt. Wie von einem Leuchtturm in der Nacht.

„Auch das noch!", hörte Oskar Hinnerdir ausrufen.

„Was ist?", fragte Oskar.

Hinnerdir wandte sich zu ihm um. „Siehst du das Leuchten da vorne? Das ist der Drachenberg, der Vulkan, der den Brodelnden See speist. Er ist ausgebrochen."

„Ist das schlecht?", fragte Oskar.

„Ich hoffe nicht", sagte Hinnerdir. Dann drehte er sich wieder um, legte sich lang auf den Hals des Drachen und sagte ihm etwas ins Ohr. Fluppe nickte nur, bog ab und setzte zum Landeanflug an.

Starke Seitenwinde machten ihm zu schaffen. Er trudelte hoch und runter, kippte zur Seite, balancierte sich wieder aus und landete etwas holprig, aber sicher auf einer Wiese.

„Super Landung!", lobte Florian und kletterte vom Rücken des Drachen.

„Und daf unter miefen Bedingungen!“, antwortete Fluppe stolz.

„Warum sind wir nicht bis zum See geflogen?“, fragte Oskar.

„Ihr beide würdet erfrieren. Wir müssen auf den Frühling warten“, sagte Hinnerdir und sah auf Oskars blau angelaufene Beine. „Folgt mir. Dort hinter den Hinkelsteinen befindet sich das verlassene Dorf Steintal.“

Steintal war eine winzige Ortschaft. Drei alte Bauernhöfe, ein paar Scheunen und zwei Steinhäuser – alle in furchtbarem Zustand. Das war's.

Hinnerdir führte sie in eine der Scheunen und begann, unter einem riesigen Loch im Dach Holz zu schichten. Dann fasste er in die Mitte des Haufens, zog blitzschnell seine Hände wieder heraus und das Holz brannte.

Florian staunte. „Wow! Wie hast du das denn gemacht?“

Hinnerdir grinste. „Geheimnis.“

Sie setzten sich rund um das Feuer und starrten schweigend hinein. Der Kampf und die anstrengende Flucht hatte sie alle erschöpft. Bis auf Fluppe. Der summte zufrieden vor sich hin. An seinem geheilten Flügel konnte er sich gar nicht sattsehen. Immer wieder breitete er ihn aus und nickte stolz.

Lissy fand als Erstes ihre Sprache wieder. „Ich muss mich noch bei dir entschuldigen, Oskar“, sagte sie.

„Wofür?“, fragte Oskar.

„Ich habe dir nicht geglaubt, dass sie hinter uns her sind.“

„Schwamm drüber. Es ist ja auch irre, was die Königin in Kauf nimmt, nur um uns zu kriegen.“

„Nur: Warum nicht uns drei oder vier?“, wunderte sich Florian.

„Ja“, sagte auch Hinnerdir. „Warum suchen sie nur zwei von euch?“ Lange sah er Lissy fragend an, bevor er sich zu Oskar und Florian drehte und Florian freundschaftlich aufs Bein klopfte. „Aber was soll's … Euch muss es nicht kümmern. Ihr seid morgen Mittag wieder zu Hause.“

Hinnerdir stand auf und holte noch einmal Holz.

„Morgen Mittag“, sagte Florian ungläubig und schüttelte den Kopf. „Ich kann es irgendwie gar nicht glauben.“

„Ich auch nicht“, sagte Oskar.

Sie lächelten sich zaghaft an. Eigentlich sollte Oskar einfach nur glücklich sein. Schließlich würde er morgen wieder nach Hause reisen.

Eigentlich.

Aber merkwürdige Gefühle rauschten durch seinen Körper. Natürlich freute er sich darauf, seine Großeltern und seine verrückte Tante Betti wiederzusehen. Sogar riesig. Und er freute sich auch darauf, wieder in Sicherheit zu sein. Klar. Aber er würde Florian vermissen. Und Lissy, Fluppe und Hinnerdir auch.

Oskar war überzeugt davon, nie mehr in seinem Leben so gute Freunde zu finden. Und statt gegen Zwerge zu kämpfen und auf dem Rücken eines Drachen vor einer fiesen Königin zu fliehen, würde er sich zu Hause wieder jeden einzelnen Tag zu Tode langweilen. Dabei gab es in Drachenhöhe doch noch so viel zu entdecken! So viele verrückte und spannende Wesen! Biestmeisterinnen. Grausliche Monster. Traumhaft schöne Pflanzen.

Drachenhöhe war voller Wunder und er hatte nur einen Bruchteil davon gesehen …

„Ihr werdet mir fehlen, ihr beiden", durchbrach Lisbeth die Stille und Oskar musste schlucken.

„Ihr mir auch", antwortete Oskar mit belegter Stimme.

„War eine schöne Zeit. Na ja, irgendwie", sagte Florian und alle lachten.

Hinnerdir warf noch mehr Holz ins Feuer. Dunkler Rauch zog durch die löchrige Decke nach draußen.

Florian trat wütend kleine Äste in die Glut. „Ich wünschte, Drachenhöhe hätte eine nette Königin! Eine, die uns in Ruhe lässt und uns nicht umbringen will."

„Dann würde ich bleiben!", rief Oskar.

„Ich auch! Auf jeden Fall! Dann könnten wir gemeinsam rumziehen und Abenteuer erleben. Entdeckungen machen und so!", sagte Florian.

Lissy lächelte. „Das wäre toll", sagte sie.

„Dann wären wir auf immer und ewig die besten Freunde!", rief Oskar.

„Aber leider hat Drachenhöhe eine fiese Königin und deshalb müsst ihr so schnell wie möglich nach Hause!", beendete Hinnerdir schroff ihre Träumereien. Es wurde still, kein Wort wurde mehr gewechselt und das blieb auch so bis zum nächsten Morgen.

Drachen!

Als Oskar am nächsten Tag erwachte, war er in eine Decke gehüllt. Sie war grob, kratzig und stank nach Käsefuß und nassem Hund.

„Was Besseres habe ich nicht gefunden", sagte Hinnerdir entschuldigend.

„Passt schon. Danke", gähnte Oskar. Florian schlief noch tief und fest. Auch er war in eine der Decken gewickelt, die so aussahen, als hätte darauf gerade eben noch eine Kuh gekalbt.

„Die Decke ist nicht gerade schön, aber du wirst sie noch gebrauchen können. Neben dir liegt eine Trinkflasche", sagte Hinnerdir.

„Danke."

Oskar nahm einen Schluck aus der Flasche und hängte sie sich um. Dann lugte er nach draußen. Das Fenster war mit Eisblumen übersät und der Himmel leuchtete blau.

Heute war es so weit. Heute war der Tag, an dem er nach

Hause zurückkehren würde. Wahnsinn. Bald schon konnte er wieder die Heizung aufdrehen und ein schönes heißes Bad nehmen …

Oskar stand auf und wickelte sich in die Decke. Er schnatterte vor Kälte.

Der Drachenei-Sammler schüttete Wasser auf die nur noch schwach glühenden Reste ihres Feuers. Es zischte und dampfte, als es endgültig erlosch.

„Wir müssen los!“, sagte er und rüttelte an Florians Schulter.

„Was? Hey … Nur noch fünf Minuten!“, brabbelte der, doch Hinnerdir zog ihm die Decke weg.

„Aufstehen!“, befahl er.

Fluppe und Lisbeth waren bereits draußen.

Oskar kicherte, als er sah, wie Fluppe ungelenk Frühsport machte, um seine Flügel zu trainieren. Der Drache versuchte sich an Rumpfbeugen, gelangte mit seinen kurzen Stummelarmen aber nicht bis zum Boden.

Lissy bog ein langes Stück Eschenholz und bespannte es mit einer Sehne aus geflochtenen Gräsern. Neben ihr lagen bereits etliche selbst geschnitzte und mit Vogelfedern versehene Pfeile. Die Drachentöterin nahm einen davon, legte ihn in den Bogen, zielte und schoss. Der Pfeil zischte an der Scheune vorbei und blieb zitternd in einem dünnen Baum stecken.

„Was für ein cooler Bogen!“, rief Oskar.

„Besser als nichts“, antwortete sie, steckte die Pfeile ein und legte sich den Bogen um.

Hinnerdir marschierte an Oskar vorbei zu Fluppe und schwang sich elegant auf. Hinter ihm schlurfte Florian mit lautem Gähnen aus der Scheune. Er hatte sich wie Oskar in die Decke gehüllt. Seine Haare waren zerzaust, seine Augen rot und seine Laune schlecht.

„Nie kann ich ausschlafen. Nie!“, schimpfte Florian, als er an Oskar vorbei zum Drachen latschte und fluchend auf seinen Rücken kletterte.

Oskar setzte sich hinter Hinnerdir und Lisbeth schob sich hinter den verschlafenen Florian.

Fluppe nahm Anlauf und holperte und stolperte über den zerfurchten Acker, bis er endlich genug Schwung hatte, um sich in die Höhe zu erheben.

Noch beim Steigen entdeckte Oskar den weit entfernten Vulkan. Er spie Feuer und Rauch.

„Müssen wir da hin?“, fragte Oskar schreiend gegen den Wind.

„Nein. Der Brodelnde See ist dort.“ Hinnerdir zeigte auf eine nahe gelegene Gebirgskette.

„Aber du hattest doch gesagt, es ist nicht gut, dass der Vulkan ausgebrochen ist?“

„Ein unterirdischer Lavastrom führt vom Drachenberg-

Vulkan bis zum Brodelnden See", rief Hinnerdir über die Schulter. „Er erhitzt ihn und macht ihn magisch. Ich hoffe nur, dass der Lavastrom nun nicht zu schwach ist, jetzt wo der Vulkan ausgebrochen ist."

Während der Wind lautstark um Oskars Ohren pfiff und allerlei Gedanken wild durch seinen Kopf wirbelten, flog Fluppe seine Freunde tapfer voran.

Das Land des Südwinds breitete sich unter ihnen aus. Steinige Schotterlandschaften, reißende Flüsse und die gefährlichen Tümpel der Beinbeißer ließen sie weit unter sich. Und nach nicht einmal zwei Stunden, der Frühling ließ die Baumkronen sprießen, konnten sie die Wasserfälle von Salzen erkennen, die sich aus hundert Metern Höhe in den Brodelnden See ergossen. Dampf stieg aus dem See. Hoch und weiß wie eine Wolke.

„Wir müssen auf dem Berg landen!", rief Hinnerdir ihnen über die Schulter zu. „Anders geht es nicht. Festhalten!"

Fluppe legte sich in die Kurve und sank. Die letzten Meter schwebte er. Dann richtete sich der Drache in der Luft auf und schlug wie wild mit den Flügeln, bis sie sanft auf einem kleinen Felsplateau aufkamen.

Sofort sprang Oskar von Fluppes Rücken und rannte zum Abhang. Unter ihm stürzten die Wasserfälle von Salzen in die Tiefe. Der Lärm war ohrenbetäubend. Warme, salzige

Gischt schlug ihm ins Gesicht und versperrte den Blick auf den See.

„Das ist aber tief", sagte Florian und näherte sich vorsichtig.

Hinnerdir rief sie zu sich. „Der einzig sichere Weg nach unten führt da lang", sagte er und zeigte auf ein kleines Wäldchen aus schief gewachsenen Nadelbäumen.

Mittlerweile waren die Temperaturen gestiegen und Oskar und Florian ließen die stinkenden Decken einfach liegen. Nur mit Hemd, Jacke und Unterhose bekleidet taperten sie voran. Fluppe bildete das Schlusslicht.

Oskars Herz klopfte schneller. Er konnte nur noch eins denken: Gleich waren sie am See. Gleich würde er nach Hause zurückkehren …

In dem Moment stoppten Lissy und Hinnerdir.

Hinnerdir hielt seine Hand in die Höhe. Stehen bleiben.

Lissy legte ihren Zeigefinger auf die Lippen. Und Klappe halten.

Hinnerdir schlich vorwärts. Schweigend sahen sie ihm nach, bis er im Wald verschwunden war. Und dann brach die Hölle los.

Aus dem Dickicht stürmten Drachen.

Groß, wild und Feuer speiend.

Oskar schrie. Er griff nach seinem Schwert. Vergebens. Er hatte keine Waffe mehr. Er hatte ja noch nicht einmal eine Hose. Also nichts wie weg.

Damit verhielt sich Oskar ganz im Sinne der weithin verehrten Hexe Gertrude Eleonore Fisselstick. In ihrem „Handbuch zur Bestimmung aller magischen und nichtmagischen Arten“ rät sie zur Verteidigung gegen Drachen:

Abhauen. Egal wie. Hauptsache weg. Ein offener Kampf gegen Drachen ist nicht zu gewinnen.

Aus den Augenwinkeln sah Oskar, wie Florian ebenfalls seine Beine in die Hand nahm. Sie flohen, so schnell sie konnten.

Lissy verschoss einen Pfeil nach dem anderen. Aber die Pfeile zerbrachen einfach an der dicken Haut der Drachen, als wären sie Streichhölzer. Die Drachen wurden immer wütender. Laut brüllend griffen sie an.

Oskar drehte sich um. Ein giftgrüner Moordrache folgte ihm mit Riesenschritten und aufgerissenem Maul. Kurz bevor das Monster zuschnappte, machte Oskar einen Hechtsprung zur Seite und rollte sich über den Boden. Der Biss des Drachen ging ins Leere. Es knallte, als Hunderte von messerscharfen Zähnen aufeinanderkrachten. Der Drache bremste ab. Er drehte sich um, breitete seine Flügel aus, reckte den Kopf und stieß wütend eine Feuersäule in den Himmel.

Oskar sprang auf die Füße und lief in das Wäldchen. Der Drache folgte ihm. Hinter einem dicken Stamm ging Oskar in Deckung. Er spitzte die Ohren.

Krachend zersplitterte das Unterholz bei jedem Schritt des Drachen.

Oskar wagte nicht zu atmen.

„Ich rieche dich!“, knurrte der Drache. Ein Brüllen erhob sich und meterlange Flammen schossen an Oskar vorbei. Rinde platzte zischend vom glühenden Baumstamm. Oskar blieb regungslos stehen. Die Flammen erloschen und ein Husten ertönte.

Oskar spinkste am Baumstamm vorbei. Der Drache, der eben noch so furchteinflößend gebrüllt hatte, hustete mit knallroter Birne und haute sich wie verrückt auf die Brust.

„Verschluckt“, röchelte er. „Ich hab mich an meinem eigenen Feuer verschluckt!“

„Selber schuld!“, schrie Oskar.

Der Drache ignorierte ihn. Er jammerte einfach weiter. „Das gibt übles Sodbrennen. Hast du Wasser da?“

„Ja“, sagte Oskar automatisch.

„Kann ich einen Schluck haben?“, keuchte der Drache und Oskar, er wusste nicht, warum, warf dem Drachen seine Trinkflasche zu.

Der Drache schnappte sich das Wasser und leerte die Flasche gierig in einem Zug.

„Nicht gerade viel", stöhnte er. „Trotzdem: Danke, Kleiner." Der Drache rülpste Feuer, das nach Mettbrötchen mit Zwiebeln roch, und warf die Flasche zurück.

„Danke." Oskar hängte sie sich wieder um und wusste nicht, was er nun tun sollte.

Dem Drachen ging es genauso.

„Tja", sagte er.

„Tja", sagte Oskar.

„Hm", machte der Drache und sah zum Himmel hoch.

Oskar folgte seinem Blick und machte ebenfalls: „Hm."

„Wird Regen geben", sagte der Drache.

„Ja. Der Frühling ist nicht so schön heute", stellte Oskar fest.

„Ziemlich kühl", sagte der Drache. „Der Sommer soll auch nix werden."

„Aha?"

Dann sahen sich beide eine ziemlich lange Zeit unschlüssig an.

„Wie heißt du denn?", brach Oskar das Schweigen.

„Reezz, mit Doppel-e und Doppel-z", sagte der Drache. „Und du?"

„Oskar. Ohne irgendwas doppelt", sagte Oskar.

„Schön, dich kennenzulernen", sagte Reezz.

„Danke, ich freue mich auch, dich kennenzulernen", log Oskar.

„Schade, dass ich dich töten muss", sagte der Drache und Oskar rannte wieder los. Er flitzte nach rechts, dann nach links, lief geradeaus, sprang über Baumstümpfe und huschte unter Ästen hindurch, wie er es im Training in der Arena von Drachenhöhe gelernt hatte. Der Drache kämpfte sich Bäume zerfetzend und Büsche platt trampelnd hinter ihm her durch den Wald. Aber es schien tatsächlich, als hätte Oskar den Moordrachen für den Moment abgehängt.

Er stürmte auf die Lichtung. Wenige Meter neben ihm brach auch Florian durch das Gebüsch. Sein Gesicht war zerkratzt. Er blutete. Aber ihm ging es immer noch besser als Lisbeth. Die lag auf der Lichtung, ein norwegischer Walfresser über ihr. Seine Pranke auf ihrer Brust, seine endlos langen Krallen wie ein Käfig um sie in den Boden gerammt. Sein Maul war weit geöffnet. Feine Rauchschwaden schlängelten sich aus seinen Lefzen. Lissy strampelte und wand sich. Aber es war aussichtslos. Aus dem Wald drang das Geschrei von Hinnerdir und mindestens zwei anderen Drachen.

Oskar und Florian sahen sich an und nickten. Sie hatten keine andere Wahl. Sie mussten ihre Freundin retten.

Nur wie – ohne Waffen?

Oskar und Flo griffen nach allem, was sie fanden, und bombardierten den Drachen schreiend mit Steinen, Ästen, Dreck und ihren Trinkflaschen. Verletzen konnten sie ihn so nicht. Kein bisschen. Aber ihn nerven und von Lissy ablenken, das konnten und taten sie.

Der Kopf des Drachen wirbelte herum. Er starrte sie an, seine gelben Augen zu Schlitzen verengt, und setzte sich in Bewegung. Lissy war frei. Sie rollte sich auf die Seite und atmete hektisch.

Oskar und Florian stürmten dem Drachen entgegen und schrien wie am Spieß.

Der Drache ging zum Angriff über und senkte den Kopf.

Oskar sprang hoch, als der dornige Schwanz des Drachen wie eine Keule auf ihn zusauste. Florian rutschte links unter seinem Flügel hindurch. Sie packten sich Lissy und nahmen sie in ihre Mitte. So schnell sie konnten, rannten die drei Drachentöter gemeinsam auf den Abgrund zu.

Oskar dachte nicht nach. Er hörte nur noch, wie Hinnerdir hinter ihm schrie.

„Neiiiiiin!"

Der gähnende Abgrund näherte sich.

Die drei Freunde tauschten für einen Moment einen Blick aus dem Augenwinkel. Sie liefen weiter.

Und dann sprangen sie.

Ein paar faustdicke Überraschungen

Einen Wimpernschlag lang dachte Oskar, er könne fliegen. Dann plumpste er in die Tiefe wie ein Stein und tauchte in den herabstürzenden Wasserfall ein. Er fiel weiter. Immer weiter. Verlor Lissy und Florian. Er wurde herumgewirbelt. Die Wassermassen donnerten schmerzhaft gegen seinen Körper. Oskar wusste nicht, wo oben und wo unten war. Er fiel einfach und fiel und zappelte und stürzte endlich in den Brodelnden See.

Der Aufprall war brutal. Oskar wurde nach unten in den See gedrückt. Das Wasser war warm. Nicht heiß. Oskars Schädel brummte. Er war benommen. Ausruhen.

Oskar sank. Der See war tief.

Und Oskar sank immer weiter.

Da endlich kam er zu Sinnen – und geriet in helle Panik. Wo war er? Wo musste er hin?

Dort – das Wasser war rot. Es leuchtete. Brannte es?

Weg von da.

Das war nicht oben. Das war unten. Das war Lava.

Er musste in die andere Richtung.

Sofort.

Luft!

Er brauchte Luft!

Oskar tauchte hoch. Mit kräftigen, schnellen Zügen stieß er sich empor. Seine Lunge schmerzte. Und dann, endlich, durchbrach sein Kopf die Wasseroberfläche. Er keuchte, schnappte heiser nach Luft. Es war laut. Unglaublich laut. Unendliche Wassermassen stürzten in den See, als wollten sie ihn erschlagen.

Neben Oskar erschien Lissys Kopf. Auch sie rang japsend nach Atem.

Aber … Wo war Florian?

„Flo?"

Niemand antwortete.

„Florian?"

„Flo?", rief auch Lissy.

Oskar schrie, so laut er konnte.

„Floriaaan!"

Nichts.

Florian blieb verschwunden. Mit tiefen Atemzügen pumpten Oskar und Lisbeth ihre Lungen voll Luft und tauchten wieder unter.

Florian! Da war er. Er sank immer tiefer in den rot leuchtenden Abgrund. Schnell wie ein Delfin tauchte Lissy ihm nach. Sie griff ihn an der Schulter und zog ihn hoch.

Zu zweit zerrten sie den ohnmächtigen Florian an Land, als erst Hinnerdir mit einem Kopfsprung und dann Fluppe mit einer gewaltigen Arschbombe ins Wasser schossen. Eine mächtige Welle schwappte über den See.

Lissy legte ihren Kopf auf Florian Brust. „Er atmet. Er ist nur bewusstlos."

Fluppe und Hinnerdir liefen zu ihnen.

„Er ist ohnmächtig, kannst du ihm helfen?", fragte Oskar den Drachenei-Sammler angstvoll.

Der antwortete nicht.

Wortlos packte er Oskar und zog ihn zurück ins Wasser.

„Hey! Lass mich los!", schimpfte Oskar und versuchte, sich freizustrampeln.

Ungerührt zog Hinnerdir Oskar weiter in die Mitte des Sees. „Das Wasser wird kalt. Der Vulkanausbruch hat die Laveströme verändert. Der See verliert seine Magie. Du musst dich schnell nach Hause wünschen, bevor es zu spät ist!"

Oskar protestierte. „Ich gehe nicht ohne Florian. Und Lissy muss auch mit! Hier wird sie doch nur getötet."

„Lisbeth kommt nicht aus eurer Welt. Los, wünsch dich zurück! Jetzt sofort oder du wirst nie wieder nach Hause kommen!"

Hinnerdirs Griff wurde fester. Die Augen des Drachenei-Sammlers funkelten.

Oskar zuckte erschrocken zurück. Was war nur mit Hinnerdir los?

„Du tust mir weh, jetzt lass mich los! Lissy kann bei uns wohnen! Bei meinen Großeltern. Sie haben bestimmt nichts dagegen."

„Halt endlich die Klappe, du Wurm! Wünsch dich zurück! Jetzt. LOS!" Die Stimme Hinnerdirs überschlug sich. Er drückte Oskar unter Wasser. Aber der dachte nicht daran, sich zurückzuwünschen und seine Freunde im Stich zu lassen. Mit aller Kraft biss er Hinnerdir in die Hand und trat sich frei. Und das war auch gut so. Denn als er wieder auftauchte, sah er Lissy und Fluppe am Ufer, die sich sorgenvoll über Florian beugten.

Und Drachen.

Jede Menge Drachen.

Dreißig, vierzig, ausgewachsene Drachen hatten in einigem Abstand einen Halbkreis um den See gebildet.

„Wünsch dich sofort …!", schrie der Drachenei-Sammler, der noch immer neben ihm im See trieb.

„Nein! Ich bleibe!" Oskar schwamm ans Ufer und schritt würdevoll aus dem Wasser. So würdevoll, wie es eben geht, wenn man mit beiden Händen seine nasse Unterhose festhalten muss, damit sie einem nicht die Beine herunterrutscht.

Hinnerdir war außer sich. Er tobte vor Wut. „Du Idiot!", schrie er. „Du verdammter, dämlicher Vollidiot, hier geht es um mehr als nur um dich! Es geht um die Zukunft von Drachenhöhe!" Dann schwamm er auf die nasse, zerklüftete Felswand zu, die sich einmal im Halbkreis um den Brodelnden See zog, als würde sie ihn beschützen wollen. Als Hinnerdir den Rand des Sees erreichte, zog er sich aus dem Wasser und kletterte flink wie ein Affe den Fels hoch. Ohne sich noch einmal umzusehen, verschwand er in der Gischt des Wasserfalls. Sie waren nur noch zu viert.

Der Drachenei-Sammler hatte sie im Stich gelassen.

Oskar hastete zu seinen Freunden und legte Lissy die Hand auf die Schulter.

Die Drachen kamen näher. Sie zogen den Halbkreis immer enger. Ihre Augen glühten hasserfüllt. Der Drache in der Mitte sog tief die Luft ein. Nur noch wenige Augenblicke und sie würden geröstet und gefressen werden.

Oskar musste lachen. Sie waren aus der Arena geflohen. Sie hatten sich als Sklaven verkauft, mit Zwergen gekämpft und waren fast in der Wüste verdurstet. Sie hatten unzählige Abenteuer hinter sich, nur um jetzt, am Ende ihrer Flucht, letztlich doch noch von Drachen verspeist zu werden. Was für ein Witz! Was für ein unsäglicher, bescheuerter Witz!

Dann ertönte ein Brüllen.

Lauter als alles, was Oskar je gehört hatte. Er schloss seine

Augen. Er spürte einen dumpfen Aufprall, als wäre ein Meteorit auf die Erde gefallen. Die Erde vibrierte unter seinen Füßen. Feuer erhitzte die Luft um ihn herum.

Es roch nach verbrannten Haaren, Schwefel und Chili. Es war so weit. Ihr Ende war gekommen.

Oskar hielt die Luft an und …

… nichts geschah.

Gar nichts.

Langsam öffnete er seine Augen ein kleines bisschen. Vor ihm stand ein Drache. Er war gigantisch groß und rot und hatte ihnen den Rücken zugewandt. Der Drache spie aus voller Kehle Feuer. Aber nicht in ihre Richtung. Der Drache spuckte einen langen Feuerstrahl auf die anderen Drachen. Die wichen zurück.

Was zum Teufel war hier los?

Oskar war verwirrt. Und im nächsten Moment erkannte er sie. Vor ihnen stand Feuersturm. Feuersturm, der mächtige Drache der Königin Elder Sarina, der ihn in der Arena hatte töten wollen, stand nun schützend vor ihnen!

„Lasst sie in Ruhe!“, dröhnte Feuersturm. Die Drachen wussten nicht, was vor sich ging. Sie blickten einander hektisch an, ob irgendwer einen Plan hatte. Aber alles, was sie sahen, waren ratlose Drachengesichter.

Ein älterer Drache mit vernarbter, ledriger Haut und abgebrochenen Reißzähnen trat aus der Reihe.

„Sieh an, Feuersturm! So sieht man sich wieder", zischte er merkwürdig glucksend. „Verräterin!"

„Ich bin keine Verräterin, Winterhauch!", widersprach Feuersturm. „Ich habe euch nicht verraten! Niemals. Kein Wort, das euch hätte gefährden können, hat jemals meine Lippen verlassen."

Der alte Drache grinste. Zumindest glaubte Oskar, dass er grinste. Sicher war er sich nicht.

„Aber warum bist du nicht einfach vor diesem Bergelbenweib geflohen, das sich Königin nennt? Es wäre ein Leichtes für dich gewesen. Gelegenheiten gab es sicherlich zuhauf. Aber du, Feuersturm", die Stimme des alten Drachen krächzte verächtlich, „du bist geblieben. Als Schoßtier!"

Feuersturm senkte ihren Kopf. Ihre Stimme klang leise, geradezu zart. „Ich wollte meinen Sohn schützen. Wäre ich geflohen, hätte die Königin ihn hingerichtet."

„Deinen Sohn?" Der alte Drache hob verwundert den Kopf. „Wer ist dein Sohn?"

Feuersturm zögerte. Sie druckste herum. Und dann sagte sie: „Fluppe."

Ein Raunen breitete sich unter den Drachen aus. Oskar traute seinen Ohren nicht.

Alle starrten Fluppe an, der dicht neben Oskar stand und auf einmal blass wurde. Seine schöne, kräftig grüne Gesichtsfarbe wandelte sich in ein fieses Schimmelgrün.

„Waf? Waf hat fie gefagt?“, fragte Fluppe.

„Dass sie deine Mutter ist“, sagte Oskar heiser, der ebenfalls keinen klaren Gedanken mehr fassen konnte.

Langsam kam der alte Drache ein Stück auf Feuersturm zu. „Nun. Selbst wenn wir dich und Fluppe verschonen, warum sollten wir diese Drachentöter hier leben lassen?“, fragte der Alte schneidend.

Oskar gefiel die Frage nicht, weil er Feuersturms Antwort zu kennen glaubte. Die konnte doch nur lauten: „Die interessieren mich nicht. Los, lasst uns diese unbedeutenden Menschen rösten und fressen.“

Aber da irrte Oskar sich so gewaltig wie noch nie zuvor. Nicht einmal im Matheunterricht bei Frau Krause hatte er jemals so danebengelegen.

„Weil dieses Mädchen kein Mensch ist!“, sagte Feuersturm mit fester Stimme.

Lissy zog die Augenbrauen hoch.

Die Drachen schwiegen kurz, dann lachten sie.

„Und was ist sie dann? Eine pockige Schleimkröte etwa oder ein geflügelter Brar?“, rief der alte Drache und drehte sich Beifall heischend zu den anderen Drachen um. Die grölten und hielten sich krächzend ihre Bäuche.

„Nein.“ Feuersturm sah den Drachen der Reihe nach in die Augen. „Sie ist eine Elbin. Und zwar eine ganz besondere. Sie ...“ Feuersturm ließ eine Pause, bis auch der letzte

Drache ihr seine Aufmerksamkeit schenkte. „Sie ist Elder An Surim. Enkelin der Elder Ak Surim Loth, euch allen nur zu gut als ›die Friedensbringerin‹ bekannt."

Wo eben noch Hohn und Spott geherrscht hatten, regierten nun Ungläubigkeit und Unwillen. Keiner machte einen Mucks. Mit offenen, beunruhigend zahnreichen Mäulern glotzten die Drachen Lisbeth an. Auch Oskar beäugte seine Freundin lange.

Lissy wurde nervös. Sie sah Oskar an und hob ratlos die Hände. Zuckte mit den Schultern.

Der alte Drache schritt zögerlich auf Lisbeth zu. Vorsichtig näherte er sich ihrem Gesicht bis auf wenige Zentimeter und musterte sie genau.

„Die Friedensbringerin", murmelte er. „Ich gebe zu, Feuersturm, dass sie ihr sehr ähnlich sieht." Mit einer Klaue schob Winterhauch vorsichtig ihre Haare zur Seite und begutachtete ihre verbrannten Ohren.

„Was ist mit deinen Ohren?", zischte er.

„Verbrannt."

„Das sehe ich. Wo und wann?"

„Weiß ich nicht. Ich kenne sie nur so", sagte Lissy.

Feuersturm schritt ein. „Die Königin hat ihr die spitzen Elbenohren verbrennen lassen, als sie noch ein Baby war. Niemand durfte erfahren, wer und was sie ist. Alle sollten sie für einen Menschen halten."

„Hm." Wieder beugte sich der alte Drache vor und kam Lissy ganz nah.

Die wagte nicht, sich zu rühren. Sie blieb starr neben dem ohnmächtigen Florian hocken und ließ alles über sich ergehen. Selbst als Winterhauch seine gewaltige Klaue hob, sie auf ihren Kopf legte, die Augen schloss und minutenlang unverständliche Formeln nuschelte.

Alle starrten den alten Drachen gebannt an. Bis er seine Pranke blitzschnell von ihrem Kopf zog und ein paar Schritte rückwärts taumelte.

„Sie ist es! Feuersturm lügt nicht! Sie ist die wahre Königin von Drachenhöhe!", rief er fassungslos.

Außer Fluppe, der mit feuchten Augen dasaß und den Blick nicht von seiner Mutter abwenden konnte, starrten alle anderen Lissy an. Die lächelte unbeholfen in die Runde.

„Nehmt sie mit. Alle! Aber krümmt ihnen kein Haar. Sie sind unsere Gäste!", befahl der alte Drache. „Auf zur Festung!"

Sie flogen inmitten der Drachen.

Oskar saß wieder auf Fluppes Rücken, der seit Feuersturms Auftritt kein Wort gesprochen hatte. Vor Oskar lag der immer noch ohnmächtige Florian.

Lissy flog auf Winterhauch, weil der alte Drache darauf bestanden hatte. Es sei ihm eine Ehre, hatte er behauptet.

Ob das stimmte?

Nachdem der alte Drache Feuersturms Geschichte bestätigt hatte, waren die Drachen freundlich zu ihnen gewesen. Und obwohl Oskar nicht wusste, ob er ihnen wirklich trauen konnte, war seine Angst für den Moment verschwunden.

Aber wie sollte es jetzt weitergehen?

Für ihn und seine Freunde hatte sich nun alles geändert. Zurück konnten sie nicht mehr.

Florian schlummerte friedlich vor sich hin, nicht ahnend, dass sein Zuhause nun unerreichbarer war als je zuvor.

Fluppe, dem heiße Tränen aus den Augen flossen, trug sie mit kräftigen Schwingen voran.

Und Lissy – hieß gar nicht Lissy. Sondern Elder An Surim. Sie war eine Bergelbin. Eine Königin, rechtmäßige Herrscherin über Drachenhöhe. Sie musste auf den Thron zurück und die schreckliche Königin Elder Sarina vertreiben.

Sie musste Drachenhöhe retten.

Und er, Oskar, würde ihr dabei zur Seite stehen.

Was immer auch kommen mochte.

Epilog

Obwohl die berühmte Gourmetköchin und Hexe Gertrude Eleonore Fisselstick in ihrem vielgepriesenen Werk „Handbuch zur Bestimmung aller magischen und nichtmagischen Arten" normalerweise nicht auf einzelne Vertreter einer Gattung zu sprechen kommt, widmet sie der Königin Elder Ak Surim Loth doch ein paar ehrfurchtsvolle Sätze.

Elder Ak Surim Loth gilt bei den meisten Bewohnern Drachenhöhes als die beliebteste Königin aller Zeiten. Von ihren Gegnern als „Drachenfreundin" oder „Echsen-Elbin" verunglimpft, wusste sie immer um den Rückhalt in ihrem Volk, das sie nur „die Friedensbringerin" nannte.
Ihre bescheidene Freundlichkeit wurde einzig von ihrem Wunsch nach Gerechtigkeit und Frieden

übertroffen. Sie schloss Friedensverträge mit allen Nachbarreichen.

Während ihrer Regentschaft beendete sie die Drachenjagd, verbot die Drachenkämpfe und schloss unter großem Protest der Drachentöter und Drachenei-Sammler einen Vertrag mit den Drachen, der nicht nur deren Überleben garantieren sollte, sondern ihnen auch das Recht zusicherte, sich in Drachenhöhe frei zu bewegen.

Durch all das Gold, das Drachenhöhe sparte, weil es nicht in die Armee investieren musste, gelangte die Nation Drachenhöhe unter der Friedensbringerin zu nie wieder erreichter Blüte.

Auch das Verspeisen von Drachen ist seit der Regentschaft Elder Ak Surim Loths verboten, was aus kulinarischer Sicht jedoch kein allzu tragischer Verlust ist: Bekanntlich schmecken Drachen ausgesprochen schweflig. Außerdem verursachen sie leicht entzündliche Blähungen, die aus einem romantischen Abendessen bei Kerzenschein schnell mal ein flammendes Inferno werden lassen.

Dies war der zweite Teil der großen Trilogie von Drachenhöhe.

Ja, Oskar bereut es nicht, im Land der Drachen geblieben zu sein. Auch wenn er ahnt, dass noch viele böse Überraschungen auf sie warten. Und dass hinter jeder Ecke neue Gefahren lauern.

Sie sind unterwegs ins Ungewisse: drei ehemalige Drachentöter inmitten einer Horde blutrünstiger Drachen.

Wieder haben sie einen wichtigen Verbündeten verloren: Hinnerdir, den Drachenei-Sammler.

Wohin wird ihr Weg sie führen?

Zurück nach Goldenhöhe, wo alles begann? Wo die Königin Elder Sarina nur darauf wartet, die Drachentöter endlich in ihre Finger zu bekommen?

Große Aufgaben stehen unseren Freunden bevor. Das Abenteuer von Oskar Schafkeller, dem Drachentöter wider Willen, ist noch lange nicht zu Ende.

Leseprobe aus dem dritten Band

(Dieses Abenteuer erscheint im Herbst 2017.)

Der Aufbruch verlief in angespannter Stille. Lissy, Oskar und Florian bewaffneten sich und schlüpften in dicke Felljacken, die der Drache Reezz ihnen besorgt hatte.

Winterhauch überreichte ihnen ihren Proviant: furztrockene Fleischfetzen, verpackt in kleinen Leinensäcken.

„Oh Mann", ächzte Florian. „Ich hab mir schon einen Zahn an den Dingern abgebrochen."

„Aua", sagte Oskar, der seinen Zahnarzt Dr. Wild-Ruppig mehr fürchtete als die Untoten in den Katakomben. Zahnärzte waren für ihn das Schlimmste. Gleich nach seiner Mathelehrerin Frau Krause.

„Ich bin bereit!", rief Reezz zu ihnen herüber, und Oskar und Florian kletterten auf den Rücken des Drachen.

Lissy schwang sich auf Winterhauch. „Bereit", sagte auch sie.

Oskar starrte in den Himmel, an dem der Mond wie ein weit entferntes Nachtlicht leuchtete und das Gebirge in ein eisiges Grau tauchte.

Winterhauch folgte seinem Blick. „Die Nacht ist klar. Wir müssen vorsichtig sein!"

„Fluppe, kommst du?", rief Oskar.

Der Drache stand schlotternd neben seiner Mutter und guckte traurig.

„Nein. Diesen Weg müsst ihr allein gehen", antwortete Feuersturm. „Wir werden an den Grenzen gebraucht, um die Soldaten von euch abzulenken."

„Außerdem sind die Katakomben teilweise eng und niedrig", sagte Lissy. „Fluppe passt da gar nicht durch. Dafür ist er viel zu …"

Fluppe machte einen Schritt auf Lissy zu. „Viel tfu waf? Tfu fett?", fragte er lauernd.

„Viel zu groß und stark", beendete Lissy ihren Satz.

Fluppe nickte und begutachtete dabei lässig seine Krallen. „Daf ift richtig. Ich bin viel tfu grof und tfu ftark. Nicht wahr, Mama?" Er ließ seine Muskeln spielen.

„Natürlich, mein Schatz. Du bist unglaublich stark", sagte Feuersturm und lächelte ihren Sohn bewundernd an.

Oskar musste schlucken. Er war bis eben fest davon ausgegangen, dass Fluppe sie begleiten würde. Fluppe war zwar manchmal eine gewaltige Nervensäge, aber er war auch ein tapferer Kämpfer und ein super Freund. Und super Freunde brauchte man ganz dringend, wenn man vorhatte, einer Horde Untoter gegenüberzutreten …

Reezz stieß sich vom Boden ab. „Festhalten!“

Sie stiegen auf. Oskar winkte, bis Fluppe nur noch ein kleiner grüner Punkt neben einem etwas größeren roten war.

Nach einigen Stunden Flug hatten sie das Riesengebirge, das von oben an den gepanzerten Rücken eines Drachen erinnerte, hinter sich gelassen.

Unter ihnen breitete sich die Landschaft Drachenhöhes aus – Wälder, dicht wie das Fell eines Eistrolls, sanfte Hügel und am Horizont der Goldenberg inmitten der mächtigsten Stadt des Reiches, Goldenhöhe. Sogar die Arena konnte Oskar im silbernen Licht des Vollmonds ausmachen. Schaudernd erinnerte er sich daran, wie die grausame Königin Elder Sarina ihre Drachen auf sie gehetzt hatte.

Sie flogen eine Kurve und die Arena verschwand aus seinem Blickfeld. Stattdessen tauchte unter ihnen das Schloss mit seinen wehrhaften Türmen auf. Es war ein prächtiger, geradezu schaurig schöner Anblick.

„Meine Popel sind eingefroren!“, schrie Florian, der hinter Oskar saß.

„Was?“, fragte Oskar verwirrt. „Was hast du gesagt?“

„Meine Popel sind eingefroren!“, schrie Florian ihm ein zweites Mal ins Ohr. „Steinhart wie Pistolenkugeln! Damit kann man Gläser kaputtschnippen! Guck mal!“ Florian streckte stolz einen Finger vor, auf dessen Spitze ein gefrorener Popel thronte.

„Cool, was?“

Oskar drehte sich um. Eiszapfen hingen aus Florians Nase.

„Danke fürs Zeigen. Aber behalte deine Popel mal bei dir!“, schrie Oskar.

Winterhauch tauchte schlagartig ab und Reezz folgte ihm. Im Sturzflug setzten sie zur Landung an. Sie waren zurück in Drachenhöhe.

Frank Schmeißer arbeitete mehrere Jahre als Buchhändler (unter anderem in Rom), bis er irgendwann beschloss, selbst zu schreiben. Er schrieb Drehbücher fürs Fernsehen (zum Beispiel für „TV Total" und „Stromberg"). Sein erstes Kinderbuch „Schurken überall" wurde mehrfach ausgezeichnet, unter anderem mit dem „Urzeitroboter 2012" als lustigstes Kinderbuch des Jahres. Frank Schmeißer lebt mit Frau und zwei Katzen in Köln. Die haben ebenfalls Haarausfall. Allerdings nicht täglich.

Helge Vogt malt, zeichnet und illustriert Kinderbücher, Comics und Graphic Novels, zum Beispiel den erfolgreichen romantischen Gruselcomic „Alisik" (siehe übernächste Seite). Drachen und Kobolde zeichnet er ziemlich gern, aber am allerliebsten malt er Kerkerriesen. Die gibt es in seiner Heimatstadt Berlin nämlich wirklich.

Der dritte Band ist in Vorbereitung.
„Die Legende von Drachenhöhe"
gibt es überall im Buchhandel
und auf www.carlsen.de

FSC
www.fsc.org
MIX
Papier aus verantwortungsvollen Quellen
FSC® C014496

Umschlag und Innenillustrationen: Helge Vogt
Umschlaggrafik: Sabine Reddig
Lithografie: Margit Dittes Media, Hamburg
Lektorat: Claudia Scharf
ISBN 978-3-551-65305-5